THE MYSTERIOUS AFFAIR AT STYLES

AGATHA CHRISTIE POIROT SELECTION

THE MYSTERIOUS AFFAIR AT STYLES

스타일스 저택의 괴사건 애거서 크리스티 장편 소설 | 김남주 옮김

황금가지

THE MYSTERIOUS AFFAIR AT STYLES

by Agatha Christie

정식 한국어 판 출간에 부쳐

　나는 한국에서 우리 할머니의 작품을 정식으로 출간한다는 소식을 듣고 무척 기뻤다. 할머니가 1920년부터 1970년 무렵까지 오랜 세월에 걸쳐 집필한 작품들은 21세기인 지금 읽어도 신선하고 재미있다. 등장 인물들이 워낙 자연스러워서 요즘 사람들과 다를 바 없고 이들이 등장하는 상황과 장소가 전 세계 사람들의 애정과 향수를 자극하기 때문이다. 한국 독자들은 이번에 새로 나온 정식 한국어 판을 통해 그 동안 접하지 못했던 애거서 크리스티의 일부 작품들을 읽을 수 있을 것이다. 덕분에 한국에 새로운 세대의 애거서 크리스티 팬들이 탄생할지도 모르겠다는 생각을 하면 가슴이 벅차다.

　애거서 크리스티는 대표적인 두 명의 주인공으로 기억되는 작가이다. 14권의 작품에 등장하는 마플 양은 영국의 작은 시골 마을에서 평온한 나날을 보내며 뜨개질과 수다로 소일하는 미혼의 할머니이지만, 놀라운 기억력과 날카로운 두뇌 회전으로 주변에서 벌어진 살인 사건을 해결한다.

그리고 마플 양과 상반되는 성격을 지닌 에르퀼 푸아로는 자신만만하고 콧수염을 포함한 자신의 외모와 벨기에라는 국적에 대한 자부심이 상당하다. 그는 이집트와 이라크를 비롯한 세계 각지에서 수수께끼를 해결하며 『오리엔트 특급 살인 *Murder On The Orient Express*』, 『나일 강의 죽음 *Death On The Nile*』, 『애크로이드 살인 사건 *The Murder Of Roger Ackroyd*』 등 애거서 크리스티의 여러 대표작에 모습을 드러낸다.

황금가지의 대담하고 참신한 표지와 전반적인 디자인 덕분에 작품의 성격이 잘 살아난 것 같아 기쁘다. 또한 한국 독자들이 할머니의 원작이 지닌 참된 묘미를 느낄 수 있도록 충실한 번역을 위해 애써 준 점도 높이 사고 싶다.

할머니의 작품이 20세기의 그 어떤 작가들보다 많이 팔리고 있는 이유는 나이와 국적에 상관없이 읽을 수 있는 재미와 감동을 갖추었기 때문이다. 모쪼록 한국 독자들도 황금가지에서 선보이는 애거서 크리스티 작품들을 즐겁게 감상하기를 바란다.

매튜 프리처드

애거서 크리스티의 손자

ACL 이사장

차례

나, 스타일스 저택으로 가다

당시 이른바 '스타일스 저택 사건'으로 인해 세간에 고조되었던 강한 관심은 이제 어느 정도 가라앉았다. 하지만 그 사건이 대단한 유명세를 치렀다는 점에서 나는, 친구 푸아로와 스타일스 저택의 식구들 양쪽으로부터 전체 사건 이야기를 책으로 써 달라는 요구를 받아 왔다. 우리는 이 글이 아직도 끈질기게 떠돌고 있는 선정적인 소문들을 잠재우는 데 효과가 있을 것이라고 믿는다.

따라서 내가 어쩌다 그 사건과 연관을 맺게 되었는지 그 정황부터 간단하게 설명하겠다.

당시 나는 전선에서 부상을 입어 후방으로 송환된 상태였다. 상당히 을씨년스러운 요양소에서 몇 달을 보내고 난 후 나는 한 달짜리 의병 휴가를 받았다. 가까운 친척이나 친구가 없어 무엇을 해야 할지 궁리하고 있을 때, 몇 해 동안 거의 만나지 못했던 존 캐번디시와 우연히 마주쳤다. 사실 나는 그와 특별히 친한 사이는 아니었다. 우선 그는, 외모로는 결코 마흔다섯 살로 보이지 않았지만, 나보다 열다섯 살 이상 많았다. 어린 시절 나는 에섹스에 있는 그의 어머니의 소유인 스타일스 저택에서 종종 머물곤 했다.

우리는 기분 좋게 옛날에 관한 이야기를 나누었고, 대화가 끝날 때쯤 그가 스타일스 저택에서 휴가를 보내라며 나를 초대했다.

"어머니도 자네를 보면 매우 기뻐하실 거야."

그가 덧붙였다.

"어머님께서는 잘 지내시지요?"

"오, 그럼. 우리 어머니가 다시 결혼하신 건 자네도 알고 있겠지?"

그때 나는 꽤나 노골적으로 놀라움을 표시했던 것 같다. 아들이 둘 딸린 홀아비였던 존의 아버지와 결혼한 캐번디시 부인은, 내가 기억하는 한 아름다운 중년 여자였다. 이제 그녀는 적어도 일흔 살은 되었을 것이다. 나는 기운차고 독선적인 성격에다 베풀기 좋아하고 사교적이었던, 바자회를 열고 '부유한 부인들의 자선 봉사회'에 참여하는 것을 좋아했던 부인의 모습을 떠올렸다. 그녀는 매우 관대한 여성으로 상당한 재산을 가지고 있었다.

그들의 시골 별장인 스타일스 저택은 캐번디시 씨가 그 부인과 결혼한 지 얼마 되지 않아 구입한 것이었다. 그는 아내에게 완전히 쥐여 살았다. 그 정도가 얼마나 심했던지 임종할 때 수입의 대부분은 물론 그 저택까지 아내에게 물려주었다. 그런 일처리는 그의 두 아들 입장에서 보면 분명 불공평했다. 하지만 그녀는 그들을 줄곧 매우 너그럽게 대해 주었다. 사실 자신들의 아버지가 재혼할 무렵 그들은 너무 어렸으므로 형제는 그녀를 친어머니처럼 생각하고 있었다.

존의 동생 로렌스는 기질이 섬세한 젊은이였다. 그는 의사 자격을 획득했지만, 의사 일을 직업으로 삼는 것을 일찌감치 단념하고 집에서 문학적 야망을 추구하고 있었다. 하지만 그가 쓴 시들은 별다른 호평을 얻은 적이 없었다.

존은 한동안 변호사로 일했지만, 결국은 쾌적한 시골 대지주의 삶에 안착했다. 2년 전에 결혼한 그는 아내와 함께 스타일스 저택에서 살고 있었다. 존으로서는 자신의 어머니가 용돈을 올려 주어 따로 집을 얻어 나가 사는 편을 더 좋아하지 않았을까 하는 의혹이 순간적으로 내 미릿속을 스쳤다. 하지만 캐번디시 부인은 자신이 직접 계획을 세우면 다른 사람들이 그것에 따라 주기를 기대하는 그런 여자였다. 그러므로 이 경우 부인은 자신의 유리한 지위를 이용했을 터였다. 다시 말해서 주머니 끈을 풀지 않았을 터였다.

존은 자기 어머니의 재혼 소식에 내가 놀라는 것을 보고 약간 서글프게 미소를 짓더니 화가 난 어조로 말했다.

"그런데 상대가 정말이지 불쾌하고 비열한 좀생이야! 단언하는데, 헤이스팅스, 이 일이 우리 생활을 매우 곤란하게 하고 있어. 에비에게도 그렇고…… 자네 에비 기억나나?"

"아니요."

"이런, 에비가 우리 집에 온 게 자네가 떠난 후인 모양이군. 에비는 어머니의 심부름꾼이자 말동무라네. 온갖 허드렛일을 다 하지! 정말 유쾌한 사람이고…… 우리와 정말 친해! 젊고 아름답다고 할 순 없지만, 그만큼 유쾌한 사람이야."

"그런데 조금 전 하려던 말씀이……?"

"오, 이렇다니까! 그는 에비의 육촌 형제인지 뭔지 하는 구실로 어디선가 불쑥 나타났어. 하지만 에비는 자신들이 어떤 관계인지 잘 모르는 것 같았어. 그 작자가 완전히 물에 뜬 기름이라는 걸 누구라도 알 수 있어. 그는 숱 많은 검은 턱수염에, 날씨에 상관없이 언제나 칠피 부츠를 신고 다닌다니까! 하지만 어머니는 그를 보자마자 그에게 호감을 가지고 비서로 채용하셨어……. 우리 어머니가 언제나 백여 개의 클럽을 운영하고 계신다는 건 자네도 알지?"

내가 고개를 끄덕였다.

"그런데, 당연한 일이지만 전쟁 때문에 백여 개가 천여 개로 늘었거든. 그랬으니 분명 그 친구는 어머니에게 매우 유용했을 거야. 그러다가 3개월 전 놀라 자빠질 일이 생긴 거야. 어머니가 갑자기 앨프리드와 약혼했다고 발표하신 거야. 그 작자는 어머니보다 적어도 스무 살은 어린데 말이야. 이건 노골적인 재산 사냥에 지나지 않아. 그런데 어쩌겠나…… 남의 말 같은 건 도무지 듣지 않으시는 어머니는 그와 결혼을 하셨어."

"가족 모두가 어려운 상황이겠군요?"

"어려운 정도가 아니야! 이건 재앙이라네!"

이렇게 해서 사흘 뒤, 나는 스타일스 세인트 메리에서 기차를 내렸다. 푸른 들판과 시골길 한가운데 자리 잡은, 언뜻 봐서는 왜 그곳에 자리 잡았는지 알 수 없는 좀 우스꽝스럽게 보이는 작은 역이었다. 승강장에서 기다리고 있던 존 캐번디시가 나를 차 있는 곳으로 안내했다.

"보다시피 아직 가솔린을 좀 확보하고 있지. 이건 주로 어머니의 활동 덕분이야."

그가 말했다.

스타일스 세인트 메리 마을은 그 작은 역에서 3킬로미터 가량 떨어져 있었고, 스타일스 저택은 그 반대편으로 1.5킬로미터 떨어진 곳에 있었다. 7월 초순의 바람 없고 따뜻한 날이었다. 오후의 햇빛 아래에서 그렇게 푸르고 평화롭게 펼쳐져 있는 에섹스의 평야를 내다보고 있자니 어기서 그리 멀리 않은 곳에서 대규모 진쟁이 악녹된 코스를 달리고 있다는 사실이 믿어지지 않았다. 나는 갑자기 전혀 다른 세계로 들어온 것 같은 느낌이 들었다. 차가 저택 대문 안으로 들어설 때 존이 말했다.

"이곳이 자네에게 너무 심심하지 않을까 걱정이야, 헤이스팅스."

"친애하는 존, 그게 바로 내가 원하는 거랍니다."

"아, 자네가 느긋한 생활을 하고 싶다면 이곳이 상당히 마음에 들 거야. 나는 일주일에 두 번 자원 봉사자들을 교육하고, 농장에 일손을 빌려 준다네. 내 아내도 규칙적으로 들일을 하고 있지. 매일 아침 5시에 일어나서 점심때까지 계속해서 젖을 짠다네. 그 모든 걸 고려해도 이곳 생활은 매우 쾌적하지. 다만 그 앨프리드 잉글소프라는 자만 없다면 말이야!"

그는 갑자기 차를 멈추더니 시계를 보았다.

"신시아를 태우러 갈 만한 시간이 있을지 모르겠군. 아니, 지금쯤이면 그 애는 벌써 병원에서 출발했을 거야."

"신시아라니요! 당신 아내를 말하는 건 아니겠지요?"

"아니야. 신시아는 어머니가 보호하고 있는 아가씨로, 어머니의 옛 학교 동창의 딸인데, 그 아주머니는 어떤 교활한 구혼자와 결혼했지. 그는 큰 실수를 저질렀고, 그 애는 한 푼 없는 고아 신세로 남겨졌어. 어머니가 그 애를 구해 주셨지. 신시아가 우리와 함께 지낸 지 이제 2년이 다 되어 가. 그녀는 여기에서 11킬로미터 가량 떨어진 타드민스터에 있는 적십자 병원에서 일하고 있어."

그가 말을 마칠 무렵, 우리를 태운 차는 멋지고 고풍스러운 건물 앞에 이르렀다. 허리를 굽힌 채 꽃밭을 살펴보고 있던 두꺼운 트위드 치마를 입은 여자가 우리가 다가오는 것을 보고 허리를 펴며 일어섰다.

"여어, 에비, 여기 우리의 부상당한 영웅이 있어요! 헤이스팅스 씨…… 이쪽은 하워드 양."

하워드 양은 나와 악수를 했다. 열정적인 데다가 쥐는 힘이 거의 아프게까지 느껴지는 기운찬 손이었다. 햇볕에 그을린 얼굴에서 유난히 푸른 두 눈이 내게는 인상적이었다. 그녀는 마흔 살 가량의 기분 좋은 모습을 한 여자로, 깊이가 느껴지는 음성으로 크게 말할 때에는 흡사 남자 목소리 같았고, 크고 다부진 몸매에 잘 어울리는 다리를 하고 두툼한 멋진 부츠를 신고 있었다. 그녀의 말투가 전보 문제 같다는 사실을 나는 이내 알 수 있었다.

"잡초들이 집을 삼킬 것처럼 자라네요. 도저히 따라잡을 수 없어요. 당신 집 안까지 밀고 들어가겠어요. 조심하는 게 좋다고요!"

"내가 그 일에 도움이 되기만 한다면 정말 좋겠습니다."

내 대꾸에 에비가 말했다.

"그런 말 마세요. 그래서는 안 되죠. 나중에 후회하고 싶지 않다면요."

존이 웃음을 터뜨리며 말했다.

"너무 놀리는군요, 에비. 그런데 오늘은 어디서 차를 마실 겁니까? 집 안에서요, 아니면 밖에서요?"

"밖이오. 틀어박혀 있기에는 날씨가 너무 좋아요."

"그럼, 갑시다. 오늘 할 정원 일은 충분히 한 것 같군요. 알다시피 일꾼은 자기 급료에 맞추어서 일하면 되는 법이죠. 가서 피로를 풉시다."

"으음, 당신 말대로 하고 싶네요."

하워드 양이 끼고 있던 원예용 장갑을 벗으면서 말했다.

앞장을 선 그녀는 건물을 빙 돌아 커다란 단풍나무 그늘 아래 차가 마련된 곳으로 갔다.

그러자 버들가지 의자에 앉아 있던 여자가 일어나더니 걸어 나와 우리를 맞았다.

"내 아내야, 헤이스팅스."

존이 말했다.

메리 캐번디시를 처음 만났을 때를 나는 결코 잊을 수 없을 것이다. 밝은 햇빛 속에 두드러져 보이는 길고 늘씬한 몸매, 내가 일찍이 알아 온 어떤 여자의 눈과도 다른, 아름다운 황갈색 눈으로만 발산되고 있는 듯한 내재된 불꽃의 생생한 느낌, 고상하고 세련된 육체 속에 길들여지지 않은 야성적인 정신이 깃들어 있음을 드러내는, 차분하고도 강력한 힘, 이 모든 것이 내 기억 속에 아로새겨졌다. 이것들을 나는 영원히 잊을 수 없으리라.

그녀는 나직하지만 또렷한 목소리로 친절한 환영의 말을 곁들여 내게 인사했고, 나는 존의 초대를 받아들이길 잘했다고 기뻐하며 버들가지 의자에 앉았다. 캐번디시 부인은 내게 차를 따라 주었다. 그녀의 차분한 두어 마디 말은 속속들이 매혹적인 여자라는 그녀에 대한 첫인상을 더욱 강하게 해 주었다. 이해심을 갖고 남의 말을 들어주는 사람은 언제나 말하는 사람의 의욕을 북돋워 주는 법이어서, 나는 요양소에서 있었던 몇몇 사건들을 유머를 곁들여 이야기했다. 나의 착각일지는 몰라도 그런 방식에 나의 여주인은 매우 즐거워하는 것 같았다. 존은 물론 좋은 사람이었지만 재치 있는 대화 상대자라고 할 수는 없었다.

그 순간, 근처의 열린 프랑스 식 창을 통해 기억 속에 남아 있는 목소리가 들려왔다.

"그럼 차를 마신 후 당신이 공주님께 편지를 써 줄래요, 앨프리드? 두 번째 날을 위해선 내가 직접 타드민스터 여사에게 편지를 쓰지요. 아니면 공주님에게서 대답이 올 때까지 기다릴까요? 공주님이 거절할 경우, 첫날에는 타드민스터 여사가 개회사를 하고 둘째 날엔 크로스비 부인이 하면 돼요. 그러면 공작 부인이 남는데……학교 축제를 부탁하면 될 거예요."

남자가 나직하게 말하는 소리에 이어 다시 잉글소프 부인이 높은 어조로 대답하는 소리가 들려왔다.

"그럼요, 물론이죠. 차를 마신 다음에 하는 게 좋을 거예요. 당신은 정말 생각이 깊군요, 사랑하는 앨프리드."

프랑스 식 창이 좀 더 넓게 열리더니, 얼굴에 오만한 기색이 서린 아름다운 백발의 부인이 건물에서 나와 잔디로 걸어 나왔다. 한 남자가 그녀의 뒤를 따르고 있었는데, 그의 태도에는 존경의 기색이 서려 있었다.

잉글소프 부인은 나에게 인사를 하며 감정을 쏟아 놓았다.

"이런, 다시 만나다니 이렇게 기쁠 데가 없구나, 헤이스팅스. 이렇게 오랜 세월이 흐른 뒤에 만나다니. 여보, 앨프리드, 헤이스팅스 군이에요……. 내 남편이란다."

나는 약간 호기심을 갖고 '사랑하는 앨프리드'를 바라보았다. 그에게는 분명 조금 괴상한 구석이 있었다. 존이 그의 턱수염을 싫어하는 것도 이상한 일이 아니었다. 그의 턱수염은 내가 본 것 중 가장 길고 가장 새카맸다. 그는 금테 코안경을 쓰고 놀랄 정도로 무표정한 얼굴을 하고 있었다. 그것은 연극 무대에서는 자연스럽겠지만 실제 생활에서는 괴상하게 보인다는 생각이 들었다. 목소리는 낮고

굵었지만 꾸며낸 듯한 상냥함이 묻어났다. 그는 나무 토막 같은 손
으로 내 손을 잡고는 말했다.

"기쁘군요, 헤이스팅스 씨."

그런 다음 그는 아내에게 몸을 돌렸다.

"여보, 에밀리. 그 쿠션 좀 축축한 것 같군."

그가 온몸으로 애정에 찬 배려를 드러내며 다른 쿠션으로 바꿔
주는 동안, 부인은 다정하게 미소를 지으며 그윽한 눈길로 그를 지
켜보았다. 다른 면에서는 그렇게 분별 있는 여자가 그렇게 맹목적
으로 빠져들기도 한다니 신기한 일이었다!

잉글소프 씨가 등장하는 동시에, 거북함과 숨겨진 적대감이 좌중
을 내리누르기 시작한 것 같았다. 특히 하워드 양은 자신의 감정을
애써 감추려 들지 않았다. 하지만 잉글소프 부인은 이상한 점을 전
혀 눈치 채지 못한 것 같았다. 내가 기억하고 있는 그녀의 유창한
말솜씨는 그동안의 세월에 전혀 녹슬지 않은 듯했다. 그녀는 줄곧
이야기를 풀어 놓았는데, 주로 곧 개최될 자신이 계획 중인 바자회
에 대한 것이었다. 그녀는 이따금 남편에게 일수나 날짜에 대해 물
어보곤 했다. 그의 기민하고 주의 깊은 태도는 전혀 흐트러짐이 없
었다. 첫 만남부터 나는 그에게 뿌리 깊은 불쾌감을 느꼈다. 그리고
자화자찬이지만 내 맨 처음 판단은 대부분 꽤 정확하게 들어맞곤
했다.

잠시 후 잉글소프 부인은 에벌린 하워드에게 고개를 돌리고는 편
지에 대해 몇 가지 지시를 내렸다. 그러자 그녀의 남편이 특유의 힘

들어하는 듯한 목소리로 내게 물었다.

"원래 직업이 군인입니까, 헤이스팅스 씨?"

"아닙니다. 전쟁 전에는 로이드 사에서 근무했지요."

"그럼 전쟁이 끝나면 다시 그리로 돌아가겠군요?"

"그럴지도 모르죠. 그렇게 되거나 아니면 완전히 새롭게 시작하든지 하겠지요."

메리 캐번디시가 몸을 앞으로 기울였다.

"당신의 취미와 적성만 생각한다면, 어떤 걸 직업으로 선택하시겠어요?"

"글쎄요, 상황에 따라 다르겠지요."

"혹시 비밀스러운 취미 같은 건 없으신가요? 말해 주세요. 뭔가에 끌리시나요? 누구나 어이없는 무엇인가에 마음을 뺏기는 법이죠."

"제 얘길 들으시면 웃으실 거예요."

메리 캐번디시가 미소를 지었다.

"그럴지도 모르죠."

"그러니까, 전 언제나 탐정이 되고 싶은 은밀한 갈망을 가져 왔답니다."

"진짜 탐정…… 그러니까 런던 경시청 형사가 되고 싶으신 건가요? 아니면 셜록 홈스인가요?"

"아, 물론 셜록 홈스 같은 탐정이지요. 정말이지 진지하게 말해서 전 그런 일에 몹시 마음이 끌린답니다. 전에 벨기에에서 아주 유명한 탐정을 우연히 만난 적이 있는데, 그 사람 때문에 이렇게 불이

붙게 된 거지요. 그는 키는 작지만 정말 대단한 사람이죠. 훌륭한 탐정의 모든 작업은 방법적인 문제일 뿐이라고 그는 말하곤 하죠. 제 시스템은 그의 말에 기초를 둔 겁니다. 물론 상당한 발전을 보았지요. 키가 작고 재미있는 사내로 굉장한 멋쟁이인데, 놀라우리 만큼 예리하답니다."

하워드 양이 입을 열었다.

"나 잘 쓴 추리 소설을 좋아해요. 하지만 터무니없이 쓴 것들이 많아요. 범인은 마지막 장에 가서야 밝혀지잖아요. 모두 놀라 말문이 막히죠. 하지만 진짜 범죄라면…… 금방 알 수 있어요."

"해결되지 않은 범죄들도 많답니다."

내가 반박했다.

"경찰이 안다는 게 아니에요. 그 범죄와 직접 연관되어 있는 사람들이 그렇다는 거지요. 가족 말입니다. 그들을 속일 수는 없어요. 그들은 알게 되지요."

나는 비상한 흥미를 느끼며 물었다.

"그렇다면 만일 당신이 어떤 범죄, 예를 들어 살인 사건에 관련이 된다면 즉각 범인을 짚어 낼 수 있겠네요?"

"물론 그럴 수 있어요. 수많은 변호사들 앞에서 증명할 수는 없겠지요. 하지만 분명히 범인을 알 수 있을 거예요. 그가 곁으로 다가오면 내 손가락 끝이 느낄 거예요."

"범인은 그가 아니라 그녀일 수도 있지요."

내가 넌지시 말했다.

"그럴 수도 있지요. 하지만 살인은 폭력적인 범죄예요. 남자와 연관이 더 크지요."

"독살의 경우에는 그렇지 않아요."

캐번디시 부인의 또렷한 목소리에 나는 움찔 놀랐다.

"바워스타인 박사님이 어제 이런 말씀을 하시더군요. 의학계에서 드물게 사용되는 독약에 대해선 사람들이 잘 모르기 때문에 의심조차 받지 않고 묻히는 독살 사건들이 많을 거라고요."

잉글소프 부인이 소리쳤다.

"세상에, 메리! 그 무슨 섬뜩한 말이냐! 그 말을 들으니 까닭 없이 몸이 오싹해지는구나. 오, 저기 신시아가 오네!"

자원 봉사대 제복을 입은 젊은 여자가 가뿐하게 잔디밭을 가로질러 왔다.

"이런, 신시아. 오늘은 늦었구나. 이분은 헤이스팅스 씨란다. 이쪽은 머독 양."

신시아 머독은 생기와 활기가 넘치는 신선한 외모의 젊은 여자였다. 그녀는 작은 자원 봉사대 모자를 벗어 던졌다. 적갈색 머리카락의 멋지고 부드러운 웨이브와 차를 청하기 위해 펼친 조그맣고 하얀 손에 나는 감탄하지 않을 수 없었다. 검은 눈과 속눈썹만 있었다면, 그녀는 정말 굉장한 미인이 되었을 것이다.

그녀는 존 옆의 잔디밭에 털썩 주저앉았다. 내가 샌드위치 접시를 건네주자 나를 올려다보며 미소를 지어 보였다.

"여기 잔디로 내려와 앉으세요. 이편이 훨씬 좋아요."

나는 순순히 의자에서 일어나 잔디에 앉았다.

"타드민스터에서 일하고 있다고요, 머독 양?"

그녀는 고개를 끄덕였다.

"지은 죄가 많아서요."

"환자들이 힘들게 하진 않나요?"

내가 미소를 지으며 물었다.

"그래 주기라도 했으면 좋겠는걸요!"

신시아가 엄숙하게 소리쳤다.

"내 사촌 중에 간호사로 일하는 사람이 있어요. 그런데 그녀는 수
간호사들을 몹시 두려워하더군요."

"놀라운 일도 아니에요. 알다시피 수간호사들은 붙박이거든요,
헤이스팅스 씨. 그들은 붙박이라고요! 그게 어떤 건지 전혀 모르실
거예요! 하지만 전 간호사가 아니에요, 하늘에 감사할 일이죠. 병원
의 약국에서 일하고 있답니다."

"몇 명이나 독살했나요?"

내가 웃으며 물었다.

신시아 역시 미소를 지어 보였다.

"오, 수백 명을요!"

그때 잉글소프 부인이 그녀를 불렀다.

"신시아…… 나를 위해 편지 몇 장 써 줄 수 있겠니?"

"물론이지요, 에밀리 아주머니."

신시아는 즉각 자리에서 일어났다. 그녀의 태도에 있는 무엇인가

가 그녀의 위치가 독립적이지 않다는 것, 잉글소프 부인이 대체로 친절하지만 그녀로 하여금 그 사실을 잊게 내버려 두지는 않는다는 것을 내게 환기시켰다.

그곳의 여주인이 내게 몸을 돌렸다.

"존이 방을 안내해 줄 거야. 저녁 식사는 7시 30분이란다. 당분간은 밤참을 먹지 않기로 했단다. 하원의원의 아내이자 고 아버츠베리 경의 따님인 타드민스터 여사도 그렇게 하고 계시단다. 그 부인은, 우리가 절약의 모범을 보여야 한다는 내 말에 동의하셨지. 이곳은 전시의 가정이야. 여기선 아무것도 낭비되지 않는단다. 심지어는 다 쓴 종잇조각까지 모아 놓았다가 자루에 담아 보내지."

나는 그녀의 말에 공감을 표했다. 이윽고 존은 나를 데리고 저택 안으로 들어가 널찍한 층계를 올라갔다. 그 층계는 중앙에서 갈라져 왼쪽으로 가다가 건물의 다른 쪽 측랑으로 통하게 되어 있었다. 내 방은 왼쪽 측랑에 있었고, 정원이 내려다보였다.

존이 방을 나갔다. 몇 분 후 창문을 통해 나는 그가 신시아 머독과 팔짱을 낀 채 천천히 잔디밭을 가로지르는 것을 보았다. 순간 "신시아!"라고 부르는 잉글소프 부인의 조바심치는 목소리가 들려왔다. 그 처녀는 움찔 놀라더니 즉각 집 안으로 달려 들어갔다. 그와 동시에 한 사내가 나무 그늘에서 나와서는 같은 방향으로 천천히 걸어왔다.

사내는 마흔 살쯤 되어 보였는데, 말끔히 면도한 우울한 얼굴이 무척 어두워 보였다. 뭔가 격렬한 감정이 그를 지배하고 있는 듯했다. 그는 지나가면서 내 방 창문을 올려다보았다. 우리가 마지막으로 만난 후 15년의 세월이 흐르는 동안 많이 변하긴 했지만 나는 그를 알아볼 수 있었다. 존의 동생 로렌스 캐번디시였다. 도대체 무엇이 그의 얼굴에 저런 이상한 표정을 떠오르게 한 것인지 나는 궁금했다.

이윽고 나는 그에 대한 생각을 털어 내고 내 자신의 문제를 숙고하기 시작했다.

그날 저녁은 상당히 기분 좋게 지나갔다. 그리고 그날 밤 나는 그 수수께끼 같은 여자 메리 캐번디시의 꿈을 꾸었다.

다음 날 아침은 밝고 화창했다. 나는 이곳에 머무르면서 보낼 즐거운 나날에 대한 기대로 가득 차 있었다.

캐번디시 부인의 모습은 줄곧 보이지 않았다. 이윽고 점심때가 되자 그녀가 내게 오더니 산책을 하자고 청했다. 우리는 숲 속을 돌아다니며 매혹적인 오후를 보내고 5시경 저택으로 돌아왔다.

우리가 널찍한 홀로 들어섰을 때, 존이 우리 둘에게 흡연실로 오라고 손짓을 했다. 그의 얼굴을 보자마자 나는 뭔가 번거로운 일이 일어났다는 것을 알 수 있었다. 우리가 그를 따라 안으로 들어가자 그가 문을 닫았다.

"저, 여보, 지금 집 안이 난장판이야. 에비가 앨프리드 잉글소프와 말다툼을 하고 나서 그만두겠대."

"에비가요? 그만둔다고요?"

존이 우울한 표정으로 고개를 끄덕였다.

"그래. 그러고는 어머니에게 갔을 거야. 아, 저기 에비가 오는군."

하워드 양이 들어왔다. 그녀는 입술을 굳게 다물고 있었다. 작은 옷가방을 들고 있었는데, 흥분되고 단호하며 약간 방어적인 모습이었다.

그녀가 갑자기 입을 열었다.

"어쨌든 난 마음에 품고 있었던 말을 했어요!"

"아, 에벌린, 이럴 순 없어요!"

캐번디시 부인이 소리쳤다.

하워드 양이 우울하게 고개를 끄덕였다.

"충분히 이럴 수 있어요! 내가 한 말을 에밀리가 잊어버리거나 서둘러 용서할까 봐 걱정이에요. 내 말이 일으킨 파장이 순식간에 가라앉아 버린다 해도 상관없어요. 아마도 헛수고일 거예요. 나는 직접적으로 말했어요. '당신은 이제 할머니예요, 에밀리. 나이 든 바보보다 더한 바보는 세상에 없는 법이죠. 그 남자는 당신보다 스무 살이나 젊어요. 그가 왜 당신과 결혼했는지 모르는 바보가 되지 마세요. 돈 때문이라고요! 그러니까 그가 너무 많은 돈을 갖도록 하지 마세요. 농부 레이크스에게는 무척 예쁘고 젊은 부인이 있어요. 당신의 앨프리드가 거기서 얼마나 많은 시간을 보내는지 한번 물어보세요.' 에밀리는 몹시 화를 냈지요. 당연하잖아요! 하지만 나는 그쯤에서 멈추지 않았어요. '당신이 원하든 원하지 않든 간에 경고할게 있어요. 그 남자는 침대 속에서 당신을 보는 순간 살해할 거예요. 그는 질 나쁜 인간이에요. 당신이 뭐라고 하건 상관없어요. 하지만 제가 한 말을 잊지 마세요. 그는 질 나쁜 인간이라고요.'"

"어머니가 뭐라고 하시던가요?"

하워드 양은 완전히 얼굴을 구겼다.

"'내 사랑 앨프리드.' '사랑스러운 앨프리드.' '사악한 모략이야.' '심술궂은 거짓말이야.' '악마 같은 여편네.' '사랑스러운 남편을 이렇게 모략하다니!'라고 하시더군요. 가능한 한 빨리 그녀의 집에서 떠나는 게 좋겠어요. 그래서 난 가요."

"하지만 지금 당장은 아니겠지요?"

"지금 나간다고요!"

우리는 자리에 앉은 채 한동안 그녀를 응시했다. 이윽고 더 설득해 봤자 효과가 없다는 것을 깨달은 존 캐번디시가 기차 시간을 알아보겠다며 밖으로 나갔다. 그의 아내는 이 사건을 원만하게 수습하도록 잉글소프 부인을 설득해야겠다고 중얼거리며 그의 뒤를 따랐다.

메리 캐번디시가 방을 나가자마자 하워드 양은 표정을 바꾸었다. 그녀는 나를 향해 윗몸을 내밀며 간절히 말했다.

"헤이스팅스 씨, 당신은 정직한 사람이에요. 내가 당신을 믿어도 되겠죠?"

나는 조금 움찔했다. 그녀는 내 팔에 한 손을 올려놓더니 속삭임에 가깝게 목소리를 낮추었다.

"부인을 보살펴 주세요, 헤이스팅스 씨. 가엾은 에밀리를요. 저들은 사기꾼들이에요. 모두 다 말이에요. 오, 진지하게 하는 말이에요.

이 집 식구 중에서 에밀리에게서 돈을 긁어내려고 하지 않는 사람은 하나도 없어요. 나는 지금까지 최선을 다해 그녀를 보호해 왔어요. 이제 걸림돌이던 내가 사라지면, 저 사람들은 그녀를 속여 넘길 거예요."

"물론 그래야죠, 하워드 양. 최선을 다하겠습니다. 그런데 지금 당신은 흥분해 있고 지나치게 긴장한 게 분명합니다."

그녀는 집게손가락을 천천히 흔들면서 내 말허리를 잘랐다.

"젊은 양반, 내 말을 믿으세요. 이 험한 세상을 난 당신보다 더 많이 살았어요. 내가 당신에게 부탁하는 건 다만 줄곧 눈을 뜨고 있으라는 거예요. 이 말뜻을 알게 될 거예요."

열린 창문을 통해 부르릉거리는 모터 소리가 들려오자 하워드 양은 자리에서 일어나 문으로 걸어갔다. 밖에서 존의 목소리가 들려왔다. 한 손을 문 손잡이에 얹은 채 그녀는 어깨 너머로 고개를 돌리더니 내게 신호를 보냈다.

"무엇보다도 헤이스팅스 씨, 반드시 그 악마, 부인의 남편을 지켜보세요!"

그녀에겐 더 이야기할 시간이 없었다. 하워드 양은 항의와 작별인사의 요란한 합창에 둘러싸였던 것이다. 잉글소프 부부의 모습은 보이지 않았다.

자동차가 사라지자 캐번디시 부인은 갑자기 사람들 무리에서 빠져나와서는, 스타일스 저택으로 가고 있었음에 분명한 키가 크고 턱수염을 기른 남자를 만나기 위해 차도를 가로질러 잔디밭으로 접어들었다. 그 남자에게 악수를 청하는 순간, 그녀의 두 뺨이 상기되는 것이 보였다.

"저 사람이 누굽니까?"

내가 날카롭게 물었다. 왜냐하면 본능적으로 그 남자가 미덥지 않았던 것이다.

"바워스타인 박사야."

존이 간단히 대답했다.

"어떤 사람인데요?"

"지독한 신경 쇠약을 겪은 후 요양차 이 마을에 머물고 있어. 런던에서 활동하던 전문의야. 매우 똑똑한 사람이지. 내 생각엔 독약에 관해선 최고의 전문가인 것 같아."

"그리고 메리의 친한 친구이기도 하죠."

신시아가 참지 못하고 끼어들었다.

존 캐번디시는 미간을 찌푸리더니 화제를 바꾸었다.

"산책이나 하러 가지, 헤이스팅스. 이건 정말이지 끔찍한 일이야. 그녀는 언제나 말이 거칠었지. 하지만 어머니에게 영국 땅에서 에벌린 하워드보다 충실한 친구도 없을 거야."

그는 농장을 가로지르는 오솔길로 들어섰다. 우리는 농장의 한쪽과 접해 있는 숲을 관통해 마을 쪽으로 걸어 내려갔다.

집으로 돌아오면서 우리가 성문 중의 하나를 막 지나칠 때였다. 맞은편에서 걸어오던 집시 타입의 예쁘장한 젊은 여자가 인사를 하면서 미소를 지어 보였다.

"예쁜 여자로군요."

내가 소감을 말했다.

존의 얼굴이 굳어졌다.

"레이크스 부인이야."

"하워드 양이 말하던 바로 그……."

"바로 그렇지."

존은 좀 지나치게 거친 어조로 대답했다.

나는 커다란 저택에 있는 백발의 늙은 부인과 방금 우리에게 미소를 지어 보인 생기 넘치고 사악해 보이는 작은 얼굴을 생각했다. 그러자 불길한 예감에서 오는 전율이 엄습했다. 나는 이내 그 생각을 털어 버렸다.

"스타일스 저택은 정말이지 장엄하고 고색창연한 곳이로군요."

내가 존에게 말했다.

그는 우울한 듯 고개를 끄덕였다.

"그래, 스타일스는 멋진 곳이지. 언젠가는 내 것이 될 거야. 아버지의 유서가 공정하기만 했더라면 이미 내 소유가 되어 있을 텐데. 그랬다면 지금처럼 이렇게 지독하게 힘들진 않을 텐데."

"힘들다고요, 당신이?"

"내 친구 헤이스팅스, 내가 돈에 몹시 쪼들리고 있다는 걸 굳이 숨기지 않겠어."

"동생도 당신을 도울 수 없습니까?"

"로렌스 말이야? 그 애는 신통찮은 시를 최고급 장정으로 출판하

느라 가지고 있던 돈을 모조리 써 버렸어. 그래, 우리는 무일푼이지. 어머니가 언제나 우리에게 몹시 잘해 주셨다고 말하지 않을 수야 없지. 그랬어, 지금까지는. 재혼한 후로는 물론……."

그는 미간을 찌푸리며 말을 끊었다.

그 순간 나는 처음으로 에벌린 하워드 양과 더불어 정확히 말할 수 없는 무엇인가가 집 안에서 빠져나간 것 같은 느낌이 들었다. 그녀의 존재는 안정을 의미했다. 이제 그 안정감이 사라져 버리자, 공기 속에 의심이 가득 찬 것 같았다. 바워스타인 박사의 불길한 얼굴이 불쾌하게 다시 떠올랐다. 모든 사람과 모든 사물에 대한 희미한 의혹이 내 마음을 채웠다. 그 순간, 나는 어떤 사악한 일이 다가오고 있음을 예감했다.

7월 16일과 17일

 내가 스타일스 저택에 간 것은 7월 5일이었다. 이제 나는 그 달 16일과 17일에 일어난 사건들을 이야기할 참이다. 독자들의 편의를 위해 그 이틀 동안의 사건들을 가능한 한 정확한 방식으로 개괄하련다. 이 사건들은 후에 재판에서 길고 지루한 반대 심문 과정을 거치면서 그 실체가 명확히 밝혀졌다.

 에벌린 하워드가 떠나고 이틀 뒤, 나는 그녀에게서 편지를 받았다. 편지에서 그녀는 스타일스 저택에서 24킬로미터쯤 떨어진 미들링햄이라는 공장 도시의 대형 병원에서 간호사로 일하고 있다고 하면서, 혹시 잉글소프 부인이 자신과 화해하고 싶어 하는 모습을 보이는지 알려 달라고 간절히 청했다.

 그곳에서 평화로운 나날을 보내는 가운데 유일한 옥에 티는 바워스타인 박사와의 교제에 캐번디시 부인이 보이는 특별한 호감이었다. 내가 보기에 그것은 도저히 설명되지 않는 호감이었다. 그녀가 그 사람의 어떤 점을 높이 산 것인지 나로서는 알 수 없었지만, 그녀는 언제나 그를 저택으로 청해 종종 함께 긴 산책을 나서곤 했다. 나로서는 그의 매력을 도저히 찾아낼 수 없었음을 고백하지 않을 수 없다.

7월 16일은 월요일이었다. 소동이 일어난 것은 바로 그날이었다. 그 유명한 바자회가 토요일에 열렸고, 그 자선 행사와 관련된 파티가 그날 밤 열리게 되어 있었는데, 잉글소프 부인은 그 파티에서 전쟁 시를 낭송할 예정이었다. 그날 오전 나절 동안 우리 모두는 파티가 열릴 예정인 마을 회관을 정리하고 장식하느라 분주했다. 그런 다음 늦은 점심을 먹고 정원에서 휴식을 취하며 오후를 보냈다. 나는 존의 태도가 왠지 평소와 다르다는 것을 알아차렸다. 그는 몹시 흥분한 듯 안절부절못하는 모습이었다.

차를 마신 다음 잉글소프 부인은 그날 저녁 힘들 것에 대비해 휴식을 취하러 갔고, 나는 메리 캐번디시에게 단식 테니스 게임을 제안했다.

6시 45분경 잉글소프 부인이 우리를 불러서는, 그러다간 일찍 준비되는 그날 저녁 식사 시간에 늦을 거라고 주의를 주었다. 우리는 시간에 늦지 않게 준비를 마치기 위해 서둘렀다. 식사가 끝나기도 전에 자동차가 문 앞에서 기다리고 있었다.

파티는 몹시 성공적이었고, 잉글소프 부인의 낭송은 커다란 박수를 받았다. 또한 신시아가 맡은 공연도 있었다. 만찬 파티에 초대를 받은 그녀는 우리와 함께 집으로 돌아오는 대신, 공연에 함께 출연했던 친구 몇 명과 그날 밤을 그곳에서 보냈다.

다음 날 아침 잉글소프 부인은 침실에서 아침 식사를 했다. 몹시 피곤했던 것이다. 하지만 12시 30분경 그녀는 평소처럼 활기차기 짝이 없는 모습으로 나타나, 로렌스와 나를 점심 식사 파티에 데리고 갔다.

"롤스턴 부인으로부터 온, 정말이지 멋진 초대란다. 알고 있겠지만 그녀는 타드민스터 여사의 여동생이거든. 롤스턴 가문은 11세기 정복 왕 윌리엄 1세와 함께 이곳에 온 영국에서 가장 유서 깊은 가문 중의 하나란다."

메리는 바워스타인 박사와 약속이 있다는 구실을 대며 사양했다.

우리는 유쾌한 점심 식사를 했다. 차를 타고 오는 동안, 우리가 가는 길에서 겨우 1.5킬로미터쯤 떨어져 있는 타드민스터 병원에 들러, 조제실에서 일하고 있는 신시아를 만나고 돌아가는 것이 어떠냐고 로렌스가 제안했다. 잉글소프 부인은 좋은 생각이지만 자신은 써야 할 편지가 몇 통 있으므로 우리를 그곳에서 내려 주겠다고 대답했다. 우리는 나중에 신시아와 함께 마차를 타고 돌아오면 될 터였다.

신시아가 나타나 우리의 신분을 보증해 줄 때까지, 우리는 병원 수위의 의혹 어린 시선 아래 붙들려 있어야 했다. 길고 하얀 작업복을 입은 신시아는 멋지고 친절해 보였다. 그녀는 우리를 자신의 방으로 데려가, 동료 약제사에게 소개했다. 좀 엄숙한 느낌을 주는 그를 신시아는 유쾌하게 '닙스'*라는 별명으로 불렀다.

나는 작은 방을 둘러보며 탄성을 질렀다.

"어쩌면 이렇게 병들이 많을까! 두 분은 정말 이 병들 속에 무엇이 들어 있는지 다 알고 계신가요?"

내 말에 신시아가 투덜거렸다.

"좀 참신한 얘기를 해 주세요. 이곳에 들어오는 모든 이들이 그렇게 말한답니다. 우리는 '어쩌면 이렇게 병들이 많을까!'라고 말하지 않는 최초의 사람에게 상을 줄까 하고 진지하게 생각 중이랍니다. 저는 당신이 다음에 할 말도 알아요. '몇 명이나 독살하셨나요?'라고 하겠죠."

나는 웃음으로 그 말이 맞다고 인정했다.

"실수로 누군가를 독살하는 게 정말이지 얼마나 쉬운지 안다면, 그런 농담은 하지 않을 텐데요. 자, 이제 차를 마시자고요. 저 약장에 온갖 은밀한 약품들이 저장되어 있답니다. 아니에요, 로렌스, 그건 극약 약장이에요. 저 큰 약장, 그거예요."

우리는 유쾌하게 차를 마신 다음, 신시아가 찻잔을 씻는 일을 도왔다. 우리가 마지막 찻숟가락을 내려놓는 순간, 노크 소리가 들려왔다. 신시아와 닙스의 얼굴에 갑자기 딱딱하고 엄격한 표정이 떠올랐다.

"들어오세요."

---

* 「리턴 투 네버랜드」의 등장인물.

신시아가 직업적이고 날카로운 어조로 말했다.

약간 겁에 질린 표정의 젊은 간호사가 약병을 들고 방으로 들어와서는 닙스에게 내밀었다. 그는 신시아를 향해 손을 내저으며 수수께끼 같은 한마디를 던졌다.

"오늘 여기 근무는 내가 아닌데요."

신시아는 병을 받아 들더니 판사처럼 엄하게 살펴보았다.

"이것은 오늘 아침에 보내 왔어야 했어요."

"수간호사가 무척 미안하대요. 잊어버렸다고요."

"수간호사는 문 밖에 씌어 있는 규칙을 읽어 봐야겠군요."

작은 간호사의 표정으로 보아 그녀한테는 근심에 찬 수간호사에게 그 같은 말을 옮길 배짱이 있을 리 없다는 것을 알 수 있었다.

"내일이 되기 전까지는 어쩔 수가 없겠군요."

"오늘 밤에 구할 수 없을까요?"

"글쎄요, 지금 우리는 몹시 바빠요. 나중에 시간이 난다면 될 수도 있어요."

신시아가 차분하게 말했다.

작은 간호사가 밖으로 나가자, 신시아는 재빨리 선반에서 단지 하나를 꺼내 안에 든 것을 그 병에 채운 다음 문 밖에 있는 탁자 위에 내려놓았다.

내가 웃음을 터뜨렸다.

"규칙은 반드시 지켜야 하나요?"

"바로 그렇답니다. 우리 발코니로 나가요. 그곳에서는 바깥의 병동들을 모두 볼 수 있어요."

나는 신시아와 그녀의 동료 뒤를 따라갔고, 그들은 여러 병동들을 손가락을 가리켰다. 로렌스는 뒤에 남아 있었지만, 잠시 후에 신시아가 어깨 너머로 그를 불러 우리가 있는 발코니로 나오라고 말했다.

그런 다음 그녀는 손목시계를 보았다.

"더 할 일 없지, 닙스?"

"없어."

"좋아. 그럼 문 잠그고 가도 되겠네."

나는 그날 오후에 로렌스의 전혀 다른 면을 볼 수 있었다. 존에 비해 그는 어떤 사람인지 파악하기가 무척 어려웠다. 유난히 수줍고 내성적인 그는 거의 모든 면에서 형과 정반대였다. 하지만 그의 태도에는 어떤 매력이 있었으므로, 나는 만일 그를 진정으로 잘 알게 된다면 그에게 깊은 애정을 품게 되리라는 생각이 들었다. 나는 신시아에 대한 그의 태도가 좀 부자연스럽고, 그녀 역시 그의 앞에서 수줍어하는 것 같다고 줄곧 생각해 왔다. 하지만 그날 오후 그들은 둘 다 상당히 명랑했고, 마치 아이들처럼 함께 재잘거렸다.

마차가 마을을 지날 때 내 머릿속에 우표 몇 장이 필요하다는 것이 떠올랐다. 그래서 우리는 우체국 앞에 마차를 세웠다.

우체국 밖으로 나오던 나는 막 안으로 들어서는 작은 남자와 부딪혔다. 나는 옆으로 비켜서서 미안하다고 말했다. 그 순간 그 사내는 요란한 탄성과 함께 나를 껴안더니 따뜻하게 입맞춤을 했다.

"몬 아미(내 친구) 헤이스팅스! 몬 아미 헤이스팅스 맞군!"

그가 소리쳤다.

"푸아로!"

나도 탄성을 내질렀다.

나는 마차 쪽을 향해 말했다.

"이렇게 반가울 데가. 신시아 양, 이분은 내 오랜 친구인 무슈 푸아로랍니다. 우린 지난 몇 년 동안 만나지 못했지요."

"오, 우리도 무슈 푸아로를 알아요. 그런데 그분이 당신 친구인 줄은 전혀 몰랐는데요."

신시아가 유쾌한 어조로 말했다.

"그러시겠지요, 나도 마드무아젤 신시아를 알지요. 내가 여기에 온 건 그 선한 잉글소프 부인의 자애로운 마음씨 덕택이랍니다."

푸아로가 진지하게 대답했다.

그런 다음 묻는 듯한 나의 눈길에 이렇게 말했다.

"그렇다네, 친구. 부인은 친절하게도 조국을 떠나 이곳으로 망명한 우리 벨기에 인 일곱까지 보살펴 주셨지. 우리 벨기에 인들은 언제까지나 감사하는 마음으로 그녀를 기억할 거야."

푸아로는 독특한 외모를 한 키 작은 사내였다. 키는 163센티미터를 넘지 않았지만 태도는 당당했다. 두상은 정확히 달걀 모양이었는데, 언제나 한쪽으로 살짝 기울어져 있었다. 콧수염은 아주 뻣뻣하고 군인을 연상시켰다. 옷차림은 거의 믿기 어려울 정도로 말쑥했다. 옷에 묻은 한 점 먼지가 총알에 맞아 입은 상처보다 그에게 더 큰 고통을 주리라고 나는 생각했다. 이 멋을 잔뜩 부린 기묘한 작은 사내는 이제는 보기에 딱할 정도로 심하게 다리를 절고 있지만, 전성기에는 벨기에 경찰들 중 가장 유명한 사람이었다. 형사로서 그의 '후각'은 탁월했다. 그는 당시 가장 난해한 사건 몇 가지를 해결하는 위용을 보였다.

그는 자신과 같은 벨기에 인들이 머물고 있는 작은 집을 내게 손으로 가리켰다. 나는 가까운 시일 내에 그를 만나러 가겠다고 약속했다. 이윽고 그는 과장된 태도로 모자를 벗어 올리며 신시아에게 인사했다. 우리는 다시 출발했다.

"정말 매력 있는 작은 신사예요. 당신이 그분을 알고 있을 거라고는 생각도 못했어요."

신시아가 말했다.

"당신은 그동안 유명 인사를 곁에 두고도 모르고 있었던 셈이죠."

내가 대답했다.

집으로 돌아가는 동안 나는 에르퀼 푸아로의 다양하고 화려한 업적에 대해 그들에게 이야기해 주었다.

우리는 아주 유쾌한 기분으로 집으로 돌아왔다. 우리가 현관에 들어가자, 잉글소프 부인이 자신의 내실에서 나왔다. 그녀는 얼굴이 붉어져 있었고 동요된 듯했다.

"오, 왔니."

그녀가 말했다.

"무슨 일이 있나요, 에밀리 아주머니?"

신시아가 물었다.

잉글소프 부인이 날카롭게 대답했다.

"물론 아니지. 무슨 일이 있겠니?"

그런 다음 식당으로 향하던 하녀 도커스를 눈짓으로 붙잡아서는 내실로 우표 몇 장을 가져오라고 지시했다.

"알겠습니다, 마님."

늙은 하녀는 잠깐 망설이다가 달라진 어조로 덧붙였다.

"마님, 침대에 가서 누우시는 게 어떨까요? 지금 무척 피곤해 보이세요."

"자네 말이 맞을지도 몰라, 도커스. 그래, 아니, 지금은 안 돼. 우편 마감 시간까지 꼭 써야 할 편지가 몇 통 있거든. 내가 말한 대로 내 방에 불을 피워 놓았나?"

"예, 마님."

"그럼, 저녁 식사를 마치자마자 자리에 눕겠어."

그녀가 다시 내실로 들어가자, 신시아는 그녀의 뒷모습을 응시하다가 로렌스에게 말했다.

"어머나! 도대체 무슨 일일까요?"

하지만 그는 그녀의 말을 듣지 못한 모양이었다. 한마디 말도 없이 발길을 돌려 밖으로 나갔던 것이다.

나는 신시아에게 저녁 식사 전에 재빨리 테니스를 한 게임 치자고 제안했다. 그녀가 동의하여 나는 테니스 라켓을 가지러 위층으로 뛰어 올라갔다.

캐번디시 부인이 층계를 내려오고 있었다. 나의 추측일 수도 있지만, 그녀 역시 잉글소프 부인처럼 이상하고 불안해 보였다.

"바워스타인 박사님과 산책은 잘하셨나요?"

나는 가능한 한 무심해 보이려 애쓰면서 물었다.

그녀가 불쑥 대답했다.

"가지 않았답니다. 어머님은 어디 계신가요?"

"내실에요."

그녀의 손은 층계 난간을 움켜쥐고 있었다. 이윽고 그녀는 만남에 앞서 각오를 다지는 것 같더니, 재빨리 나를 지나쳐 층계를 내려가 홀을 가로질러 내실로 들어간 다음 문을 안쪽에서 잠갔다.

잠시 후 테니스 코트를 향해 달려가면서 나는 열린 내실 창문 옆을 지나갔는데, 다음과 같은 대화 내용이 들려왔다. 메리 캐번디시가 필사적으로 자신을 억제하는 듯한 어조로 말하고 있었다.

"그렇다면 그걸 제게 보여 주시지 않을 건가요?"

그 말에 잉글소프 부인이 대답했다.

"얘야, 이건 그 문제와는 아무 상관도 없단다."

"그렇다면 제게 보여 주세요."

"단언하는데 이건 네가 생각하는 그런 게 아니란다. 너와 전혀 상관이 없는 거란 말이다."

이 말에 메리 캐번디시는 좀 더 고통스러운 어조로 대답했다.

"물론, 저는 어머님이 그이를 두둔하실 줄 알았어요."

신시아가 나를 기다리고 있다가 허겁지겁 인사를 했다.

"오셨군요! 끔찍한 소동이 벌어지고 있다네요! 도커스에게서 다 들었어요."

"어떤 종류의 소동인가요?"

"에밀리 아주머니와 '그 사람' 사이의 일이래요. 아주머니가 결국 그 사람의 정체를 알아차렸다면 좋으련만!"

"그래요? 도커스가 그 자리에 있었대요?"

"물론 아니죠. 그녀는 우연히 문 옆에 있었다더군요. 진짜 해묵은 싸움이랄까요. 도대체 무엇 때문에 벌어진 사단인지 정말 알고 싶어요."

나는 레이크스 부인의 집시 같은 얼굴, 에벌린 하워드의 경고를 떠올렸지만, 현명하게도 침착성을 유지하기로 마음먹었다. 그동안 신시아는 온갖 가정들을 동원한 다음 명랑한 어조로 말을 맺었다.

"에밀리 아주머니는 그 사람을 쫓아 보내고 다시는 그 사람 말을 입에 올리지 않게 되실 거예요."

나는 존을 만나 보고 싶어서 조바심이 났지만 그의 모습은 어디에서도 보이지 않았다. 그날 오후 뭔가 아주 중요한 일이 벌어진 게 분명했다. 나는 아까 우연히 들은 그 말을 잊어버리려 애썼지만, 그것을 마음속에서 털어 버릴 수가 없었다. 메리 캐번디시는 이 문제와 어떤 관련이 있을까?

내가 저녁 식사를 하러 내려가자, 잉글소프 씨가 거실에 있었다. 그의 얼굴은 여느 때처럼 무표정했는데, 그 사내의 기묘한 비현실적인 면에 나는 또다시 충격을 받았다.

마지막으로 잉글소프 부인이 내려왔다. 그녀는 여전히 동요된 것처럼 보였다. 식사를 하는 동안 왠지 어색한 침묵이 감돌았다. 잉글소프도 유난히 조용했다. 언제나처럼 그는 아내의 등 뒤에 쿠션을 놓아 주고 헌신적인 남편의 역할을 하면서 자신의 아내에게 세심한 관심을 기울였다. 식사가 끝나자마자 잉글소프 부인은 다시 내실로 돌아갔다.

"내 커피는 이리로 가져와 다오, 메리. 우체국까지 제시간에 닿으려면 5분밖에 시간이 없어."

그녀가 소리쳤다.

신시아와 나는 밖으로 나와 열린 거실 창문 옆에 앉았다. 메리 캐번디시가 우리에게 커피를 갖다 주었다. 그녀는 흥분한 듯했다.

"젊은 분들, 불을 켤까요, 아니면 어스름한 빛을 즐기실래요? 신시아, 어머님께 커피 좀 갖다 드리겠니? 내가 따라 줄게."

"그럴 필요 없어요, 메리. 내가 에밀리에게 갖다 주리다."

앨프리드 잉글소프가 말했다.

그는 커피를 따른 다음 조심스럽게 들고 거실에서 나갔다.

로렌스가 그를 따라갔고, 캐번디시 부인은 우리 곁에 앉았다.

우리 세 사람은 한동안 말없이 앉아 있었다. 덥고 조용하고 아름다운 밤이었다. 캐번디시 부인은 종려나무 잎으로 천천히 부채질을 했다.

"너무 더워요. 비바람이라도 몰아칠 것 같아요."

그녀가 중얼거렸다.

불행히도 이런 조화로운 순간들은 결코 오래가지 않는 법! 나의 행복감은 홀에서 들려온 목소리에 거칠게 산산조각 나고 말았다. 내가 잘 아는, 그리고 정말로 싫어하는 목소리였다.

"바워스타인 박사잖아요! 이런 시간에 오다니 정말 우습군요."

신시아가 소리쳤다.

나는 질투에 찬 눈길로 메리 캐번디시를 흘긋 바라보았지만, 그녀는 전혀 동요하지 않는 것 같았다. 우아하고 창백한 두 뺨은 아무런 변화도 없었다.

잠시 후 앨프리드 잉글소프가 바워스타인 박사를 거실로 안내했다. 박사는 웃음을 터뜨리며 자신은 거실에 들어올 만한 상황이 아니라고 항의하고 있었다. 실제로 그는 말 그대로 온몸에 진흙을 뒤집어쓴 딱한 몰골을 하고 있었다.

"무슨 일을 하고 계셨기에 그러세요?"

캐번디시 부인이 소리쳤다.

"사과를 해야겠군요. 정말이지 들어올 생각이 아니었는데, 잉글소프 씨가 고집을 부려서요."

바워스타인 박사가 말했다.

"이런, 바워스타인, 곤경에 빠졌군요. 커피를 좀 드시지요. 그리고 무슨 일이 있었는지 말해 주세요."

존이 홀에서 천천히 걸어 들어오며 말했다.

"감사합니다. 그러지요."

그는 약간 딱하게 웃음을 터뜨리고는, 자신이 접근하기 어려운 곳에서 아주 희귀한 양치류를 찾아냈는데, 그것을 따려다가 발을 헛디뎌 부끄럽게도 근처에 있는 연못에 빠지고 말았다고 설명했다.

"젖은 옷은 햇빛에 금방 말랐습니다만, 지금 내 모습이 지독하게 꼴사나울까 봐 걱정입니다."

그가 덧붙였다.

순간 잉글소프 부인이 홀에서 신시아를 부르는 소리가 들려왔고, 신시아가 달려 나갔다.

"얘야, 편지함 좀 가져다주겠니? 이제 잠자리에 들어야겠구나."

홀로 통하는 문은 폭이 넓었다. 신시아가 편지함을 가지고 갈 때, 나는 자리에서 일어나 있었고, 존은 바로 내 옆에 있었다. 그러므로 잉글소프 부인이 아직 맛보지 않은 커피를 들고 있었다고 증언할 수 있는 목격자는 세 명인 셈이었다.

바워스타인 박사의 출현은 내 저녁 시간을 완전히 망치고 말았다. 내가 보기에 그는 돌아갈 것 같지 않았다. 하지만 이윽고 그는 자리에서 일어섰고, 나는 안도의 한숨을 내쉬었다.

"나도 당신과 함께 마을로 내려가야겠습니다. 부동산 회계 문제로 중개인을 만나야 해서."

잉글소프는 이렇게 말하고는 존에게 몸을 돌렸다.

"아무도 나 때문에 기다릴 필요 없어요. 열쇠를 가지고 갈 테니까."

비극의 밤

내 이야기 중 이 부분을 명확하게 묘사하기 위해 스타일스 저택의 2층 평면도를 다음에 첨부한다.

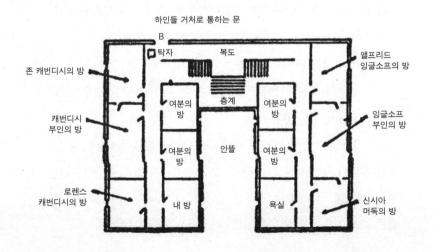

하인들의 방은 B문을 통해 출입하게 되어 있었다. 그 방들은 잉글소프 부부의 방들이 있는 오른쪽 측랑과는 분리되어 있다.

내가 로렌스 캐번디시 때문에 잠에서 깬 것은 한밤중이었던 것 같다. 그는 손에 촛불을 들고 있었는데, 그의 동요된 얼굴을 보고 나는 즉각 뭔가가 심각하게 잘못되었다는 것을 알 수 있었다.

"무슨 일인가요?"

나는 침대에서 일어나 앉아 생각을 모으려 애쓰며 물었다.

"어머니가 무척 편찮으신 게 아닌가 하고 우리 모두 걱정하고 있습니다. 발작 같은 걸 일으키신 것 같아요. 그런데 안타깝게도 문이 안쪽에서 잠겨 있어요."

"당장 가겠습니다."

나는 침대에서 튕겨지듯 나와서는 가운을 걸치고 로렌스를 따라 복도를 지나 건물의 오른쪽 측랑으로 통하는 복도에 이르렀다.

존 캐번디시가 우리와 합류했고, 하녀 한두 명이 두려움에 질린 채 주위에 서 있었다. 로렌스가 자기 형에게 몸을 돌렸다.

"어떻게 하면 좋을까?"

그의 성격의 우유부단한 면을 이보다 더 잘 보여 주는 경우도 없으리라고 나는 생각했다.

존은 잉글소프 부인의 방문 손잡이를 거칠게 흔들었지만 아무 소용이 없었다. 안에서 잠겨 있거나 빗장이 질러져 있는 것이 분명했다. 이제 집안 식구 모두 일어나 있었다. 방 안에서 급박하기 짝이 없는 소리가 들려왔다. 무슨 일인가 일어난 것이 분명했다.

도커스가 소리쳤다.

"잉글소프 씨의 방을 통해서 들어가 보세요, 도련님. 오, 가엾은 마님!"

그때 나는 문득 앨프리드 잉글소프가 그 자리에 없다는 것, 그 사람만이 얼굴을 비추지 않았다는 것을 알아차렸다. 존이 잉글소프의 방문을 열었다. 방 안은 아주 캄캄했지만, 로렌스가 촛불을 들고 뒤따라 들어왔으므로, 그 희미한 불빛으로 우리는 침대에 사람이 잔 흔적도, 방 안에 사람이 있는 기미도 없다는 것을 알 수 있었다.

우리는 옆방과 연결되는 사잇문으로 곧장 다가갔다. 그 문 역시 옆방 쪽에서 잠겨 있거나 빗장이 질러져 있는 것 같았다. 도대체 무슨 일이 일어난 것일까?

"아, 이런, 도련님. 이제 어떻게 해야 하지요?"

도커스가 두 손을 비틀며 외쳤다.

"문을 부수고 안으로 들어가야 할 것 같군. 거친 행동이긴 하지만 말이야. 자, 하녀 하나를 내려 보내. 베일리를 깨워서 윌킨스 박사를 모셔 오게 하라고. 이제 우리는 저 문을 열어 보지. 그런데 잠깐, 신시아의 방에도 저 방으로 통하는 사잇문이 있지 않나?"

"그렇습니다, 도련님. 하지만 그 문은 언제나 빗장이 질러져 있습니다. 한 번도 열린 적이 없어요."

"음, 어디 한번 보기나 하지."

그는 신시아의 방으로 통하는 복도로 재빨리 달려갔다. 그곳에서는 메리 캐번디시가 신시아를 흔들어 깨우고 있었다. 그 처녀는 보기 드물게 시끄러운 와중에도 잘 자는 사람임이 분명했다.

잠시 후 존이 돌아왔다.

"소용없어. 그 문 역시 저쪽에서 빗장이 걸려 있어. 문을 부수고 들어가야겠군. 이 문이 복도 쪽에 있는 문보다는 좀 더 약할 것 같은데."

우리는 함께 문을 흔들어 댔다. 문틀은 몹시 단단해서 오랫동안 우리의 힘에 저항했지만, 이윽고 우리는 문이 우리의 힘에 밀리는 것을 느꼈다. 마침내 요란한 소리를 내며 문이 열렸다.

우리는 함께 방 안으로 달려갔다. 로렌스가 여전히 촛불을 들고 있었다. 잉글소프 부인은 침대에 누워 있었는데, 몸 전체가 격렬한 경련으로 흔들리고 있었다. 경련을 심하게 일으켰을 때 옆에 있는 탁자를 쓰러뜨린 것 같았다. 우리가 들어갔을 때 그녀는 팔다리를 늘어뜨린 채 베개에 등을 댄 채 누워 있었다.

존은 방을 가로질러 들어가 가스등에 불을 붙였다. 그는 하녀 애니에게 몸을 돌리고는 브랜디를 가져오라며 그녀를 식당으로 내려보냈다.

그가 다시 방을 가로질러 부인에게 가는 동안, 나는 복도 쪽으로 나 있는 문의 빗장을 풀었다. 그런 다음 나는 이제 더 이상 도울 일이 없으니 방으로 돌아가는 편이 낫겠다고 말하려고 로렌스에게 몸을 돌렸다. 하지만 말이 나오기도 전에 입술 위에서 얼어붙어 버렸다. 누군가에게서 그렇게 소름끼치는 얼굴을 본 적이 없던 것이다. 그의 얼굴은 백지장처럼 창백했고, 부들부들 떨리는 손에 쥐고 있는 촛불에서는 촛농이 양탄자 위로 떨어지고 있었으며, 공포나 그 비슷한 종류의 감정으로 마비된 듯한 두 눈은 내 머리 너머 벽의 어느 지점을 뚫어져라 응시하고 있었다. 마치 뭔가를 발견하고 돌처럼 몸이 굳은 것 같았다. 나는 본능적으로 그가 바라보는 곳으로 시선을 돌렸지만 이상한 것을 발견할 수 없었다. 벽난로 속에서 소리 없이 약하게 타오르고 있는 재와 벽난로 선반 위에 놓인 일련의 멋진 장식품들은 분명 사람에게 해를 끼칠 만한 것이 아니었다.

잉글소프 부인의 격렬한 발작이 가라앉고 있는 것 같았다. 그녀는 급박하게 숨을 헐떡이면서 간신히 말했다.

"이제 한결 낫군……. 너무 갑작스럽게……. 내가 어리석었어, 안에서 문을 잠그다니."

침대 위로 그림자 하나가 나타났다. 메리 캐번디시가 신시아의 어깨에 팔을 두른 채 문 옆에 서 있었다. 그녀는 어안이 벙벙해 다른 사람처럼 보이는 신시아를 부축하고 있었다. 신시아의 얼굴은 매우 상기되어 있었고 줄곧 하품을 해 댔다.

"가엾게도 신시아가 몹시 놀란 모양이에요."

메리 캐번디시가 나직하지만 또렷한 어조로 말했다.

나는 그녀가 하얀 가운을 입고 있는 것을 보았다. 그렇다면 그때는 내가 생각했던 것보다 더 늦은 시간이었던 것 같다. 나는 새벽의 희미한 빛이 창문의 커튼을 통해 스며드는 것을 보았다. 벽난로 선반 위에 놓인 시계가 5시에 가까워지고 있었다.

순간 침대에서 들려온 목이 졸리는 듯한 비명 소리에 나는 소스라치게 놀랐다. 새로운 고통의 발작이 가엾은 부인을 다시 사로잡고 있었다. 그 경련은 곁에서 지켜보기에는 너무나 끔찍한 폭력이었다. 모든 것이 혼란 상태였다. 우리는 부인을 둘러싸고 도와주지도 편안하게 해 주지도 못한 채 속수무책으로 서 있었다. 마지막 발작으로 그녀의 몸이 침대에서 들어 올려지더니 기묘하게 활처럼 휘어졌다. 몸 전체가 머리와 발뒤꿈치로 지지되고 있는 것처럼 보일 정도였다. 메리와 존이 그녀에게 브랜디를 좀 더 먹이려고 했지만 소용이 없었다. 똑딱똑딱 시간이 흘렀다. 부인의 몸은 또다시 활처럼 괴상하게 휘었다.

그 순간, 바워스타인 박사가 권위 있는 태도로 방 안으로 들어왔다. 한순간 그는 걸음을 멈추고 침대 위에 있는 사람을 응시했다. 그 순간 잉글소프 부인은 박사에게 눈길을 고정한 채 목이 졸리는 듯한 어조로 외쳤다.

"앨프리드…… 앨프리드……."

다음 순간 그녀는 베개 위로 등을 대고 쓰러져 움직이지 않았다.

박사는 큰 걸음으로 침대로 다가가 부인의 두 팔을 붙잡아 세차게 움직여 대며 내가 알기로 인공호흡이란 것을 시켰다. 그는 하인들에게 짧고 날카로운 어조로 몇 가지 지시를 내렸다. 그의 긴박한 손짓에 우리는 모두 문 쪽으로 물러났다. 우리는 넋을 잃은 채 그를 지켜보았다. 하지만 우리 모두 이미 늦었다는 것, 이제는 할 수 있는 일이 아무것도 없다는 것을 알고 있었던 것 같다. 그의 얼굴에 떠오른 표정으로 나는 박사도 거의 희망을 갖고 있지 않다는 것을 알 수 있었다.

마침내 그는 하던 일을 멈추고 우울하게 고개를 내저었다. 그 순간, 밖에서 발소리가 들려왔다. 잉글소프 부인의 주치의인 윌킨스 박사가 부산스럽게 안으로 들어왔다. 살집이 좋고 깐깐해 보이는 키 작은 사내였다.

바워스타인 박사는 자동차가 저택 밖으로 나갈 때 마침 자신이 저택 대문을 나서고 있었으므로, 차가 윌킨스 박사를 데리러 간 사이에 가능한 한 빨리 저택으로 달려왔다고 간단하게 상황을 설명했다. 그는 힘없는 손짓으로 침대 위에 있는 사람의 모습을 가리켰다.

윌킨스 박사는 중얼거렸다.

"정……말 슬픈 일이군요. 정……말 유감입니다. 가엾은 부인, 언제나 일을 너무 많이 하셨지요. 너무 많이 말입니다. 내 충고를 무시하시고요. 부인에게 경고드렸지요. 부인의 심장은 강한 것과는 거리가 멀었죠. '좀 쉬세요.'라고 내가 부인에게 말씀드렸지요. '좀…… 쉬시……라고요.' 하지만 그러지 않으셨죠. 일에 대한 열정이 너무 크셨지요. 자연이 반란을 일으켰군요, 자연이…… 반란을…… 일으켰……어요."

바워스타인 박사가 그 시골 의사를 유심히 지켜보고 있다는 것을 나는 알아차렸다. 말을 하면서도 그는 여전히 윌킨스 박사에게서 눈길을 떼지 않았다.

"발작이 특별히 격렬하더군요, 윌킨스 박사. 조금 일찍 오셔서 그걸 보시지 못한 게 유감입니다. 그건 분명…… 강직성 경련이었습니다."

"아!"

윌킨스 박사가 알겠다는 듯이 대답했다.

"박사님과 단둘이 이야기를 좀 해야겠습니다"

이렇게 말하고 바워스타인 박사는 존에게 몸을 돌렸다.

"괜찮겠지요?"

"물론 괜찮습니다."

우리는 의사 두 사람만 남겨 두고 모두 복도로 나왔다. 우리가 나온 뒤 열쇠 구멍 속에서 열쇠 돌아가는 소리가 들려왔다.

우리는 천천히 층계를 걸어 내려왔다. 나는 몹시 흥분해 있었다. 내게는 추론에 대한 재능 같은 것이 있었는데, 바워스타인 박사의 태도가 내 마음에 엉뚱한 추측을 불러일으켰던 것이다. 메리 캐번디시가 내 팔 위에 한 손을 얹었다.

"무슨 일일까요? 바워스타인 박사가 왜 그렇게…… 이상한 태도를 취했을까요?"

나는 그녀를 바라보았다.

"지금 내가 무슨 생각을 하고 있는지 아세요?"

"뭐라고요?"

"제 말 좀 들어 보세요!"

나는 주위를 둘러보았다. 다른 사람들은 내 목소리가 들리지 않을 만큼 떨어져 있었다. 나는 속삭임에 가까울 정도로 목소리를 낮추었다.

"제 생각에 잉글소프 부인은 독살된 것 같습니다. 바워스타인 박사는 그 점을 의심하고 있는 게 분명합니다."

"뭐라고요?"

그녀는 벽 쪽으로 뒷걸음질쳤다. 동공이 급하게 확장되고 있었다. 그러더니 그녀는 나를 소스라치게 할 정도로 갑작스럽게 외쳤다.

"아니, 아니에요……. 그렇지 않다고요……. 그건 아니에요!"

그리고는 내게서 벗어나 층계를 달려 올라갔다. 그녀가 기절하지 않을까 걱정이 된 나는 그 뒤를 따랐다. 그녀는 백지장처럼 창백한 얼굴로 층계 난간에 기대 있었다. 그녀는 조급하게 나에게 다가오지 말라는 손짓을 해 보였다.

"아니, 아니에요. 절 내버려 두세요. 혼자 있고 싶어요. 잠시 동안만이라도 조용히 있게 해 주세요. 다른 사람들 있는 곳으로 내려가세요."

나는 마지못해 그녀의 말에 따랐다. 존과 로렌스가 식당에 있었다. 나는 그들과 합류했다. 우리는 모두 아무 말도 하지 않았지만, 마침내 침묵을 깨고 내가 한 말은 우리 모두의 생각을 표현한 것일 터였다.

"잉글소프 씨는 어디 있습니까?"

존이 고개를 저었다.

"그는 집 안에 없어."

우리의 시선이 마주쳤다. 도대체 앨프리드 잉글소프는 어디에 있단 말인가? 그의 부재는 기묘했고 설명되지 않았다. 나는 잉글소프 부인이 죽어 가면서 한 말을 떠올렸다. 그 말에는 무슨 뜻이 숨어 있을까? 시간이 있었다면, 그녀는 우리에게 무슨 말을 더 했을까?

이윽고 두 의사가 층계를 내려오는 소리가 들려왔다. 윌킨스 박사는 흥분되고 젠체하는 모습으로, 점잖은 침착함 아래 내심 기뻐하는 모습을 숨기려 애쓰고 있었다. 바워스타인 박사는 턱수염이 난 얼굴에 줄곧 심각한 표정을 띤 채 뒤쪽에 머물러 있었다. 두 사람을 대표해 입을 연 것은 윌킨스 박사였다. 그가 존에게 말했다.

"캐번디시 씨, 잉글소프 부인을 검시하는 데 동의해 주셨으면 합니다."

"그게 필요한가요?"

존이 침울하게 물었다. 고통스러운 듯 경련이 그의 얼굴을 가로질렀다.

"반드시요."

바워스타인 박사가 대답했다.

"그렇다면 당신 말은……?"

"이런 상황에서는 윌킨스 박사도 나도 사망 확인서를 쓸 수 없습니다."

존은 고개를 떨어뜨렸다.

"그렇다면 나로서는 동의하는 것 외에는 다른 선택이 없겠군요."

윌킨스 박사가 활기차게 말했다.

"고맙습니다. 검시는 오늘 밤…… 아니면 내일 밤 있을 겁니다."

그런 다음 그는 새벽 햇살을 쳐다보았다.

"이런 상황에서는 심리가 불가피할 것 같습니다. 절차상 이런 일들이 필요합니다만, 너무 낙심하지 마십시오."

잠시 침묵이 흘렀다. 이윽고 바워스타인 박사가 주머니에서 열쇠 두 개를 꺼내 존에게 내밀었다.

"두 방의 열쇠입니다. 내가 방문을 잠갔습니다. 내 생각에 지금으로서는 잠근 채로 두는 것이 좋을 것 같습니다."

그런 다음 두 의사는 저택을 떠났다.

나는 머릿속에서 한 가지 착상을 굴리고 있었는데, 이제 그것을 실천에 옮길 때가 되었음을 느꼈다. 그런데 그렇게 하자니 약간 망설여지는 게 있었다. 내가 알기로 존은 모든 종류의 유명세를 싫어하고, 중도에 어려움 같은 게 닥치지 않는 편을 좋아하는 태평한 낙관론자였다. 내 계획이 소란을 불러일으키지 않는다는 것을 그에게 납득시키기란 몹시 어려울 터였다. 반면 로렌스는 덜 보수적이고 상상력이 더 풍부했으므로, 나는 그를 협력자로서 의지할 수 있으리라는 느낌이 들었다. 내가 나서야 할 순간이 온 것이 분명했다.

"존, 부탁할 게 있는데요."

내가 말했다.

"무슨 부탁을?"

"내 친구 푸아로에 대해 내가 했던 이야기 기억하십니까? 이곳에 와 있는 벨기에 신사 말입니다. 그 사람은 정말이지 유명한 형사였답니다."

"알고 있어."

"내가 그를 불러오는 걸 허락해 줬으면 합니다. 이 문제를 조사하기 위해서 말입니다."

"뭐라고…… 지금? 검시도 하기 전에?"

"그렇습니다. 한시라도 빨리 움직이는 게 유리합니다. 만약…… 만약…… 사악한 행위가 있었다면 말입니다."

로렌스가 화를 내며 소리쳤다.

"쓸데없는 소리! 내 생각에는 이 모든 게 바워스타인의 쓸데없는 말 때문입니다! 바워스타인이 그런 생각을 불러일으키기 전까지 윌킨스는 그런 건 생각조차 하지 않았다고요. 모든 전문가들이 그렇듯이 바워스타인은 머리가 좀 이상해진 거예요. 독약은 그 사람의 취미라고요. 물론 그래서 어디서나 그런 것만 찾아내는 거고요."

나는 로렌스의 태도에 깜짝 놀랐다는 것을 고백하지 않을 수 없다. 그가 이런 식으로 어떤 일에 격한 반응을 보이는 경우가 극히 드물었던 것이다.

존은 한참 망설이다가 말했다.

"나는 그렇게 느끼지 않아, 로렌스. 조금 기다려 보고 싶기는 하지만 헤이스팅스의 재량에 맡기고 싶다. 불필요한 추문을 불러일으키고 싶지 않으니 말이야."

내가 허겁지겁 외쳤다.

"그렇고말고요. 그 문제에 대해서는 전혀 걱정할 필요가 없습니다. 푸아로는 신중함 그 자체니까요."

"잘됐군, 그렇다면 이 문제는 자네가 알아서 해. 이 문제를 자네에게 일임하겠어. 하지만 이 일이 우리가 의심하고 있는 그대로라면, 이번 일은 너무나도 명백한 것 같아. 혹시 내가 그를 오해하고 있다 해도 신께서 나를 용서하시기를!"

나는 손목시계를 쳐다보았다. 6시 정각이었다. 나는 시간을 낭비하지 않기로 마음먹었다.

하지만 나는 곧바로 나가지 않고 5분 더 지체했다. 그 시간 동안 서재를 뒤져서 스트리크닌 중독에 대한 설명이 든 의학 서적을 찾아냈던 것이다.

푸아로, 수사하다

벨기에 인들이 묵고 있는 집은 마을 공원의 정문에서 아주 가까웠다. 에둘러 나 있는 차도를 가로지르는, 길게 자란 풀숲 사이로 난 좁은 길로 가면 시간을 절약할 수 있었다. 그래서 나는 그 길로 들어섰다. 그 집에 거의 다다랐을 무렵 나를 향해 달려오는 한 사내의 모습이 나의 관심을 끌었다. 앨프리드 잉글소프였다. 그는 어디에 있었던 것일까? 자신이 집에 없었던 걸 그는 어떻게 설명할까?

그는 서둘러 내게 다가와 말을 걸었다.

"맙소사! 이런 끔찍한 일이! 가엾은 내 아내! 이제 막 그 소식을 들었어요."

"어디 계셨습니까?"

"어젯밤 덴비가 늦도록 날 놓아주지 않았습니다. 새벽 1시가 되어서야 얘기가 끝났거든요. 그런데 내가 깜박 잊고 열쇠를 가져오지 않았더군요. 난 집안 식구들을 깨우고 싶지 않았습니다. 그래서 덴비네에서 하룻밤 묵었지요."

"그 소식은 어떻게 들으셨나요?"

"월킨스 박사가 그 소식을 전하려고 덴비에게 들렀더군요. 가엾은 에밀리! 그녀는 너무나 헌신적이었습니다. 정말이지 고상한 성격이지요. 그녀는 힘에 부치게 일했습니다."

극도의 혐오감이 내 온몸을 휩쓸었다. 정말이지 속속들이 위선자가 아닌가!

"저는 서둘러 가야 할 곳이 있어서요."

나는 이렇게 말하며 그가 나한테 어디로 가는지 묻지 않은 걸 다행히 여겼다.

잠시 후 나는 리스트웨이스 저택의 현관문을 두드렸다.

아무런 대답이 없었으므로, 나는 조바심을 내며 계속 문을 두드렸다. 그때 머리 위의 창문 하나가 조심스럽게 열리더니, 푸아로가 밖을 내다보았다.

그는 나를 보고는 놀라움에 찬 감탄사를 내질렀다. 나는 방금 일어난 비극을 몇 마디 말로 설명하고 그에게 도움을 청했다.

"기다리게, 친구. 들어오게 해 줄 테니, 내가 옷을 차려입을 동안 사건을 자세하게 이야기해 주게."

잠시 후 그가 문을 열어 주자, 나는 그를 따라 방으로 올라갔다. 그는 나에게 의자를 권했고, 나는 그에게 아무것도 숨기는 것 없이 사소한 상황도 빠뜨리지 않고 모든 것을 이야기해 주었다. 그동안 그는 침착하고 주의 깊게 몸단장을 했다.

나는 내가 잠에서 깨어난 정황, 잉글소프 부인이 죽어 가면서 한 말, 그녀의 남편이 집에 없었던 것, 그 전날 있었던 소동, 내가 우연히 엿듣게 된 메리와 잉글소프 부인의 대화 한 토막, 그 이전에 있었던 잉글소프 부인과 에벌린 하워드와의 말다툼, 그리고 에벌린 하워드의 진심에 대해 그에게 말했다.

하지만 내 바람만큼 명료하게 전달되지 못했다. 나는 몇 차례 같은 이야기를 반복했고, 때로는 잊어버리고 말하지 않은 세부 사항으로 다시 돌아가야 했다. 푸아로는 나에게 친절하게 미소를 지어 보였다.

"자네 마음이 혼란스러운가 보군? 그렇지 않나? 여유를 가져, 몬 아미. 자네는 지금 동요되어 있어. 흥분해 있다고. 그건 너무나도 당연해. 이제 좀 더 침착해지면 여러 가지 사실들을 제자리에 말끔히 정리하게 될 거야. 사실들을 검토해서 버릴 건 버릴 걸세. 중요한 것들은 따로 모아 놓고, 중요하지 않은 것들은, 후! 불어서 날려 보내는 거지."

그는 아이처럼 통통한 얼굴을 찡그리더니 상당히 우스꽝스럽게 숨을 내뱉었다.

"모두가 좋은 얘기긴 하지만, 중요한 것과 중요하지 않은 것을 어떻게 구분합니까? 내겐 그 일이 언제나 어려운 일 같은데요."

내가 반박했다.

푸아로는 기운차게 고개를 내저었다. 이제 그는 세심하게 콧수염을 다듬고 있었다.

"그렇지도 않아. 부와용!(보게!) 한 가지 사실은 다른 또 하나의 사실을 끌어내지. 그런 식으로 계속할 수 있는 거야. 다음번 것이 앞의 사실과 일치하는가? 아 메르베유!(잘됐군!) 우리는 계속할 수 있어. 그 다음번 사소한 것은…… 아니란 말이지! 아, 이건 이상하군! 뭔가 빠진 게 있는 거야. 연결 고리가 없는 거지. 우리는 점검하고 조사하는 거야. 그 사소하고 이상한 사실, 부합하지 않는 그 별것 아닐 수 있는 사소한 사실을 맞추는 거지!"

그는 한쪽 손을 과장되게 움직였다.

"그게 중요한 거야! 그게 엄청난 거라고!"

"그렇……군요."

푸아로가 나를 향해 어찌나 사납게 집게손가락을 흔들어 댔던지 내가 다 제풀에 움츠러들 지경이었다.

"아! 조심하게! '그건 너무 사소해. 중요하지 않아. 그건 맞지 않을 거야. 잊어버리자고.'라고 말하는 탐정은 곤경에 처하게 마련이지. 그 길에 혼돈이 있는 거야! 모든 게 다 중요해."

"압니다. 당신은 언제나 내게 그런 말을 하셨지요. 이 일에서 내게 의미 있어 보이든 않든 간에 모든 세부 사항까지 당신에게 말한 건 바로 그래섭니다."

"그래서 난 자네가 마음에 들어. 자네는 뛰어난 기억력을 갖고 있고, 내게 사실들을 충실하게 알려 주었어. 자네가 사실들을 제시한 순서에 대해서는 말하지 않겠네. 솔직히 그건 통탄스러웠지. 하지만 정상을 참작해 주겠네. 자넨 몹시 흥분해 있으니 말이야. 자네가 가장 중요한 한 가지 사실을 빠뜨린 건 그래서겠지."

"그게 뭔데요?"

"어제 저녁 잉글소프 부인이 식사를 잘했는지 아닌지 말해 주지 않았지."

나는 그를 응시했다. 전쟁이 이 작은 사내의 두뇌에 영향을 미친 것이 분명했다. 그는 외투를 입기에 앞서 주의 깊게 솔질에 착수했는데, 그 일에 완전히 몰두해 있는 것 같았다.

"기억이 나지 않는데요. 어쨌거나 나로서는 도무지……."

"이해가 가지 않는다는 건가? 하지만 그것이야말로 가장 중요한 사실이야."

"이유를 모르겠군요. 내가 기억하는 한 부인은 많이 드시지 않았습니다. 분명히 동요되어 있었고, 그래서 식욕도 없었던 것 같습니다. 당연한 일이지요."

내가 약간 초조해져서 말했다

푸아로는 생각에 잠긴 채 대답했다.

"그렇지. 그건 당연한 일이지."

그는 서랍을 열어 작은 우편 발송함을 꺼낸 다음 내게로 몸을 돌렸다.

"이제 준비가 끝났네. 자, 우리 어서 그곳으로 가서 현장을 살펴보지. 잠깐만, 몬 아미, 자네 서둘러서 옷을 입은 모양이군. 넥타이가 한쪽으로 쏠려 있어. 내가 바로잡게 해 주게."

푸아로는 능숙한 손놀림으로 내 넥타이를 바로잡았다.

"사 이 에!(이제 됐군!) 이제 갈까?"

우리는 서둘러 마을을 벗어나 저택의 대문으로 들어섰다. 푸아로
는 잠시 걸음을 멈추고는 아침 이슬이 아직 반짝이는 드넓고 아름
다운 정원을 서글프게 응시했다.

"정말 아름답군, 정말 아름다워. 그런데 가엾은 일가족은 비탄에
젖어 기운을 잃고 슬픔에 빠져 있군."

그렇게 말하면서 그는 날카로운 시선으로 나를 바라보았다. 그의
집요한 눈길에 나는 얼굴이 붉어지는 것을 느꼈다.

일가가 비탄으로 기운을 잃었을까? 잉글소프 부인의 죽음으로 인
한 슬픔이 그렇게 클까? 나는 그곳 분위기에 애정이 결핍되어 있음
을 깨달았다. 죽은 부인에게는 사람들에게 애정을 불러일으키는 재
능이 없었다. 그녀의 죽음은 충격이고 슬픔이었지만, 가슴 아픈 안
타까움은 불러일으키지 않을 터였다.

푸아로도 나와 같은 생각인 듯했다. 그는 심각하게 고개를 끄덕
였다.

"아니야, 자네 생각이 옳아. 이곳에는 혈연적인 유대가 없는 것
같군. 그녀는 이들 캐번디시 가의 형제를 친절하고 관대하게 대했
지만 그들의 친어머니는 아니었지. 핏줄은 속일 수 없는 법이야. 언
제나 이 말을 기억해야 해. 핏줄은 속일 수 없는 법이야."

"푸아로, 어제 저녁 잉글소프 부인이 식사를 잘했는지는 왜 알고
싶어 했는지 듣고 싶습니다. 줄곧 생각해 보았지만, 그게 이 문제와

무슨 관련이 있는지 알 수가 없습니다."

그는 잠깐 말없이 걷다가는 이윽고 입을 열었다.

"자네에게 말하는 게 꺼려지는 건 아니야. 하지만 알다시피 결말에 이르기 전에는 설명하지 않는 게 내 습관이라서. 현재의 논점은, 잉글소프 부인이 아마도 커피에 든 스트리크닌으로 독살된 것이 아닌가 하는 거야."

"그런데요?"

"그런데 커피가 나온 시간이 언제인가?"

"8시경이었습니다."

"그렇다면 부인이 커피를 마신 시각은 그때부터 8시 30분까지일 거야. 그 시간에서 많이 늦지는 않았겠지. 스트리크닌은 약효가 상당히 빨리 나타나는 독약이야. 아주 빠른 시간 내에, 약 한 시간 내에 효과가 나타나거든. 그런데 잉글소프 부인의 경우, 증세가 다음 날 새벽 5시가 되어서야 나타났지. 무려 아홉 시간만이지! 하지만 독약과 동시에 음식을 많이 먹었다면, 그 정도까지는 아니겠지만 효과가 지연될 수 있어. 여전히 이건 고려해야 할 문제이긴 해. 하지만 자네의 말에 따르면, 그녀는 저녁 식사를 아주 조금 들었지. 그런데 약효가 다음 날 새벽이 되어서야 나타났고! 그 점이 이상해, 친구. 검시에서 이를 설명해 줄 뭔가가 나올지도 모르지. 그동안 이 점을 기억해 두게."

우리가 건물로 다가가자 존이 밖으로 나와 우리를 맞았다. 그의 얼굴은 지치고 수척해 보였다.

"이건 너무 끔찍한 일입니다. 무슈 푸아로. 우리가 이 일이 외부에 알려지지 않도록 애쓰고 있다는 건 헤이스팅스가 설명했겠죠?"

"완벽하게 이해합니다."

"아시다시피 지금으로서는 추측뿐입니다. 판단의 근거로 삼을 증거가 전혀 없으니까요."

"바로 그렇습니다. 조심스럽게 다뤄야 할 문제죠."

존이 내게로 몸을 돌리며 담뱃갑을 꺼내 담배 한 개비에 불을 붙였다.

"앨프리드 잉글소프가 집에 돌아왔다는 건 알고 있나?"

"예, 아까 만났습니다."

존은 성냥개비를 근처 꽃밭 속에 던졌는데, 그런 행동은 푸아로의 눈에 몹시 거슬릴 터였다. 푸아로는 그 성냥개비를 찾아내 눈에 띄지 않게 묻었다.

"그를 어떻게 대해야 할지 알 수가 없어."

"그런 어려움은 그리 오래가지 않을 겁니다."

푸아로가 조용히 말했다.

존은 그런 알쏭달쏭한 말의 불길한 의미를 제대로 이해하지 못하고 어리둥절한 표정을 지었다. 그는 바워스타인 박사에게서 받은 열쇠 두 개를 나에게 건넸다.

"무슈 푸아로가 보고 싶어 하는 건 뭐든 보여 드리게."

"그 방들은 잠겨 있습니까?"

푸아로가 물었다.

"바워스타인 박사가 그편이 좋겠다고 하셨습니다."

푸아로는 생각에 잠긴 채 고개를 끄덕였다.

"그랬다면 그분은 매우 치밀한 분이군요. 그럼으로써 우리에겐 사태가 간단해지는군요."

우리는 함께 비극이 일어난 방으로 올라갔다. 편의상 그 방과 그 안에 있는 주요 가구들의 위치가 표시된 지도를 첨부한다.

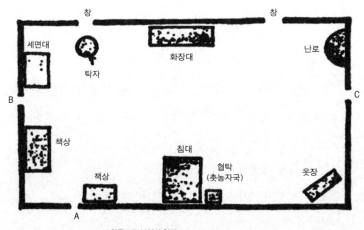

잉글소프 부인의 침실

A - 복도로 통하는 문
B - 앨프리드 잉글소프의 방으로 통하는 문
C - 신시아의 방으로 통하는 문

푸아로는 문을 안으로 잠그고 방을 면밀히 조사했다. 그는 메뚜기처럼 날쎄게 이 물건에서 저 물건으로 민첩하게 움직였다. 나는 혹시 단서라도 없애 버리지 않을까 두려워 문 옆에 그대로 서 있었다. 하지만 푸아로는 나의 삼가는 태도를 고마워하는 기색이 아니었다. 그가 소리쳤다.

"친구, 도대체 왜 그렇게 서 있는 건가? 그 뭐라더라? 오, 그래, 꼬치에 꿴 돼지처럼 말이야."

혹시 발자국이라도 없애 버릴까 봐 걱정스러워 그런다고 나는 설명했다.

"발자국? 굉장한 생각을 해냈군그래! 이 방은 이미 1개 연대가 다녀갔어. 무슨 발자국을 찾을 수 있을 것 같은가? 아니야, 이리 와서 내가 조사하는 걸 좀 도와줘. 필요하게 될 때까지 이 작은 함을 내려놓겠네."

그는 창가의 원탁 위에 자신의 편지함을 내려놓았지만, 그것은 경솔한 행동이었다. 헐거워져 있던 원탁의 윗부분이 한쪽으로 기울어지면서 함이 바닥으로 떨어져 버렸던 것이다.

"앙 부알라 윈 타블르!(이런 시원찮은 탁자가 다 있나!) 이런, 친구, 큰 집에서 산다고 해서 다 좋은 건 아니군."

푸아로가 소리쳤다.

그는 설교를 늘어놓은 뒤 다시 조사에 착수했다.

열쇠가 꽂힌 채 책상 위에 놓인 작은 자줏빛 편지함에 한동안 그의 주의가 끌린 모양이었다. 그는 열쇠 구멍에서 열쇠를 빼낸 다음, 살펴보라고 내게 건넸다. 하지만 나는 특별한 점을 찾아낼 수 없었다. 그것은 평범한 예일 형 열쇠로, 손잡이 둘레에 꼬인 철사가 감겨 있었다.

다음에 그는 우리가 부수고 들어갔던 문틀을 조사해, 빗장이 정말 걸려 있었다는 것을 직접 확인했다. 이어 그는 신시아의 방으로 통하는 맞은편 문으로 다가갔다. 그 문도 역시 내가 말했듯이 빗장이 걸려 있었다. 하지만 그는 철저하게도 문의 빗장을 벗긴 다음 여러 차례 열고 닫기를 반복했다. 그렇게 하면서 그는 아무런 소리도 내지 않기 위해 극도의 주의를 기울였다. 그런데 갑자기 빗장 안에 있는 무엇인가에 관심이 끌린 모양이었다. 그는 그것을 주의 깊게 살펴보더니 자신의 상자에서 재빨리 핀셋을 꺼내서는 작은 조각 같은 것을 집어내 조심스럽게 작은 봉투 속에 넣고 입구를 봉했다.

서랍장 위에는 알코올 램프와 작은 소스 냄비가 놓인 쟁반이 놓여 있었다. 소스 냄비에는 진한 색의 액체가 조금 남아 있었고, 그 옆에는 빈 컵과 받침 접시가 놓여 있었다.

나는 아까 어떻게 그것을 못 보고 지나쳤는지 의아했다. 여기에 취할 만한 단서가 있었던 것이다. 푸아로는 조심스럽게 손가락으로 그 액체를 찍어 신중하게 맛을 보았다. 그는 미간을 찌푸렸다.

"코코아, 그리고 내 생각엔 럼주가 섞인 것 같군."

그는 탁자가 나동그라져 물건들이 흩어져 있는 침대 옆 바닥으로 관심을 돌렸다. 독서용 등, 책 몇 권, 성냥, 열쇠 꾸러미, 그리고 깨진 커피 잔 조각들이 흩어져 있었다.

"어, 이것 참 이상하군."

푸아로가 말했다.

"내가 보기에는 하나도 이상한 게 없는 것 같은데요."

"자네가 보기엔 안 그렇다고? 저 등을 살펴보게. 등피가 두 쪽이 났지. 그것들은 떨어진 자리에 그대로 있어. 하지만 보게나, 저 커피 잔은 완전히 산산조각이 나 있잖나?"

"그건, 누가 커피 잔을 밟은 것 같은데요?"

내가 침울하게 대답했다.

"바로 그렇지. 누군가가 커피 잔을 밟은 거야."

푸아로가 기묘한 어조로 말했다.

그는 굽히고 있던 무릎을 일으키더니, 벽난로 선반까지 천천히 걸어가서는 방심한 표정으로 그 위에 놓인 장식품들을 만지작거린 다음 줄을 맞추었다. 그가 흥분했을 때 하곤 하는 행동이었다.

그는 내게 몸을 돌리면서 말했다.

"몬 아미, 누군가가 그 커피 잔을 밟아서 산산조각을 내 버렸어. 그렇다면 그것은 그 안에 스트리크닌이 들어 있었기 때문이거나 또는 훨씬 더 심각한 이유, 곧 그 안에 스트리크닌이 들어 있지 않았기 때문일 거야!"

나는 아무 대답도 하지 않았다. 어리둥절했지만, 그에게 설명을 요구해 봤자 소용없다는 것을 알고 있었다. 그는 재빨리 정신을 가다듬고 조사를 계속했다. 그는 바닥에서 열쇠 뭉치를 집어 들고는, 손가락으로 빙빙 돌리더니 마침내 아주 밝고 반짝거리는 열쇠 하나를 가려낸 다음, 자줏빛 편지함 열쇠 구멍에 넣고 돌렸다.

잠금 장치가 풀리자, 그는 함을 열었지만 잠시 망설이다가 다시 닫고 자물쇠를 잠그고는 편지함의 열쇠 구멍에 원래 꽂혀 있던 열쇠와 바닥에서 주운 열쇠 뭉치를 자신의 주머니 속에 넣었다.

"내겐 이 서류를 살펴볼 권리가 없어. 하지만 그렇게 해야 해. 당장 말일세!"

그런 다음 그는 세면대의 서랍들도 아주 조심스럽게 살펴보았다. 방을 가로질러 왼쪽 창문이 있는 곳으로 가던 그는, 진갈색 카펫 위에 묻어 있는, 거의 눈에 뜨지 않는 둥근 얼룩에 관심이 끌린 모양이었다. 그는 주저앉아 그것을 자세히 살펴보았다. 심지어는 냄새를 맡아 보기까지 했다.

이윽고 그는 아까의 코코아 한두 방울을 시험관 속에 떨어뜨린 다음 입구를 막았다. 다음 행동은 작은 수첩을 꺼내는 것이었다.

그는 서둘러 뭔가를 써 내려가면서 말했다.

"우리는 이 방에서 흥미로운 사실 여섯 가지를 발견했네. 그것들을 내가 나열해 볼까? 아니면 자네가 하겠나?"

"오, 당신이 하십시오."

내가 서둘러 대답했다.

"그럼, 좋지. 첫째, 산산조각이 나 버린 커피 잔, 둘째, 열쇠가 꽂힌 채로 놓인 편지함, 셋째, 바닥의 얼룩이야."

"그건 이전에 생긴 것일 수도 있는데요."

내가 그의 말허리를 잘랐다.

"아니야, 왜냐하면 만져 보면 아직 축축하고 커피 냄새가 나거든. 넷째, 진초록 옷감 조각이야. 한두 올뿐이지만 알 수 있지."

"아! 그게 바로 당신이 봉투 속에 넣고 봉한 것이로군요."

내가 외쳤다.

"그렇지. 하지만 그건 잉글소프 부인의 옷에서 나온 것일 수도 있는데, 그렇다면 그다지 중요하지 않지. 다섯째는 바로 '이거'야!"

그는 연극적인 동작으로 책상 옆 바닥에 떨어져 있는 커다란 촛농 자국을 가리켰다.

"이것은 분명 어제 이후 생긴 거야. 그렇지 않다면 훌륭한 하녀가 압지와 달군 다리미로 당장 없애 버렸을 거야. 한번은 내 모자 중에서 가장 좋은 것이…… 하지만 이건 이야기의 요점에서 벗어나는군."

"그건 어젯밤에 생긴 게 거의 확실합니다. 우리는 어제 무척 동요하고 있었으니까요. 아니면 잉글소프 부인이 자신의 초에서 떨어뜨렸을 수도 있고요."

"어젯밤 이 방에 들고 온 초가 하나였나?"

"예, 로렌스 캐번디시가 들고 있었지요. 하지만 그는 몹시 동요한 상태였습니다. 이 근처에 있는 무엇인가를 보고는……."

나는 벽난로 선반을 가리키며 말을 이었다.

"완전히 마비된 것 같더군요."

"그것 참 흥미롭군. 그래, 암시적이야."

푸아로가 재빨리 말했다.

그의 눈길은 벽을 죽 훑어보고 있었다.

"하지만 이렇게 큰 자국을 만든 건 그의 초가 아니야. 이게 하얀 밀랍이라는 건 자네도 알 거야. 그런데 화장대 위에 놓여 있는 무슈 로렌스의 초는 분홍색이란 말이지. 한편 잉글소프 부인은 방 안에 독서용 등만 두었을 뿐 촛대는 놓아두지 않았어."

"그렇다면 어떤 결론이 나오나요?"

내 질문에 내 친구는 다소 짜증스러운 투로 내게 나의 선천적인 능력을 사용해 보라고 강권했다.

"그리고 여섯 번째 사항은요? 코코아 같은데요."

푸아로는 생각에 잠긴 채 대답했다.

"아니, 그걸 여섯 가지에 포함시킬 수도 있었지만 나는 그러지 않았어. 아니야, 여섯 번째 사항은 지금으로서는 나 혼자만 알고 있는 게 좋겠어."

그는 재빨리 방 안을 둘러보았다.

"이 방에서는 더 이상 할 일이 없는 것 같군. 다만……."

그는 벽난로 안의 잿더미를 오랫동안 골똘히 응시했다.

"불이 타올랐다가 이윽고 꺼졌다. 하지만 혹시, 그럴 수도 있지. 한번 살펴보세!"

그는 재빨리 주저앉아 땅을 짚은 자세로 더할 수 없이 조심스럽게 벽난로의 재를 불똥 막이 울타리로 끌어내기 시작했다.

갑자기 그가 희미하게 탄성을 내질렀다.

"핀셋 좀 주게, 헤이스팅스!"

내가 재빨리 핀셋을 건네자, 그는 노련한 동작으로 반쯤 타다 만 작은 종이 조각을 집어 들었다.

"자, 몬 아미! 자네 생각엔 이게 뭐 같나?"

그가 소리쳤다.

나는 그 종잇조각을 자세히 살펴보았다. 바로 이런 내용이었다.

나는 어리둥절했다. 그것은 아주 두꺼운 종이로 보통 공책 용지와는 전혀 달랐다. 그 순간 한 가지 생각이 머릿속에 떠올랐다.

"푸아로! 이것은 유언장의 조각이에요!"

내가 외쳤다.

"바로 그렇지."

나는 그를 날카로운 눈길로 쳐다보았다.

"당신은 놀라지 않는군요?"

"그래. 그러리라고 예상했어."

푸아로가 심각하게 대답했다.

나는 그 종잇조각을 다시 그에게 넘겨주고, 그가 모든 것에 기울이곤 하는 바로 그 질서정연한 조심성으로 그것을 자신의 함 안에 넣는 것을 지켜보았다. 내 머릿속은 소용돌이 치고 있었다. 유언장을 둘러싼 이 복잡한 일은 도대체 무엇일까? 누가 이것을 태웠을까? 바닥에 촛농을 떨어뜨린 사람일까? 분명 그럴 것이다. 하지만 그는 어떻게 방 안으로 들어왔을까? 문들은 모두 안쪽에서 빗장이 질러져 있지 않았던가.

"자, 친구, 이제 나가세. 하녀에게 한두 가지 물어봐야겠어. 그녀의 이름이 도커스랬지?"

우리는 앨프리드 잉글소프의 방으로 갔는데, 푸아로는 거기에서 오래 지체하진 않았다. 하지만 상당히 주의 깊게 살펴보기에는 충분한 시간이었다. 우리는 그 문을 통해 나와서는 그 방의 문과 잉글소프 부인의 방문을 모두 잠갔다.

나는 그가 보고 싶다는 뜻을 표시한 내실로 그를 데려다주고는 도커스를 찾으러 갔다.

하지만 내가 그녀와 함께 돌아왔을 때 내실에는 아무도 없었다.

"푸아로, 어디 계세요?"

내가 소리쳤다.

"여기 있네, 친구."

그는 프랑스 식 창 밖으로 나가 여러 가지 모양의 꽃밭 앞에 서 있었다. 언뜻 보기에는 크게 감명을 받은 것 같았다.

그가 중얼거렸다.

"놀라운걸! 정말 놀라워! 굉장한 균형미야! 저 초승달 모양의 꽃밭을 보게. 저 다이아몬드 모양의 꽃밭도 말이야. 깔끔한 모양이 눈을 즐겁게 하는군. 간격도 완벽해. 이 꽃밭은 최근에 만들어진 것 아닌가?"

"그렇습니다. 어제 오후 완성된 것 같습니다. 그건 그렇고 들어오시지요. 도커스가 여기 와 있습니다."

"에 비엥, 에 비엥!(그래, 그래!) 내가 잠깐 눈을 즐겁게 했다고 해서 너무 투덜대지 말게나."

"예, 하지만 이 일이 더 중요해서요."

"이렇게 멋진 베고니아가 그 일만큼 중요하지 않다고 자네가 어떻게 장담하겠나?"

나는 어깨를 으쓱해 보였다. 그가 그런 노선을 취하기로 작정했다면 입씨름 같은 것은 정말이지 아무 소용없었다.

"내 말에 동의하지 않는군? 하지만 그런 것들도 있다네. 자, 이제 안으로 들어가 그 성실한 도커스 양을 만나 보세."

도커스는 두 손을 앞으로 모아 쥔 채 내실에 서 있었다. 반백의 머리카락이 하얀 모자 아래로 뻣뻣하게 비어져 나와 있었다. 충실한 구식 하녀의 전형이었다.

푸아로를 대하는 태도로 미루어 보건대 그녀는 경계심을 품은 것 같았다. 하지만 그는 이내 그녀의 방어적인 자세를 무너뜨렸다. 그는 의자를 앞으로 끌어왔다.

"앉아요, 마드무아젤."

"고맙습니다. 선생님."

"당신은 여러 해 동안 부인을 모셔 오지 않았나요?"

"10년 동안입니다, 선생님."

"오랜 세월 충심 어린 봉사를 했군요. 당신은 부인을 무척 좋아했던 모양이지요?"

"마님께서는 제게 좋은 주인 마님이셨습니다, 선생님."

"그렇다면 한두 가지 질문에 대답하는 걸 꺼리진 않겠군요. 이건 캐번디시 씨의 허락을 받고 하는 질문입니다."

"오, 물론입니다, 선생님."

"그럼 어제 오후 사건들부터 묻겠습니다. 마님께서 말다툼을 하셨나요?"

"예, 선생님. 하지만 이런 말씀을 드려야 할지 저로서는 잘……."

도커스가 머뭇거렸다.

"친애하는 도커스, 나는 그 말다툼에 대해 가능한 한 아주 상세한 것까지 전부 알아야 합니다. 당신이 마님의 비밀을 폭로하는 거라고는 생각지 말아요. 부인은 돌아가셨고, 그분의 원한을 풀어 주려면 우리가 모든 것을 알아야 합니다. 그 무엇도 그분을 다시 살려낼 수는 없지만, 만일 여기에 부정한 행위가 개입되어 있다면, 우리는 살인자를 기필코 법정에 세울 겁니다."

"지당하신 말씀입니다. 그리고 이름을 말하지는 않겠지만 이 집에는 우리들 중 아무도 참아 줄 수 없는 사람이 하나 있답니다! 그가 처음으로 이 집 문턱을 넘어선 것이 불길한 일이었지요."

도커스가 사나운 어조로 말했다.

푸아로는 그녀의 분노가 가라앉기를 기다렸다가, 다시 직업적인 목소리로 물었다.

"자, 그 말다툼에 대해 이야기해 볼까요? 당신이 처음으로 들은 말은 어떤 거였나요?"

"그러니까, 선생님, 어제 저는 우연히 홀의 바깥쪽 벽을 따라 걷고 있었는데……."

"그때가 몇 시였나요?"

"정확히는 모르겠습니다, 선생님. 하지만 차 마시는 시각에서 크게 벗어나지 않았을 겁니다. 아마도 4시나 아니면 거기에서 조금 지난 시각이었을 거예요. 그러니까, 선생님, 아까 말씀드린 대로 제가 홀의 바깥쪽 벽을 따라 걸어가고 있을 때, 이곳에서 크고 성난 목소리가 들려왔어요. 꼭 엿들으려고 했던 건 아니지만, 음, 그렇게 되었어요. 저는 걸음을 멈추었습니다. 내실 문은 닫혀 있었지만, 마님께서 무척 날카롭고 또렷하게 말씀하시고 계셨으므로, 상당히 평이한 어조로 이렇게 말씀하시는 것을 들을 수 있었습니다. '나에게 거짓말을 했고, 나를 속였어.' 잉글소프 씨가 대답하는 내용은 듣지 못했습니다. 그는 마님보다 훨씬 나지막하게 이야기했어요. 하지만 마님께서 말씀하시더군요. '어떻게 감히 그럴 수가 있지? 나는 돌봐 주고 입혀 주고 먹여 주었어! 내 신세를 지지 않은 것이 하나도 없잖아! 내 이름에 먹칠을 하다니!' 이번에도 그가 말하는 소리는 들리지 않았지만, 마님이 말씀을 계속하시더군요. '어떤 말을 해도 아무것도 달라지지 않아. 나는 내 의무를 명확히 알고 있어. 마음을 정했다고. 부부 사이의 추문이나 소문이 두려워서 내가 가만히 있을 거라고 생각하지 않는 게 좋아.' 그러더니 두 분이 밖으로 나오는 소리가 들려서, 저는 재빨리 그 자리를 떴어요."

"당신이 들은 게 잉글소프 씨의 목소리였다고 확신합니까?"

"오, 그럼요, 선생님. 아니면 누구겠어요?"

"음, 다음에는 무슨 일이 일어났나요?"

"나중에 저는 홀로 돌아갔어요. 하지만 아주 조용하더군요. 5시에 마님은 벨을 울리시고는, 저에게 차를 한 잔 내실로 가져다 달라고 하셨어요. 먹을 것이 아니라 차를요. 마님은 겁에 질려 있는 것처럼 보였어요. 그 정도로 얼굴이 창백했고 신경이 곤두서 있었답니다. 마님께서 말씀하시더군요. '도커스, 나는 커다란 충격을 받았어.' '정말 유감이에요, 마님. 뜨거운 차를 드시고 나면 기분이 한결 나아지실 거예요.'라고 제가 말했어요. 마님은 손에 뭔가를 들고 계셨어요. 그것이 편지였는지, 아니면 그냥 종잇조각이었는지 모르지만, 거기에는 글이 씌어 있었는데, 마님께서는 거기 씌어 있는 내용이 믿기지 않는다는 듯이 그것을 줄곧 바라보고 계셨어요. 제가 거기 있다는 걸 잊기라도 하신 것처럼 혼잣말로 중얼거리시더군요. '이 몇 구절…… 하지만 모든 게 변했어.' 그런 다음 마님은 제게 말씀하시더군요. '사람을 믿지 마, 도커스. 사람들은 믿어 줄 가치가 없어!' 저는 서둘러 물러나서는 맛있고 진한 차를 갖다 드렸지요. 그러자 마님은 저에게 고맙다고 하시면서, 차를 마시니 한결 기분이 좋아졌다고 하시더군요. '난 어떻게 해야 좋을지 모르겠어. 부부 사이의 추문이란 정말 끔찍해, 도커스. 할 수만 있다면, 그런 일은 막았을 텐데!' 하고 말씀하셨어요. 바로 그때 캐번디시 부인이 내실로 들어오셔서 마님은 더 말씀하시지 않았어요."

"마님은 그 편지인지 뭔지를 여전히 손에 들고 계시던가요?"

"예, 선생님."

"나중에 마님이 그걸 어떻게 처리하셨을 것 같나요?"

"글쎄, 잘 모르겠습니다, 선생님. 제 생각에는 자줏빛 함에 넣고 잠그셨을 것 같은데요."

"부인은 중요한 서류들을 대개 그곳에 넣어 두셨나요?"

"예, 선생님. 매일 아침 가지고 내려오셨다가 매일 저녁 갖고 올라가시곤 했지요."

"부인이 그 상자의 열쇠를 잃어버리신 게 언제인가요?"

"어제 점심 시간입니다, 선생님. 저에게 잘 찾아보라고 하셨지요. 마님은 그 일로 몹시 당황해하셨어요."

"하지만 부인에겐 여벌 열쇠가 있었지요?"

"오, 그렇습니다, 선생님."

도커스는 정말 이상하다는 듯한 눈길로 그를 쳐다보았다. 사실을 말하자면 나도 그러했다. 잃어버린 열쇠 이야기는 왜 꺼내는 것일까? 푸아로가 빙그레 웃었다.

"이상하게 여길 것 없어요, 도커스. 여러 가지 일들을 알아내는 게 내 일이니까 말입니다. 이게 바로 그 잃어버린 열쇠인가요?"

푸아로는 주머니에서 편지함의 열쇠 구멍에 꽂혀 있던 열쇠를 꺼냈다.

도커스의 두 눈은 튀어나올 것처럼 보였다.

"바로 그겁니다, 선생님. 맞아요. 그런데 어디서 그걸 찾으셨나요? 전 그것을 찾으려고 사방을 다 살펴봤는데요."

"아, 하지만 이 열쇠는 어제 있던 곳과 오늘 발견된 곳이 다르답니다. 자, 이제 다른 문제로 넘어가죠. 부인의 옷 중에 진한 녹색 옷이 있나요?"

도커스는 뜻밖의 질문에 약간 놀란 듯했다.

"아니요, 선생님."

"틀림없나요?"

"오, 그럼요, 선생님."

"집 안에 달리 녹색 옷을 갖고 있는 사람은 없을까요?"

도커스는 잠시 생각했다.

"신시아 양에게 녹색 드레스가 있어요."

"연록색인가요, 진록색인가요?"

"연록색이에요, 선생님. 그런 걸 시폰의 일종이라고 하더군요."

"아, 그건 내가 찾는 것이 아닙니다. 그 밖에 녹색 옷을 갖고 있는 사람은 없을까요?"

"없습니다, 선생님. 제가 아는 한은요."

푸아로의 얼굴에는 그가 실망했는지 아닌지를 말해 주는 그 어떤 표정도 드러나지 않았다. 그는 다만 이렇게 말했을 뿐이었다.

"좋아요. 이 정도로 해 두고 넘어가지요. 당신이 보기엔 어젯밤 부인이 가루 수면제를 드신 것 같나요?"

"어젯밤에는 드시지 않았습니다, 선생님. 마님이 드시지 않았다는 걸 제가 압니다."

"어째서 그렇게 확실히 말하는 건가요?"

"약 상자가 비어 있었기 때문입니다. 마님은 이틀 전 마지막으로 남은 약을 드셨는데, 더 준비하라고 이르지 않으셨습니다."

"분명합니까?"

"그렇습니다, 선생님."

"그럼, 이 건은 명확해졌군요! 그런데 어제 부인이 당신에게 어떤 서류에 서명을 부탁하지 않던가요?"

"서류에 서명이라고요? 아니요, 선생님."

"어제 저녁 헤이스팅스 씨와 로렌스 씨가 들어왔을 때, 부인은 편지를 쓰느라 분주했다더군요. 그 편지들을 누구에게 보내는 것인지 짐작 가는 데가 없나요?"

"유감이지만 짐작 가는 데가 없습니다, 선생님. 어제 저녁 저는 비번이었거든요. 어쩌면 애니가 말씀드릴 게 있을지도 모르겠군요. 주의가 산만한 처녀이긴 하지만요. 어젯밤에는 커피 잔을 씻어 두지도 않았답니다. 제가 이곳에서 일을 챙기지 않으면 그런 일이 일어난다니까요."

푸아로가 한 손을 치켜들었다.

"커피 잔이 그대로 있다면, 도커스, 조금만 더 그대로 두지요. 그것들을 좀 조사해 보고 싶군요."

"잘 알겠습니다, 선생님."

"당신을 어제 저녁에 몇 시에 여기서 나갔나요?"

"6시경입니다, 선생님."

"고맙습니다, 도커스. 내가 당신에게 물어보고 싶은 건 이게 다입니다."

그는 자리에서 일어나 창가로 걸어갔다.

"난 이 꽃밭에 감탄하고 있었습니다. 그런데 이곳에 고용된 정원사는 몇 명인가요?"

"지금은 세 명뿐입니다, 선생님. 전쟁 전에는 다섯이 있었지요. 이곳이 신사 분의 거처답게 유지되고 있었을 때는 말이지요. 그때 이곳을 보셨으면 좋았을 텐데요. 아주 멋졌답니다. 하지만 지금은 나이 든 매닝과 어린 윌리엄, 반바지 따위를 입은 신식 차림의 여정원사뿐입니다. 아, 요즘은 끔찍한 시기예요."

"좋은 때가 다시 올 거예요, 도커스. 적어도 그러기를 바랍니다. 자, 이제 가서 애니를 이곳으로 보내 주겠습니까?"

"예, 선생님. 감사합니다, 선생님."

도커스가 방을 나가자마자, 호기심에 차서 내가 물었다.

"잉글소프 부인이 가루 수면제를 복용했다는 건 어떻게 아셨습니까? 그리고 잃어버린 열쇠, 또 여벌 열쇠는요?"

"한 번에 한 가지만 물어보게. 가루 수면제에 대해 말하자면, 내가 그 사실을 알아낸 건 이것 덕분일세."

그는 작은 마분지 상자를 불쑥 내밀었다. 약제사들이 가루약을 취급할 때 사용하는 그런 종류의 것이었다.

"그걸 어디서 그걸 찾아내셨나요?"

"잉글소프 부인의 침실에 있는 세면대 서랍에서 찾아냈다네. 이게 바로 내 단서 목록의 여섯 번째 항목이지."

"하지만 마지막 가루약을 이틀 전에 드셨다니, 그건 그다지 중요하지 않겠죠?"

"그렇지 않을 수도 있다네. 그런데 자네, 이 상자에서 이상하게 느껴지는 것 없나?"

나는 그것을 찬찬히 살펴보았다.

"아니요, 없는 것 같은데요."

"메모를 좀 보게."

나는 주의 깊게 메모를 읽었다.

"'필요할 때마다 잠자리에 들기 전 한 봉씩 복용할 것, 잉글소프 부인.' 아니요, 나로서는 이상한 점을 찾아낼 수 없는데요."

"약제사의 이름이 없다는 게 이상하지 않단 말인가?"

"아! 정말 이상하군요!"

내가 소리쳤다.

"이렇게 약제사의 이름이 찍혀 있지 않은 약상자를 본 적 있나?"

"아니요, 본 적이 없는 것 같습니다."

나는 점점 더 흥분이 고조되고 있었지만, 푸아로는 이런 말로 내 열기를 가라앉혔다.

"하지만 그에 대한 설명은 아주 간단하다네. 그러니 그렇게 흥분하지 말게, 친구."

마루가 삐걱대는 소리로 애니가 다가오고 있음을 알 수 있었으므로, 나로서는 그의 말에 대답할 시간적 여유가 없었다.

애니는 몸집이 다부진 예쁜 처녀로, 이 비극에 대해 잔인한 쾌감이 섞인 강렬한 흥분을 느끼고 있음이 분명했다.

푸아로는 직업적인 기민함을 동원해 곧장 본론으로 들어갔다.

"아가씨를 오라고 한 건 말이지요, 애니, 어젯밤 잉글소프 부인이 쓴 편지에 대해 내게 뭔가 해 줄 말이 있을 것 같아서랍니다. 편지는 몇 통이었나요? 그리고 이름이나 주소 같은 게 기억납니까?"

애니는 잠시 생각에 잠겼다.

"네 통이었어요, 선생님. 하나는 하워드 양에게, 또 하나는 변호사인 웰스 씨에게, 나머지 두 통은 기억이 나지 않아요, 선생님……오, 그래요. 하나는 타드민스터의 로스 출장 요리 사무소로 보내는 것이었어요. 다른 하나는 기억이 나지 않네요."

"생각해 봐요."

푸아로가 종용했다.

애니는 머리를 쥐어짰지만 소용없었다.

"죄송해요, 선생님, 기억이 깨끗이 지워져 버렸네요. 그걸 본 것 같지도 않아요."

"중요한 건 아닙니다."

푸아로가 실망하는 표정을 전혀 드러내지 않은 채 말했다.

"이제 아가씨에게 좀 다른 걸 물어보고 싶군요. 잉글소프 부인의 방에 코코아가 담긴 냄비가 있더군요. 부인은 매일 밤 그걸 드셨습니까?"

"예, 선생님, 매일 저녁 방에 가져다 두면, 마님이 밤 동안 생각나실 때마다 데워 드셨지요."

"내용물이 뭔가요? 순수한 코코아인가요?"

"예, 선생님. 설탕 한 티스푼, 럼주 두 티스푼과 우유를 섞어 만들었지요."

"누가 그걸 부인의 방에 갖다 놓았나요?"

"제가 갖다 놓았어요, 선생님."

"언제나 그런가요?"

"예, 선생님."

"몇 시경에?"

"대개 방의 커튼을 치러 갈 때요, 선생님."

"그럼 아가씨는 부엌에서 그것을 들고 곧장 잉글소프 부인의 방으로 올라가나요?"

"아니요, 선생님, 가스 스토브에 여유가 별로 없어서, 요리사는 저녁 식사용 채소를 불에 올리기 전에 일찌감치 그걸 만들곤 했어요. 그러면 제가 그것을 안팎으로 열리는 자동문 옆 탁자에 올려놓았다가, 나중에 마님의 방에 갖다 두곤 했지요."

"자동문은 왼쪽 측랑에 있지 않나요?"

"예, 선생님."

"그리고 그 탁자는 문의 이쪽에 있나요, 아니면 먼 쪽, 하인 거처 쪽에 있나요?"

"이쪽에 있어요, 선생님."

"어젯밤 아가씨는 몇 시에 그것을 가지고 올라왔나요?"

"7시 15분경이었을 거예요, 선생님."

"그리고 몇 시에 그걸 잉글소프 부인의 방에 옮겨 놓았나요?"

"문을 잠그러 갔을 때에요, 선생님. 8시경이었을 거예요. 마님은 제가 일을 마치기 전에 잠자리에 드셨어요."

"그렇다면 7시 15분에서 8시까지 그 코코아는 왼쪽 측랑의 탁자 위에 놓여 있었겠군요?"

"그렇지요, 선생님."

애니는 얼굴이 점점 더 붉게 달아오르더니 뜻밖에도 이렇게 덧붙였다.

"만일 그 코코아 속에 소금이 들어 있었다고 해도 그걸 넣은 건 제가 아니에요. 저는 그 옆에 소금을 갖다 놓은 적이 없다고요."

"왜 코코아에 소금이 들었다고 생각하지요?"

푸아로가 물었다.

"쟁반 위에 소금이 떨어져 있는 걸 봤거든요, 선생님."

"쟁반 위에 소금이 있는 걸 봤다고요?"

"예, 주방용 굵은 소금 같더군요. 쟁반을 들고 올라갔을 때는 보지 못했는데, 그것을 마님 방에 갖다 놓으러 갔을 때 즉각 눈에 띄더군요. 그래서 그것을 다시 들고 내려가 요리사에게 새로 만들어 달라고 해야 하는 게 아닐까 생각했어요. 하지만 도커스 아줌마가 밖에 나가고 없어서 저는 정말 바빴어요. 그래서 '코코아 자체는 괜찮을 거야. 소금이 쟁반에 떨어진 것뿐이야.'라고 생각했지요. 그래서 앞치마로 쟁반의 소금을 닦아내고는 그것을 들고 들어갔지요."

나는 흥분을 통제하기가 무척 어려웠다. 자신도 모르는 사이에 애니는 우리에게 중요한 증거를 제공했던 것이다. 자신이 말한 '주방용 굵은 소금'이 지금까지 세상에 알려진 극약 중 가장 치명적인 스트리크닌이라는 사실을 안다면, 그녀는 얼마나 놀랄 것인가. 나는 푸아로의 침착성에 감탄했다. 그의 자제력은 놀라웠다. 나는 조바심을 내며 그의 다음 질문을 기다렸지만, 그 질문은 나를 실망시켰다.

"아가씨가 잉글소프 부인의 방에 들어갔을 때 신시아 양의 방과 통하는 사잇문에 빗장이 질러져 있었나요?"

"오! 그럼요, 선생님. 그 문은 언제나 그랬어요. 한 번도 열린 적이 없었어요."

"그럼 잉글소프 씨의 방으로 통하는 사잇문은? 그 문에도 빗장이 질러져 있는 걸 보았나요?"

애니는 주저했다.

"꼭 그렇다고 할 순 없어요, 선생님. 문은 닫혀 있었지만, 빗장이 질러져 있었는지 아닌지는 모르겠어요."

"아가씨가 그 방을 나간 다음, 잉글소프 부인이 문에 빗장을 걸던가요?"

"아니요, 선생님. 하지만 나중에 걸으셨을 거예요. 마님은 대개 밤에 빗장을 지르곤 하셨어요. 복도와 통하는 문의 빗장 말이에요."

"어제 그 방을 청소할 때 바닥에 촛농이 떨어져 있는 걸 보았습니까?"

"촛농이오? 오, 아니요, 선생님. 마님의 방에는 초가 없어요. 독서

등뿐이죠."

"그럼 만약 바닥에 커다란 촛농이 떨어져 있었다면, 아가씨 눈에 분명히 띄었겠군요?"

"예, 선생님. 그리고 저는 압지와 인두로 그것을 바로 제거했을 거예요."

이윽고 푸아로는 도커스에게 했던 질문을 되풀이했다.

"마님께서 녹색 드레스를 입으신 적이 있나요?"

"아니요, 선생님."

"외투나 망토, 아니면…… 뭐라더라……? 점퍼 같은 것도 없나요?"

"초록색은 없어요, 선생님."

"이곳에 있는 다른 사람들은요?"

애니는 잠시 생각에 잠겼다.

"없어요, 선생님."

"틀림없나요?"

"틀림없어요."

"비엥!(좋아!) 이게 내가 알고 싶은 건 다 알았습니다. 정말 고마워요."

애니는 신경질적인 웃음소리를 내면서 마루가 삐걱대는 소리와 함께 방을 나갔다. 나는 억눌렀던 흥분을 폭발시켰다.

"푸아로, 축하합니다! 정말 대단한 발견이군요."

내가 소리쳤다.

"뭐가 대단한 발견이란 말인가?"

"이런, 독약이 들어 있는 것이 커피가 아니라 코코아였다는 것 말입니다. 그것으로 모든 것이 설명되지 않습니까! 다음 날 새벽이 되어서야 약효가 나타난 것도 당연하지요. 부인은 코코아를 한밤중에야 드셨을 테니까요."

"내 말 잘 듣게, 헤이스팅스. 그래서 자네는 그 코코아 속에 스트리크닌이 들어 있었다고 생각하나?"

"물론이죠! 쟁반 위의 그 소금이란 게 그거 아니면 뭐겠습니까?"

"그건 진짜 소금이었을 수도 있지."

푸아로가 냉정하게 대답했다.

나는 어깨를 으쓱해 보였다. 그가 그런 식으로 문제를 다룰 때에는 그와 말씨름을 해 봐야 소용이 없었다. 푸아로가 이제 가엾게도 나이를 먹고 있다는 생각이 내 머릿속을 스친 것이 그때가 처음은 아니었다. 그와 함께 일해 온 파트너가 이해심이 많은 사람이어서 다행이라고 나는 속으로 생각했다.

푸아로는 조용히 눈을 반짝이며 나를 뜯어보았다.

"내가 자네 마음에 들지 않나 보군, 몬 아미?"

"친애하는 푸아로, 나로서는 당신한테 지시를 할 순 없습니다. 내가 내 견해를 가질 수 있는 것처럼 당신은 당신의 견해를 가질 권리가 있지요."

내가 냉정하게 대답했다.

푸아로가 불쑥 자리에서 일어서며 말했다.

"정말이지 훌륭한 생각이군. 자, 이 방에서 할 일은 모두 끝났어.

그런데 구석에 있는 저 작은 책상은 누구 건가?"

"앨프리드 잉글소프 씨의 것입니다."

"아!"

그는 말려 들어가게 되어 있는 책상 뚜껑을 열려고 했다.

"잠겨 있군. 하지만 잉글소프 부인의 열쇠들 중의 하나로 열릴지도 모르지."

그는 능숙한 손놀림으로 몇 차례 열쇠를 집어넣고 돌리더니, 이윽고 만족스러운 탄성을 내뱉었다.

"부알라!(보게나!) 이건 원래 열쇠는 아니지만 다행히 들어맞는 모양이야."

그는 뚜껑을 말아 넣은 다음, 쌓여 있는 서류를 재빨리 훑어보았다. 놀랍게도 그는 그 서류들을 조사하지 않았다. 책상을 잠그면서 알겠다는 듯이 이렇게 말했을 뿐이었다.

"분명 질서정연한 사람이 틀림없군. 이 앨프리드 잉글소프 씨는 말이야!"

푸아로에게 '질서정연한 사람'이란 말은 어떤 이에 대한 최고의 칭찬이었다.

나는 두서없이 이렇게 말하는 내 친구를 보고 과거의 그가 아니라는 느낌이 들었다.

"지금 그의 책상에는 우표가 없지만, 얼마 전에는 있었을 거야. 안 그런가, 몬 아미? 있었겠지? 그럴 거야."

그는 방 안을 둘러보았다.

"이 내실에는 더 이상 볼 게 없군. 여기서는 별 소득이 없어. 이것 밖에는 말이야."

그는 주머니에서 구겨진 편지 봉투 하나를 꺼내 나에게 건넸다. 그것은 좀 이상했다. 평범하고 지저분해 보이는 오래된 편지 봉투에는 아무렇게나 쓴 듯한 몇 마디 글이 씌어 있었다. 다음에 그 글*을 그대로 싣는다.

possessed

I am possessed

He is possessed

I am possessed

possessed

---

* 사로잡혔다. 나는 사로잡혔다. 그는 사로잡혔다. 나는 사로잡혔다. 사로잡혔다.

이건 스트리크닌이 아니다, 그렇지 않은가?

"이걸 어디서 찾아냈습니까?"

내가 몹시 궁금해서 푸아로에게 물었다.

"쓰레기통에서 주웠어. 자네 그 필적을 알아보겠나?"

"예, 이건 잉글소프 부인의 글씨체입니다! 그런데 이게 무슨 뜻일까요?"

푸아로는 어깨를 으쓱해 보였다.

"나도 모르겠어…… 하지만 뭔가를 암시해 주고 있어."

순간 내 머릿속에 엉뚱한 생각 하나가 스쳐 지나갔다. 잉글소프 부인이 정신이 이상해졌을 수도 있지 않을까? 그녀가 악령에 사로잡혔다는 엉뚱한 생각에 휩싸인 것은 아닐까? 그리고 만약 그렇다면 그녀가 스스로 목숨을 끊었을 수도 있지 않을까?

내가 이런 생각을 푸아로에게 말하려는 순간, 그의 말이 내 주의를 흩어 놓았다.

"자, 이제 커피 잔을 조사해 보세!"

"오, 푸아로! 우리가 코코아에 대해 알고 있는 지금, 커피 잔을 조사하는 게 도대체 무슨 소용이 있습니까?"

"오, 라, 라!(됐네, 됐어!) 그 신통찮은 코코아 말인가!"

푸아로가 짓궂게 소리쳤다.

그는 짐짓 절망한 양 두 팔을 치켜올리면서 유쾌한 기색이 역력한 얼굴로 소리 내어 웃었다. 나로서는 그것을 정말이지 최악의 취향이라고 여기지 않을 수 없었다.

나는 점점 냉정해지는 어조로 말했다.

"어쨌든 잉글소프 부인이 직접 커피를 가지고 올라갔다는데, 무엇을 찾아내려는 건지 나로서는 알 수가 없군요. 커피 쟁반 위에 스트리크닌 한 봉이 놓여 있을 거라고 생각하지 않는다면 말입니다!"

푸아로의 태도가 즉각 차분해졌다. 그는 내 팔짱을 끼며 이렇게 말했다.

"자, 자, 친구. 느 부 파세 파!(화내지 말게!) 나로 하여금 커피 잔을 살펴볼 수 있도록 해 주면, 나도 코코아에 대한 자네의 견해를 인정해 주겠네. 그럼 거래 끝난 거지?"

그의 태도가 너무나도 우스꽝스러워서 나는 웃음을 터뜨리지 않을 수 없었다. 우리는 함께 거실로 갔다. 거기에는 커피 잔과 쟁반이 우리가 놓아둔 그대로 놓여 있었다.

푸아로는 나로 하여금 지난밤의 상황을 다시 설명하게 한 다음,

내 말을 아주 주의 깊게 들으며 여러 개의 잔들의 위치를 확인했다.

"그러니까 캐번디시 부인이 쟁반 옆에 앉아서 커피를 따랐군. 그래. 그런 다음 그녀는 거실을 가로질러 자네와 신시아 양이 앉아 있는 창가로 걸어왔어. 그래. 여기 잔이 세 개 있었군. 그리고 벽난로 난간 위에 잔이 하나 있는데, 반쯤 마신 이것은 로렌스 캐번디시의 잔일 거야. 그러면 쟁반 위에 있는 잔은?"

"존 캐번디시의 걸 겁니다. 그가 거기에 잔을 내려놓는 걸 보았습니다."

"좋아. 하나, 둘, 셋, 넷, 다섯……. 하지만 그러면 앨프리드 잉글소프 씨의 잔은 어디에 있었나?"

"그는 커피를 마시지 않았습니다."

"그러면 모두 헤아린 셈이군. 잠깐만, 친구."

아주 조심스러운 동작으로 그는 각 잔에 남아 있는 것에서 한두 방울을 취해 차례로 맛을 본 다음 서로 다른 시험관에 넣고 입구를 막았다. 그의 표정이 미묘하게 바뀌었다. 반쯤 당황하고 반쯤 안도한다고밖에는 묘사할 수 없는 그런 표정이었다.

마침내 그가 말했다.

"비엥!(좋아!) 분명해! 난 한 가지 생각을 하고 있었는데, 완전히 오해한 거였군. 그래, 완전히 오해한 거였어. 그런데 이상하군. 하지만 중요하지 않아!"

그런 다음 그는 특유의 몸짓으로 어깨를 으쓱해 보임으로써 모든 걱정을 마음속에서 털어 버렸다. 나는 커피에 대한 이런 강박관

넘에서 결국은 아무 성과도 얻지 못하리라는 것을 처음부터 그에게 말해 줄 수 있었지만, 입을 다물고 있었다. 나이가 들긴 했지만, 어쨌든 푸아로가 전성기에는 굉장한 인물이 아니었던가.

존 캐번디시가 홀에서 들어왔다.

"아침 식사가 준비되었습니다. 함께 식사하실 거죠, 무슈 푸아로?"

푸아로는 그러겠다고 대답했다. 나는 존을 살펴보았다. 그는 이미 평소의 안정을 거의 되찾은 모습이었다. 어젯밤의 사건으로 인한 충격이 그를 일시적으로 동요시켰지만, 그의 평온한 태도는 이내 정상으로 돌아왔다. 그는 상상력이 거의 없는 사내로서, 아마도 지나치게 상상력이 풍부한 듯한 동생과는 몹시 대조적이었다.

그날 이른 새벽부터 존은 바쁘게 일했다. 전보를 보내고(처음으로 보낸 전보 중에는 에벌린 하워드에게 쓴 것도 있었다.)서류를 작성하면서 죽음에 뒤따르는 우울한 의무를 처리했다.

"일이 어떻게 되어 가고 있는지 물어봐도 되겠습니까? 선생님 조사에 따르면, 제 어머니께서는 자연사하신 건가요, 아니면, 아니면 우리가 최악의 상황을 각오해야 하는지요?"

"제 생각엔 캐번디시 씨, 헛된 희망을 갖지 않으시는 편이 좋을 듯합니다. 다른 식구들의 견해를 제게 말씀해 주시겠습니까?"

푸아로가 심각하게 물었다.

"제 동생 로렌스는 우리가 아무것도 아닌 일에 법석을 떨고 있다고 믿고 있습니다. 그 애의 말에 따르면, 모든 정황으로 미루어 이건 단순한 심장마비일 거랍니다."

"로렌스 씨가 그렇게 말했다고요? 이것 참 흥미롭군요. 무척 흥미롭습니다."

푸아로가 조용히 중얼거렸다.

"그러면 캐번디시 부인은요?"

존의 얼굴에 희미하게 어두운 기색이 지나갔다.

"이 문제에 대해 내 아내가 어떤 생각을 갖고 있는지는 전혀 아는 바 없습니다."

이 대답에 순간적으로 대화의 흐름이 얼어붙었다. 존은 애써 이렇게 말함으로써 어색한 침묵을 깨뜨렸다.

"앨프리드 잉글소프 씨가 집에 돌아왔다고 제가 말씀드렸지요?"

푸아로가 고개를 끄덕였다.

"그래서 우리 모두 어색한 입장입니다. 물론 그 사람을. 평소처럼 대해야 하겠지요. 하지만 빌어먹을, 살인자일지도 모르는 사람과 앉아 식사를 하려니 속이 메스꺼워서요!"

푸아로는 공감할 수 있다는 듯 고개를 끄덕였다.

"충분히 이해합니다. 당신에게 무척 난처한 상황이지요, 캐번디시 씨. 한 가지 물어보고 싶은 게 있습니다. 어젯밤 앨프리드 잉글소프 씨가 집에 돌아오지 않은 이유가 빗장 열쇠를 잊어버리고 가져가지 않았기 때문이라고 한 것 같은데요. 맞습니까?"

"그렇습니다."

"당신은 그 빗장 열쇠가 이곳에 남아 있었다고, 그러니까 그가 가져가지 않았다고 확신하시는 것 같은데요?"

"저는 전혀 모르겠습니다. 그걸 찾아볼 생각은 한 적이 없습니다. 우리는 그걸 언제나 홀의 서랍에 넣어 둔답니다. 지금 그것이 거기 있는지 제가 알아보지요."

푸아로가 희미한 미소를 지으며 한쪽 손을 들어 올렸다.

"아니, 아닙니다, 캐번디시 씨. 이제 너무 늦었답니다. 열쇠가 거기 있으리라고 저는 확신합니다. 앨프리드 잉글소프 씨가 그것을 가지고 갔었더라도, 지금쯤이면 제자리에 갖다 놓을 충분한 시간이 있었으니까요."

"하지만 선생님의 생각은……."

"나는 별다른 생각을 하고 있지 않습니다. 만약 누군가가 오늘 아침에 그가 돌아오기 전에 우연히 그곳에 열쇠가 있는 것을 보았다면, 그를 위해 귀중한 사실이 되겠지요. 그뿐입니다."

존은 어리둥절해하는 것 같았다.

"걱정 마십시오. 당신이 번거롭게 생각할 필요는 없습니다. 괜찮으시다면, 우리 가서 아침 식사를 하도록 하지요."

푸아로가 부드럽게 말했다.

모든 이들이 식당에 모여 있었다. 그런 상황에서 우리는 당연히 유쾌한 손님들이 아니었다. 충격 뒤에는 고통이 따라오게 마련이다. 우리 모두는 그 일로 고통스러워하고 있었던 것 같다. 예법과 좋은 혈통은 물론 우리의 처신이 평소와 다름없어야 한다고 지시하고 있었지만, 그런 자기 통제는 정말이지 어려운 문제라고 나는 생각하지 않을 수 없었다. 눈이 충혈된 사람도 없었고, 은밀하게 슬픔에 빠져 있는 표시도 보이지 않았다. 나는 사적인 면에서 이 비극으로 가장 큰 충격을 받은 사람은 도커스라는 내 견해가 맞다는 느낌이 들었다.

아내를 잃은 홀아비답게 행동하고 있는 앨프리드 잉글소프를 나는 넘겨다보았다. 그런 태도에 감춰진 위선이 역겹게 느껴졌다. 그는 우리가 자신을 의심하고 있다는 사실을 알고 있을까? 나는 궁금했다. 우리가 그 사실을 감추려 애쓰고 있긴 하지만, 그것을 의식하지 않을 순 없을 터였다. 그는 남 몰래 두려워하고 있는 것일까, 아니면 자신의 범죄가 드러나지 않으리라고 확신하고 있는 것일까? 공기 중에 떠도는 의혹에 찬 분위기가 그에게 자신이 이미 찍힌 인물이라는 것을 알려 주고 있을 터였다.

하지만 모든 이들이 그를 의심하고 있을까? 캐번디시 부인은 어떨까? 나는 우아하고 침착하고 수수께끼 같은 표정으로 식탁의 상석에 앉는 그녀를 지켜보았다. 손목의 하얀 러플이 가느다란 손까지 늘어져 있는 부드러운 드레스를 입은 그녀는 무척 아름다웠다. 하지만 그녀가 마음만 먹는다면 아무도 속내를 이해할 수 없다는 점에서 그녀의 얼굴은 스핑크스 같은 것이 될 수 있을 터였다. 그녀는 거의 입을 열지 않은 채 아주 조용했지만, 그녀에게서 나오는 강한 힘이 좀 기묘한 방식으로 우리 모두를 제압하고 있는 것 같은 느낌이 들었다.

그리고 귀여운 신시아는? 그녀도 그를 의심하고 있을까? '무척 피곤하고 아파 보이는군.' 하고 나는 생각했다. 그녀의 의기소침하고 지친 듯한 태도는 무척 인상적이었다. 내가 어디가 불편하냐고 물었더니, 그녀는 솔직하게 대답했다.

"예, 두통이 정말이지 심해요."

푸아로가 걱정스러운 어조로 말했다.

"커피 한 잔 더 하겠습니까, 마드무아젤? 그럼 기분이 괜찮아질 겁니다. 말 드 테트(두통)에는 이보다 더 좋은 게 없지요."

그는 자리에서 튕겨지듯 일어나 그녀의 잔을 가져왔다.

"설탕은 넣지 마세요."

푸아로가 각설탕 집게를 집어 들자, 그를 지켜보고 있던 신시아가 말했다.

"설탕을 안 넣는다고요? 전시라서 설탕을 넣지 않는 모양이군요, 그렇지요?"

"아니요, 전 원래 커피에 설탕을 넣지 않아요."

"사크레!(이런!)"

푸아로는 커피를 새로 채운 잔을 가져가며 혼자 중얼거렸다.

그가 중얼거리는 소리를 들은 사람은 나 혼자뿐이었다. 호기심에 그 작은 사내를 올려다본 나는 그의 얼굴이 억제된 흥분으로 실룩거리고, 그의 두 눈이 고양이의 눈처럼 녹색으로 반짝이는 것을 보았다. 강렬하게 자신을 자극하는 무엇인가를 듣거나 본 것이 분명했다. 하지만 그것이 무엇이란 말인가? 나는 평소 내가 아둔한 편이라고는 생각하지 않았지만, 내 관심을 끌 만큼 특별한 것은 전혀 알아차리지 못했다.

잠시 후 문이 열리더니 도커스가 모습을 나타냈다.

"웰스 씨가 뵙자고 하십니다, 도련님."

그녀가 존에게 말했다.

나는 그 이름을 기억하고 있었다. 그것은 전날 밤 잉글소프 부인이 편지를 쓴 변호사의 이름이었다.

존이 즉각 자리에서 일어섰다.

"내 서재로 안내하게."

그런 다음 그는 우리 쪽으로 몸을 돌리고는 설명했다.

"어머니의 변호사입니다."

그런 다음 낮은 목소리로 말을 이었다.

"그는 또한 검시관이기도 합니다. 저와 함께 그를 만나 보시겠습니까?"

우리는 그렇게 하겠다고 대답하고 그를 따라 방을 나섰다. 존이 앞서 걸어갔으므로, 나는 푸아로에게 이렇게 속삭일 기회를 가질 수 있었다.

"그렇다면 검시가 있겠군요?"

푸아로는 멍한 표정으로 고개를 끄덕였다. 생각에 빠져 있는 것 같았다. 몹시 골똘해 있는 그 모습에 나는 호기심이 발동했다.

"뭡니까? 당신은 지금 내 말을 듣지 않고 있군요."

"그래, 친구. 나는 무척 걱정스러워."

"왜요?"

"마드무아젤 신시아가 커피에 설탕을 안 넣기 때문이야."

"뭐라고요? 진지하게 하시는 말씀은 아니겠지요?"

"나는 더할 나위 없이 진지하게 말하고 있어. 아, 내가 이해할 수 없는 무엇인가가 거기 있어. 내 직관이 옳았어."

"무슨 직관 말인가요?"

"나로 하여금 그 커피 잔들을 조사해 보도록 만든 직관 말이야. 쉿! 지금은 그만 하세나!"

우리는 존을 따라 그의 서재로 들어섰고, 그는 문을 닫았다.

웰스는 날카로운 눈매와 전형적인 변호사의 입매를 한 유쾌한 인상의 중년 사내였다. 존은 우리 둘을 소개하고 우리가 동석하는 이유를 설명한 후, 덧붙여 말했다.

"이해하실 겁니다, 웰스 씨, 이 모든 일이 엄격히 사적인 것입니다. 우리 모두는 어떤 종류든 간에 조사가 필요치 않다고 판명되기를 여전히 바라고 있습니다."

"그러시겠죠, 그러시고말고요. 저도 여러분들에게 고통을 주거나 검시를 공개하지 않을 수 있었으면 합니다만, 의사의 사망 진단서가 없을 경우에는 검시가 불가피합니다."

웰스가 부드럽게 말했다.

"예, 그렇겠지요."

"탁월한 분입니다, 바워스타인 박사 말입니다. 독극물에 대해서는 굉장한 권위자인 것 같습니다."

"물론이지요."

존은 말은 이렇게 했지만 태도가 왠지 경직되어 있었다. 잠시 후 약간 주저하면서 이렇게 덧붙였다.

"우리가 증인으로 참석해야 하나요? 그러니까 제 말은 우리 모두 말입니다."

"물론이지요. 여러분, 그리고 아, 에, 잉글, 잉글소프 씨도요."

변호사는 잠시 말을 멈추었다가 부드러운 태도로 계속했다.

"다른 증거는 단순한 확인 절차를 거쳐 형식적으로 다룰 겁니다."

"알겠습니다."

존의 얼굴에 희미한 안도의 표정이 스쳐 지나갔다. 그것을 보고 나는 어리둥절했다. 왜냐하면 그럴 만한 이유를 발견할 수 없었던 것이다.

"여러분이 반대하시지 않는다면, 금요일이 어떨까 합니다. 그러면 우리가 의사의 보고서를 살펴볼 충분할 시간을 가질 수 있을 겁니다. 검시는 오늘 밤에 해야 할 것 같습니다만?"

웰스가 물었다.

"좋습니다."

"그러면 이 계획대로 해도 되겠습니까?"

"되고말고요."

"말할 필요도 없는 일이지만, 캐번디시 씨, 이 비극적인 사건에 저도 몹시 가슴이 아픕니다."

"이 문제를 해결하는 데 도움을 주실 수 있으신지요, 무슈?"

우리가 그 방에 들어간 이후 처음으로 푸아로가 입을 열었다.

"저 말씀이십니까?"

"예, 우리가 듣기로는 어젯밤 잉글소프 부인이 선생께 편지를 보냈다더군요. 오늘 아침에 그 편지를 받으셨을 겁니다."

"받았습니다만, 별다른 내용은 없었습니다. 다만 무척 중요한 문제에 대해 조언을 듣고 싶으니 오늘 아침에 방문해 달라는 말만 적혀 있더군요."

"혹시 그 문제가 무엇인지 부인이 암시 같은 것을 주지는 않으셨나요?"

"불행히도 그러지 않으셨습니다."

"유감이군요."

존이 말했다.

"정말 유감입니다."

푸아로가 심각한 어조로 동의했다.

침묵이 흘렀다. 푸아로는 잠시 동안 생각에 잠겨 있다가 다시 변호사에게 몸을 돌렸다.

"웰스 씨, 한 가지 묻고 싶은 게 있습니다. 그러니까 직업 윤리에 반하는 것이 아니라면 말입니다. 잉글소프 부인이 사망하는 경우, 누가 부인의 재산을 받게 됩니까?"

변호사는 잠시 주저하다가 대답했다.

"사실 그 내용은 곧 공표될 겁니다. 캐번디시 씨가 반대하시지 않는다면요……."

존이 끼어들었다.

"저로서는 반대할 이유가 없습니다."

"그렇다면 질문에 대답하지 않을 이유가 없군요. 작년 8월 작성된 부인의 마지막 유언장에 의하면, 하인들 및 다른 이들에게 몇 가지 중요하지 않은 재산을 증여한 후, 전 재산을 부인의 아들인 존 캐번디시 씨에게 물려주시는 걸로 되어 있습니다."

"그건, 캐번디시 씨, 이런 질문을 용서하십시오. 그건 또 다른 아들인 로렌스 캐번디시 씨에게는 좀 불공평하지 않습니까?"

"아닙니다. 저는 그렇게 생각하지 않습니다. 아시다시피, 존 씨가 부동산을 물려받는 반면, 로렌스 씨는 아버님의 유언에 따라 계모가 사망할 경우 상당한 액수의 현금을 받게 되어 있었습니다. 잉글소프 부인은 장남이 스타일스 저택을 유지해야 하리라는 것을 아시고 그에게 자신의 돈을 물려주신 겁니다. 제가 보기에 그건 아주 공평하고 적절한 배분입니다."

푸아로는 생각에 잠긴 채 고개를 끄덕였다.

"그렇군요. 하지만 당신네 영국 법에 의하면 그 유언장은 잉글소프 부인이 재혼하는 경우 자동적으로 무효가 되는 것 아닌가요?"

웰스가 고개를 숙였다.

"그 말을 하려던 참입니다, 푸아로 씨. 그 서류는 이제 완전히 무효입니다."

"엥!(뭐라고요!)"

푸아로가 소리쳤다. 그는 잠시 생각에 잠겼다가는 물었다.

"잉글소프 부인 자신도 그런 사실을 알고 계셨나요?"

"저는 잘 모르겠습니다. 아마 알고 계셨을 겁니다."

뜻밖에도 존이 입을 열었다.

"알고 계셨습니다. 우리는 바로 어제 재혼으로 무효가 된 유언장 문제에 대해 이야기했습니다."

"아! 한 가지 질문이 더 있습니다, 웰스 씨. 당신은 '부인의 마지막 유언장'이라고 말씀하셨습니다. 그렇다면 잉글소프 부인이 이전에도 몇 번 유언장을 만들었단 말인가요?"

"부인은 1년에 적어도 한 번은 새로운 유언장을 만드셨지요. 부인은 자신의 증여에 대해 마음이 자주 바뀌셨기 때문입니다. 한 번은 가족들 중에서 이 사람에게 혜택을 주시고, 또 한 번은 다른 이에게 혜택을 주셨지요."

웰스가 침착하게 대답했다.

"가령, 부인이 당신 모르게 어떤 의미에서도 가족의 일원이 아닌 어떤 사람, 예를 들어 하워드 양에게 이로운 새 유언장을 작성해 놓았다면 당신은 놀라실까요?"

푸아로가 물었다.

"전혀 놀라지 않을 겁니다."

"아!"

푸아로는 질문을 모두 마친 것 같았다.

존과 변호사가 잉글소프 부인의 서류를 조사하는 문제에 대해 이야기하고 있는 동안, 나는 푸아로 곁으로 갔다.

"잉글소프 부인이 전 재산을 하워드 양에게 물려주겠다는 유언장을 만들었다고 생각해요?"

내가 호기심을 품은 채 나직한 어조로 물었다.

푸아로는 미소를 지어 보였다.

"아니야."

"그럼 왜 그렇게 물었던 건데요?"

"쉿!"

그때 존 캐번디시가 푸아로를 향해 몸을 돌렸다.

"우리와 함께 가시겠습니까, 무슈 푸아로? 우리는 어머니의 서류를 조사하려고 합니다. 앨프리드 잉글소프 씨가 웰스 씨와 나에게 그 문제를 완전히 일임했답니다."

변호사가 중얼거리듯이 말했다.

"덕분에 여러 문제들이 아주 간단해졌지요. 전문적으로는 물론 그 사람에게 자격이……."

그는 말끝을 흐렸다.

"우선 내실 책상부터 살펴본 다음 침실을 살펴보지요. 어머니는 중요한 서류들을 자줏빛 편지함 속에 넣어 두셨습니다. 그것을 주의 깊게 살펴보아야 합니다."

존이 설명했다.

"예, 내가 가지고 있는 것보다 더 최근에 작성된 다른 유언장이 있을 수도 있으니까요."

변호사가 말했다.

"거기에는 나중에 만들어진 유언장이 있습니다."

푸아로가 입을 열었다.

"뭐라고요?"

존과 변호사가 소스라치게 놀란 얼굴로 그를 쳐다보았다.

"그러니까, 거기에는 그런 유언장이 있었습니다."

푸아로는 침착하게 말을 이었다.

"무슨 말씀입니까, 거기에 유언장이 있었다니요? 지금은 어디 있다는 겁니까?"

"불타 버렸지요!"

"불타 버렸다고요?"

"그렇습니다. 이걸 좀 보십시오."

그는 우리가 잉글소프 부인 방의 벽난로에서 찾아낸 타고 남은 종잇조각을 꺼내서는, 그가 그것을 언제 어디서 발견했는지에 대한 간단한 설명과 함께 변호사에게 내밀었다.

"하지만 이것은 옛 유언장일지도 모르지 않습니까?"

"그렇지 않을 겁니다. 사실 저는 이것이 어제 오후 이후에 작성되었다고 거의 확신합니다."

"뭐라고요?"

"그럴 리가!"

존과 변호사 두 사람이 동시에 외쳤다.

푸아로가 존에게 몸을 돌렸다.

"정원사를 불러 주시면 증명해 드리지요."

"오, 원하신다면 물론 그렇게 하겠습니다. 하지만 나로서는 전혀 이해할 수가……."

푸아로가 한 손을 치켜들었다.

"제가 요청한 대로 해 주십시오. 나중에 원하시는 만큼 질문을 하시면 되지요."

"좋습니다."

그가 벨을 울렸다.

잠시 후 도커스가 나타났다.

"도커스, 매닝에게 물어볼 게 좀 있으니 이리 오라고 해 주게."

"예, 도련님."

도커스가 물러났다.

우리는 긴장된 침묵 속에서 기다렸다. 푸아로 혼자만이 너무나도 편안한 듯 책장 구석의 먼지를 털어 냈다.

징 박힌 장화를 신고 자갈 위를 걷는 발소리로 매닝이 다가오고 있음을 알 수 있었다. 존은 묻는 듯한 표정으로 푸아로를 바라보았다. 푸아로는 고개를 끄덕였다.

"들어오게, 매닝. 자네와 하고 싶은 이야기가 있네."

존의 말에 매닝은 천천히 주저하면서 프랑스 식 창을 통해 들어와서는 가능한 한 창문에 바싹 붙어 섰다. 그는 아주 조심스레 손에 든 모자를 둥글게 비틀어 대고 있었다. 겉모습만큼 늙은 것은 아닐 테지만 그의 등은 몹시 구부정했다. 날카롭고 영리한 눈빛은 그의 느릿하고 신중한 말투와는 어울리지 않았다.

"매닝, 이 신사 분이 자네에게 몇 가지 질문을 할 텐데. 제대로 대답해 주었으면 하네."

존이 말했다.

"알겠습니다, 도련님."

매닝이 우물거리며 대답했다.

푸아로가 재빨리 앞으로 나섰다. 매닝은 약간의 경멸을 담은 눈길로 그를 훑어보았다.

"자네들은 어제 오후 저택 남쪽 근처에서 베고니아 꽃밭을 만들고 있었지, 그렇지 않나, 매닝?"

"그렇습니다, 선생님. 저와 윌리엄이 그랬지요."

"그런데 잉글소프 부인이 창가로 와서 자네를 부르지 않았나?"

"예, 선생님. 마님이 부르셨습니다."

"그 다음 일어난 일을 자네가 직접 말해 주게."

"음, 선생님. 대단한 건 없습니다. 마님은 윌리엄에게 자전거를 타고 마을로 가서 유서 양식인가 뭔가 하는 것을 사 오라고 하셨습니다. 그게 뭔지는 정확히 모르겠습니다. 마님이 윌리엄에게 적어 주셨거든요."

"그래서?"

"그래서 윌리엄은 그렇게 했습니다, 선생님."

"그리고 다음에는 무슨 일이 있었나?"

"저희는 베고니아 심는 일을 계속했습니다, 선생님."

"잉글소프 부인이 자네를 다시 부르지 않았나?"

"맞습니다, 선생님. 저와 윌리엄 둘 다 부르셨지요."

"그런 다음에는?"

"마님은 저희를 들어오게 하시더니 기다란 종이 아래쪽에 저희 이름을 적으라고 하셨습니다. 마님이 서명하신 아래에 말입니다."

"자네는 부인의 서명 위에 적혀 있는 내용을 보았나?"

푸아로가 날카롭게 물었다.

"아니요, 선생님. 그 부분은 압지 조각으로 가려져 있었습니다."

"그래서 자네들은 부인이 말한 곳에 서명했나?"

"예, 선생님. 제가 먼저 했고 윌리엄이 나중에 했습니다."

"그런 다음 부인은 그걸 어떻게 하던가?"

"음, 선생님, 마님은 그것을 긴 봉투에 넣으신 다음, 책상에 놓여 있던 자줏빛 함에 넣으시더군요."

"부인이 처음에 자네들을 부른 때가 몇 시였나?"

"4시경이었을 겁니다, 선생님."

"그보다 이르지 않았나? 3시 30분경이었을 수는 없나?"

"아니요, 그렇진 않을 겁니다. 4시가 조금 지났을 수는 있지만, 그보다 이른 시각은 아니었습니다."

"고맙네, 매닝. 이제 됐네."

푸아로가 경쾌하게 말했다.

정원사는 자신의 주인을 쳐다보았고, 존은 고개를 끄덕였다. 그러자 매닝은 나직이 중얼거리며 손가락 하나를 이마까지 들어 올린 다음 프랑스 식 창을 통해 조심스럽게 밖으로 나갔다.

우리 모두 서로를 바라보았다.

"맙소사! 이 무슨 괴상한 우연인지!"

존이 중얼거렸다.

"어째서…… 우연이라는 겁니까?"

"어머니가 돌아가신 바로 그날 유언장을 만드셨다니 말입니다!"

웰스는 헛기침을 하더니 건조한 어조로 물었다.

"그것이 우연이라고 확신하십니까, 캐번디시 씨?"

"무슨 말씀이신지요?"

"당신이 내게 말한 바에 따르면, 당신 어머니는 격렬한 말다툼을 하셨습니다. 어제 오후 누군가와……."

"도대체 무슨 뜻으로 그런 말씀을 하시는 겁니까?"

존이 다시 소리쳤다. 그의 목소리는 떨렸고, 안색은 창백하게 변했다.

"그 말다툼의 결과 당신 어머니는 돌연 서둘러 새 유언장을 만드신 겁니다. 그 유언장의 내용을 우리는 영원히 알 수 없겠지요. 부인은 아무에게도 그 내용을 이야기하시지 않았으니까요. 부인은 분명히 오늘 아침 그 문제에 대해 저와 의논하려 하셨을 겁니다. 하지만 그럴 기회가 없으셨지요. 그 유언장은 자취를 감출 것이고, 부인은 그 비밀을 무덤까지 가지고 가셨습니다. 캐번디시 씨, 여기에는 우연이 전혀 개입되지 않은 것 같아 나는 몹시 걱정스럽군요. 무슈 푸아로, 당신도 이러한 사실들이 무척 시사적이라고 생각하실 거라 믿습니다."

존이 끼어들었다.

"시사적일 수도 있고 그렇지 않을 수도 있지요. 우리는 이 문제를 해결하려고 애쓰시는 무슈 푸아로께 무척 감사하고 있습니다. 이분이 아니었다면 우리는 이 유언장에 대해 영원히 몰랐을 겁니다. 이런 질문은 해서는 안 되는 건지도 모르지만, 무슈, 처음에 무엇 때문에 이런 사실을 의심하게 되셨습니까?"

푸아로는 미소를 지어 보이고는 대답했다.

"글씨를 휘갈겨 쓴 오래된 봉투 하나와 새롭게 단장된 베고니아 꽃밭 때문이었답니다."

존은 질문을 더 하려고 했던 것 같지만, 그 순간 요란한 자동차 소리가 들려오는 바람에, 우리 모두 열려 있는 프랑스 식 창으로 다가갔다.

"에비가 온 건가? 죄송합니다, 웰스 씨."

존이 서둘러 홀로 내려갔다.

푸아로가 묻는 듯한 눈길로 나를 쳐다보았다.

"하워드 양입니다."

내가 설명했다.

"오, 그녀가 왔다니 기쁘군. 지성과 감성을 모두 갖춘 여자가 있는 법이지, 헤이스팅스. 선한 신이 그녀에게 아름다움을 주지는 않았지만 말이야!"

나는 존의 뒤를 따라 홀로 내려갔다. 그곳에서 하워드 양은 머리를 감쌌던 엄청난 부피의 베일을 벗느라 애를 쓰고 있었다. 그녀의 시선이 내게 머문 순간, 갑작스러운 죄책감이 내 온몸을 관통했다.

그녀야말로 나에게 그렇게 진지하게 경고를 해 주었는데, 나는 안타깝게도 그녀의 경고에 아무런 주의도 기울이지 않았던 것이다! 얼마나 빨리, 얼마나 하찮게 나는 그 경고를 내 마음에서 털어 내버렸던가. 너무나도 비극적인 방식으로 그녀가 옳았음이 판명된 지금, 나는 부끄러움을 느꼈다. 그녀는 앨프리드 잉글소프를 너무나도 잘 알고 있었다. 만일 그녀가 스타일스 저택에 계속 머물렀다 해도 이러한 비극이 일어났을까, 아니면 그 사내는 지켜보는 그녀의 눈길에 겁을 먹었을까? 나는 궁금했다.

그녀가 분명히 기억에 남는 특유의 강한 악력으로 나와 악수했을 때, 나는 안도감을 느꼈다.

내 눈과 마주친 그녀의 두 눈은 슬프긴 했지만 비난하는 빛은 없었다. 눈꺼풀이 빨개진 것으로 보아 그녀가 구슬프게 울고 있었다는 것은 알 수 있었지만, 퉁명스럽고 무뚝뚝한 태도는 그대로였다.

"전보 받자마자 즉각 출발했어요. 어젯밤 일을 쉬고 차를 렌트해 가장 빠른 길로 온 거랍니다."

"아침으로 뭘 좀 먹었어요, 에비?"

존이 물었다.

"아니요."

"그럴 줄 알았어요. 이리 와요. 아침 식탁을 아직 치우지 않았고, 차도 새로 만들어 줄 겁니다."

그가 나에게로 몸을 돌렸다.

"하워드 양을 돌봐 주겠나, 헤이스팅스? 웰스 씨가 나를 기다리고 있어서. 오, 여기는 무슈 푸아로예요. 알다시피 우리를 도와주고 계시지요, 에비."

하워드 양은 푸아로와 악수를 하면서, 어깨 너머로 의혹에 찬 시선을 존에게 던졌다.

"그게 무슨 뜻인가요…… 당신들을 도와주고 계시다니?"

"우리의 조사를 도와주신다는 거예요."

"조사할 것 없어요. 그를 아직 감옥에 넣지 못했나요?"

"누구를 감옥에 넣는다는 거예요?"

"누구긴요? 물론 앨프리드 잉글소프지요!"

"아, 에비, 조심 좀 해 줘요. 로렌스의 생각에 따르면, 우리 어머니는 심장마비로 돌아가셨을 거랍니다."

하워드 양이 응수했다.

"정말 바보로군요, 로렌스는! 앨프리드 잉글소프가 가엾은 에밀리를 죽인 게 틀림없다고요. 내가 줄곧 당신에게 말했던 그대로 말이에요!"

"친애하는 에비, 그렇게 소리치지 말아요. 우리가 무슨 생각을 하고 무슨 의심을 하든지 간에, 지금으로서는 말을 아끼는 게 좋아요. 심리는 금요일이 되어야 열릴 거예요."

"그런 쓸데없는 일을 하게 되어서는 안 된다고요!"

하워드 양이 씩씩거리는 모습은 정말이지 장관이었다.

"모두들 머리가 어떻게 됐군요. 그때쯤이면 그 사내는 이 나라를 떠나 있을 거예요. 그 사람에게 조금이라도 분별이 있다면 여기 가만히 있다가 교수형 당하기를 기다리지는 않을 거예요."

존 캐번디시는 속수무책으로 그녀를 쳐다보았다.

그녀가 그를 비난하듯 말했다.

"어떻게 된 건지 알겠어요. 당신은 의사들의 말에 주의를 기울이고 있는 거예요. 결코 그럴 필요가 없어요. 그들이 뭘 알아요? 아무것도 모르거나, 자신들을 위험한 존재로 만들 정도밖에는 알지 못하죠. 난 당연히 그 사실을 알고 있었어요. 우리 아버지가 의사였거든요. 그 키 작은 윌킨스라는 의사는 내가 일찍이 본 사람 중에서 가장 바보예요. 심장마비입니다! 그런 종류의 말을 했을 거예요. 조금이라도 분별이 있는 사람이라면, 그 남편이란 자가 그녀를 독살했다는 걸 대번에 알 수 있을 거예요. 그가 침대 속에서 그녀를 살해할 거라고 내가 항상 말했잖아요. 이제 그는 그 일을 했어요. 그런데 당신이 한다는 일이 고작 '심장마비'니 '금요일의 심리'니 하고 중얼거리는 거로군요. 부끄러운 줄 알아야 해요, 존 캐번디시."

존이 엷은 미소를 지으며 물었다.

"내가 어떻게 했으면 좋겠는데요? 빌어먹을, 에비, 그 사람 멱살을 잡아 경찰서로 끌고 갈 수는 없잖습니까."

"음, 뭔가 할 수 있는 일이 있을 거예요. 그가 어떻게 그런 일을 저질렀는지 밝혀내세요. 그는 능란하게 원하는 바를 얻어내는 사람이에요. 파리잡이용 끈끈이를 우려냈을지도 몰라요. 혹시 없어진 끈끈이가 없는지 요리사에게 물어보세요."

순간 내 머릿속에는 하워드 양과 앨프리드 잉글소프가 한 지붕 아래서 평화롭게 지내기란 몹시 어려운 일임이 분명하다는 생각이 강하게 스쳤다. 그러자 나는 내가 존이 아니라는 사실이 기뻤다. 그의 얼굴 표정으로 보아 그 역시 자기가 얼마나 어려운 입장에 처했는지를 충분히 느끼고 있었다. 그는 쫓기듯 피난처를 찾아 재빨리 방을 나갔다.

도커스가 새로 끓인 차를 가져왔다. 그녀가 방을 나서자, 푸아로가 문 옆에서 걸어 나와 하워드 양 맞은편에 앉았다.

그가 진지한 어조로 말했다.

"마드무아젤, 당신에게 한 가지 묻고 싶은 게 있습니다."

"물어보세요."

못마땅한 눈길로 그를 훑어보며 그 숙녀가 말했다.

"당신의 도움을 얻을 수 있었으면 하는데요."

"앨프리드를 교수형에 처하는 거라면 기꺼이 당신을 돕지요. 그에게는 교수형도 과분해요. 옛날에 그랬듯이 사지를 찢어 죽여야 해요."

그녀가 퉁명스럽게 말했다.

"그렇다면 우리는 의견이 같군요. 저 역시 범인을 교수형에 처하고 싶으니까요."

"앨프리드 잉글소프를요?"

"그 사람일 수도 있고 다른 사람일 수도 있어요."

"다른 사람일 리가 없어요. 가엾은 에밀리는 그자가 오기 전까지는 살해당하는 일 같은 건 없었어요. 그녀가 상어들에게 둘러싸여 있지 않았다는 말은 아니에요. 그녀는 그런 상태였어요. 하지만 그들이 노린 건 그녀의 지갑뿐이었어요. 적어도 그녀의 생명은 안전했어요. 하지만 앨프리드 잉글소프가 나타난 지 두 달도 채 되지 않았는데, 이런 일이!"

"저를 믿으십시오, 하워드 양. 앨프리드 잉글소프 씨가 문제의 사내라면, 결코 내게서 빠져나갈 수 없을 겁니다. 제 명예를 걸고 말하는데, 제가 그를 성경에 나오는 유대인의 적 하만만큼 높이 매달겠습니다!"

푸아로가 아주 열심히 말했다.

"잘됐군요."

하워드 양이 더욱 격렬한 어조로 말했다.

"하지만 저를 믿어 달라고 요청하지 않을 수 없군요. 이제 당신의 도움이 제게는 아주 귀중한 것이 될지도 모릅니다. 왜냐하면 상중인 이 저택의 모든 이들 가운데 오직 당신의 눈만이 눈물로 젖어 있기 때문입니다."

하워드 양은 두 눈을 깜빡거렸다. 이윽고 그녀의 퉁명스러운 어조에 새로운 감정이 어리기 시작했다.

"내가 그녀를 좋아했느냐는 뜻이라면, 그래요, 나는 그녀를 좋아했어요. 알다시피 그녀는 상당히 이기적인 노인네였죠. 무척 관대했지만, 언제나 그 대가를 원했죠. 그녀는 자신이 해 준 것을 사람들이 잊어버리게 내버려 두는 법이 없었어요. 그래서 그런 식으로 사랑을 놓쳐 버렸죠. 그녀가 사랑을 깨달았다거나 사랑의 결핍을 느꼈다고 생각하지 마세요. 어쨌거나 그러지 않는 편이 좋아요. 나는 다른 입장이었으니까요. 나는 처음부터 내 처지를 확실히 했어요. '그러니까 나는 당신한테 연봉 얼마만큼 가치가 있어요. 그건 어쩔 수 없는 일이에요. 하지만 그 외에는 단 한 푼도, 장갑 한 켤레, 극장표 하나도 바라지 않아요.' 그녀는 이해하지 못했고, 때로는 무척 화를 내기도 했지요. 내가 바보같이 자존심이 강하다고 했지요. 그건 사실이 아니지만, 저로서는 설명할 수가 없었어요. 어쨌든 나는 자존심을 지켰어요. 그리고 모든 식구들 중에서 그녀를 좋아할 수 있었던 건 나뿐이었어요. 나는 그녀를 지켜보았어요. 나는 그녀를 그들의 몫으로부터 지켰어요. 그런데 그때 말만 번드레하게 하는 건달이 나타나더니, 맙소사! 내가 헌신한 세월을 물거품으로 만들어 버린 거예요."

푸아로가 공감한다는 듯이 고개를 끄덕였다.

"이해합니다, 마드무아젤. 당신의 감정을 모두 이해해요. 정말이지 당연해요. 당신 생각에는 우리가 미온적이고 열정과 에너지가 부족한 것 같겠지만, 저를 믿어 주세요. 그렇지는 않답니다."

그 순간 존이 방 안으로 고개를 들이밀더니 자신과 웰스가 내실의 책상 조사를 끝냈으니 잉글소프 부인의 방으로 가지 않겠느냐고 우리 둘 다에게 말했다.

우리가 층계를 올라갈 때 존은 식당 문 쪽을 돌아보더니, 은밀한 이야기라도 하듯이 목소리를 낮추었다.

"이것 보게. 저 두 사람이 부딪히면 어떤 일이 벌어질까?"

나는 속절없이 고개를 내저었다.

"메리에게 될 수 있는 한 두 사람이 만나지 못하게 하라고 말해 두었어."

"그렇게 할 수 있을까요?"

"아무도 모르지. 다만 한 가지, 앨프리드 잉글소프가 그녀와 만나는 걸 별로 꺼리지 않으리라는 건 분명해."

잠긴 문 앞에 이르러 내가 물었다.

"그 열쇠들을 아직 갖고 계시지요, 푸아로?"

푸아로에게서 열쇠를 받아 든 존이 문을 열었다. 우리 모두 안으로 들어갔다. 변호사는 곧장 책상으로 향했고, 존이 그의 뒤를 따라 갔다.

"어머니는 중요한 서류들은 대부분 이 편지함 속에 보관하셨던 것 같습니다."

푸아로는 주머니에서 자그마한 열쇠 꾸러미를 꺼냈다.

"용서하십시오. 오늘 아침 제가 조심한다는 뜻에서 잠가 두었답니다."

"하지만 이건 지금 잠겨 있지 않은데요."

"그럴 리가!"

"보십시오."

존은 이렇게 말하며 편지함의 뚜껑을 들어 올렸다.

푸아로가 아연실색해서 소리쳤다.

"밀 토네르!(이런 일이!) 하지만 제게, 제 주머니 속에 열쇠 두 개가 모두 들어 있는데!"

그는 편지함을 집어 들었다. 갑자기 그의 몸이 뻣뻣해졌다.

"앙 부알라 윈 나페르(이것 보게!) 잠금 장치를 억지로 열었군!"

"뭐라고요?"

푸아로가 편지함을 내려놓았다.

"하지만 누가 이것을 억지로 열었을까요? 왜 그래야만 했을까요? 언제? 하지만 방문은 잠겨 있었는데요?"

이런 질문과 감탄사가 우리에게서 뒤죽박죽으로 터져 나왔다.

푸아로는 그런 질문에 대해 명확하게, 거의 기계적으로 대답했다.

"누구냐고요? 문제는 바로 그겁니다. 왜? 아, 그걸 안다면 얼마나 좋을까요. 언제? 한 시간 전에 제가 이곳에 왔다 간 후입니다. 잠겨 있던 문의 자물쇠는 아주 흔한 겁니다. 아마도 이 복도에 있는 문들의 열쇠 중에 맞는 게 있었을 수도 있지요."

우리는 멍청한 표정으로 서로를 응시했다. 푸아로는 벽난로 선반으로 걸어갔다. 그는 표면적으로는 침착했지만, 습관적인 동작으로 벽난로 선반 위의 병들을 기계적으로 정리하는 그의 두 손이 심하게 떨리고 있음을 나는 알 수 있었다.

이윽고 그가 입을 열었다.

"여기 좀 보십시오. 상황은 이런 것 같습니다. 저 함 속에는 무엇인가 증거가 될 만한 것이 들어 있었습니다. 그것 자체로는 하찮은 것이지만, 이 범죄와 살인자를 연결시킬 수 있는 단서가 되기에 충분하지요. 범인으로서는 그것이 발견되어 그 의미가 주목을 끌기 전에 반드시 없애야 할 필요가 있었습니다. 그래서 그는 이 방으로 들어오는 위험, 엄청난 위험을 무릅썼던 겁니다. 편지함이 잠겨 있는 것을 본 그는 그것을 억지로 열어 자신이 왔었다는 사실을 드러내고 만 거지요. 그가 그런 모험을 한 것으로 미루어 그건 뭔가 아주 중요한 것이겠죠. 하지만 그게 뭘까요?"

푸아로가 화가 난 듯 몸짓을 곁들이며 소리쳤다.

"아! 그걸 저도 모르고 있는 겁니다! 틀림없이 서류의 일종이었을 겁니다. 어제 오후 잉글소프 부인이 들고 있는 것을 보았다고 도커스가 말한 그 종잇조각이었을 수도 있지요. 그런데 저는……."

마침내 분노가 폭발했다.

"저는 정말이지 얼마나 한심한 인간입니까! 아무것도 눈치 채지 못했단 말입니다! 멍청이처럼 행동했지요! 이 편지함을 여기 놓아두지 말아야 했습니다. 그것을 가지고 이 방을 나갔어야 했습니다. 아, 정말 바보 같으니라고! 이제 그것은 사라져 버렸습니다. 없어져 버렸습니다. 하지만 정말 없어져 버렸을까요? 아직 찾아낼 기회가 있지 않을까요……. 우리는 어떻게 해서라도 그것을 찾아내야 합……."

그는 미친 사람처럼 방을 뛰쳐나갔고, 나도 정신을 차리자마자 그의 뒤를 따랐다. 하지만 내가 층계 꼭대기에 이르렀을 때 이미 그의 모습은 사라지고 없었다.

메리 캐번디시가 층계가 갈라지는 곳에 서서, 푸아로가 사라진 홀 쪽을 내려다보고 있었다.

"당신의 탁월한 작은 친구에게 무슨 일이 생겼나요, 헤이스팅스 씨? 지금 막 미친 황소처럼 제 앞을 지나가시더군요."

"무엇엔가 좀 흥분한 것 같습니다."

내가 무기력하게 대답했다.

당시 나로서는 이 일에 대해 함구하기를 푸아로가 얼마나 바라는지 모르고 있었다. 캐번디시 부인의 표정이 풍부한 입매에 엷은 미소가 떠오르는 것을 보고, 나는 이런 말로 애써 화제를 바꾸었다.

"두 사람은 아직 만나지 않았죠?"

"누구 말인가요?"

"앨프리드 잉글소프 씨와 하워드 양 말입니다."

그녀는 좀 혼란스러운 듯한 태도로 나를 바라보았다.

"그 둘이 만나면 재난이라도 벌어질 거라고 생각하시나 봐요?"

"그럼, 당신은 그렇게 생각하지 않으시나요?"

내가 허를 찔린 기분으로 물었다.

그녀는 특유의 차분한 태도로 미소를 짓고 있었다.

"그래요. 저는 한바탕 싸움이 벌어지는 걸 보고 싶은가 봐요. 그럼 분위기가 달라지겠죠. 우리 모두 생각은 너무 많고 말은 거의 안 하고 있으니까요."

"존은 그렇게 생각하지 않던데요. 그는 그들 두 사람이 부딪히지 않게 하고 싶어 해요."

"아, 존은 그렇겠죠!"

그녀의 어조에 깃든 무엇인가에 자극받아 내가 불쑥 말했다.

"오랜 친구 존은 정말 좋은 사람이에요."

그녀는 호기심 어린 눈길로 잠시 나를 뜯어보고 나서는 이렇게 말해 나를 깜짝 놀라게 했다.

"당신은 친구에게 충실하죠. 저는 당신의 그런 점이 좋아요."

"당신 역시 제 친구 아닌가요?"

"전 아주 나쁜 친구예요."

"왜 그렇게 말씀하시는 거죠?"

"그게 사실이니까요. 어느 날은 친구들에게 아주 상냥하지만, 다음 날에는 그들을 까맣게 잊고 만답니다."

무엇이 나를 부추겼는지는 모르겠다. 하지만 그 말에 안절부절못하게 된 나는 어리석게도 이렇게 말하고 말았다. 그것은 그다지 품위 있는 처신은 아니었다.

"하지만 당신은 바워스타인 박사에게는 변함없이 상냥하신 것 같던걸요!"

즉각 나는 그렇게 말한 것을 후회했다. 그녀의 얼굴이 굳어졌다. 강철 커튼이 내려와 피와 살로 된 여자를 가려 버리는 것 같은 느낌이 들었다. 그녀가 한마디 말없이 몸을 돌려 재빨리 계단을 올라가는 동안, 나는 바보처럼 입을 벌리고 서서 그녀의 뒷모습을 바라보았다.

아래층에서 들려오는 요란한 소리에 나는 관심을 돌릴 수 있었다. 푸아로가 큰 소리로 설명하는 소리가 들려왔다. 그동안의 사교적인 노력이 허사로 돌아갔다고 생각하자 나는 화가 났다. 그 작은 사내는 온 집안 식구들을 자기 이야기에 끌어들이고 있는 듯했는데, 내가 보기에 그런 행동은 현명하지 못한 것이었다. 내 친구가 흥분하면 이성을 잃는 경향이 있다는 것을 나는 다시 한 번 안타깝게 여기지 않을 수 없었다. 나는 재빨리 계단을 달려 내려갔다. 나를 보자 푸아로는 거의 즉각 말을 멈추었다. 나는 그를 한쪽으로 이끌었다.

"오, 푸아로, 이게 현명한 일일까요? 온 집안 식구가 이 사건에 대해 아는 건 분명 당신도 원하지 않잖습니까? 당신은 지금 범인의 수중에서 놀고 있는 겁니다."

"그렇게 생각하나, 헤이스팅스?"

"확신합니다."

"음, 알겠네, 친구. 자네의 지도를 따르겠어."

"좋습니다. 불행히도 때가 좀 늦긴 했지만요."

"그렇군."

그가 어찌나 풀이 죽고 겸연쩍어했는지 미안한 마음이 들었다. 그러나 나의 비난이 정당하고 현명하다는 생각은 바뀌지 않았다.

이윽고 그가 말했다.

"자, 가세, 몬 아미."

"여기에서 할 일은 다 끝났습니까?"

"지금으로서는 그렇다네. 나와 함께 마을로 가겠나?"

"가고말고요."

그는 자신의 작은 상자를 집어 들었다. 우리는 거실의 열린 프랑스 식 창을 통해 밖으로 나왔다. 신시아 머독이 들어오고 있었다. 푸아로는 그녀가 지나갈 수 있도록 옆으로 비켜섰다.

"실례합니다, 마드무아젤, 잠깐만요."

"예?"

그녀가 묻는 듯한 표정을 지으며 몸을 돌렸다.

"혹시 잉글소프 부인의 약을 조제한 적이 있습니까?"

얼굴에 홍조를 띠며 그녀가 좀 부자연스럽게 대답했다.

"아니요."

"그럼 가루약만 조제한 건가요?"

더욱 붉어진 얼굴로 신시아가 대답했다.

"오, 그래요. 부인에게 가루 수면제를 한 차례 조제해 드린 적이 있어요."

"이것들입니까?"

푸아로는 가루약이 담겼던 빈 상자를 꺼냈다.

그녀가 고개를 끄덕였다.

"이것의 성분을 말해 줄 수 있습니까? 설퍼날인가요? 아니면 베로날인가요?"

"아니요, 브롬화물 가루랍니다."

"아! 고맙습니다, 마드무아젤. 그럼 안녕히 계십시오."

서둘러 저택을 나와 걷는 동안, 나는 여러 차례 그를 힐끔거렸다. 뭔가에 흥분할 때면 그의 두 눈이 고양이의 눈처럼 초록색이 되는 것을 나는 종종 본 적이 있었다. 지금 그의 두 눈은 에메랄드처럼 빛나고 있었다.

이윽고 그가 입을 열었다.

"친구, 내게 한 가지 사소한 생각이 있는데, 그건 아주 괴상하고, 어쩌면 전혀 들어맞지 않을 수도 있어. 그런데 그게 들어맞는군."

나는 어깨를 으쓱해 보였다. 개인적으로 나는 푸아로가 그런 엉뚱한 생각들에 좀 지나치게 골몰한다고 여기고 있었다. 이번 경우에도 분명 진실은 너무도 평범하고 명백한 것일 터였다.

"그러니까 그게 상자에 붙은 빈 라벨에 대한 설명이군요. 당신이 말한 대로 아주 단순해요. 내가 그런 생각을 하지 못했다는 게 정말 이상해요."

푸아로는 내 말에 귀를 기울이지 않는 듯했다.

"그들이 한 가지를 더 발견했어, 라바.(저기서 말일세.)"

그는 어깨 너머로 엄지손가락을 넘겨 스타일스 저택 쪽을 가리키며 말했다.

"층계를 올라가면서 웰스 씨가 말해 주더군."

"그게 뭔데요?"

"내실의 잠긴 책상 속에서 그들은 잉글소프 부인의 유언장을 찾아냈어. 그것은 부인이 재혼하기 전에 작성된 것으로 앨프리드 잉글소프에게 재산을 물려준다고 되어 있네. 그건 그들이 막 약혼했을 때 만들어진 것이 틀림없어. 그것을 보고 웰스는 깜짝 놀랐어. 존 캐번디시도 그런 것 같아. 그것은 인쇄된 유언장 양식에 쓰인 것으로 증인으로 하인 둘의 서명이 있었는데, 도커스는 아니었어."

"앨프리드 잉글소프가 그걸 알고 있나요?"

"그의 말에 따르면 몰랐다더군."

내가 회의적인 태도로 말했다.

"그 말은 새겨들어야 할 겁니다. 유언장이란 원래 무척 사람을 헷갈리게 만들지요. 봉투에 휘갈겨 쓴 그 글씨를 보고 어떻게 그 유언장이 어제 오후에 만들어졌다는 것을 아셨는지 말해 주세요."

푸아로는 미소를 지어 보였다.

"몬 아미, 편지를 쓰다가 어떤 단어의 철자가 기억나지 않았던 적이 있나?"

"예, 자주 그렇습니다. 누구나 그런 경험이 있을걸요."

"바로 그렇지. 그럴 경우 그 단어가 맞는지 알아보려고 압지의 귀퉁이나 여분의 종이에 한두 차례 써 보지 않았나? 음, 잉글소프 부인도 바로 그렇게 했어. '사로잡히다' 또는 '소유하다'(posessed)라는 단어의 철자가 처음에는 하나의 s로 시작하는 것으로, 그 다음에는 두 개의 s로 시작하는 것으로 써 있는 것을 자네도 보았을 거야. 확실히 하기 위해 부인은 그 단어를 문장으로 써 본 거지. '나는 소유했다'(I possessed)라고 말이야. 자, 그걸로 내가 무엇을 알 수 있었겠어? 잉글소프 부인이 그날 오후 '소유하다'라는 단어를 쓰고 있었다는 사실이지. 그리고 벽난로에서 발견된 종잇조각을 머릿속에서 떠올리자, 즉각 유언장, 아니면 그에 상응하는 서류일 거라는 생각이 들더군. 이 가능성은 상황이 진전되면서 점점 더 확실해졌지. 전반적인 혼란 속에서 그날 아침 저택의 내실은 청소가 되지 않았어. 책상 근처에 갈색 흙이 묻은 발자국 몇 개가 있더군. 요즘 며칠 동안 날씨가 더할 나위 없이 좋았으므로, 일반 신발을 신었을 경우에는 그렇게 흙이 많이 묻지 않는다네.

천천히 창문으로 걸어가 보니, 화단에 베고니아가 새로 심어져 있는 게 즉각 눈에 띄더군. 그 화단의 흙은 내실 바닥에 묻어 있던 흙과 똑같았네. 또 나는 자네를 통해 어제 오후 사람들이 꽃을 심었다는 이야기를 들었어. 그러자 정원사 하나 또는 둘 모두가(화단에는 두 사람의 발자국이 나 있었다네.) 내실로 들어왔다는 확신이 들더군. 왜냐하면 잉글소프 부인이 그들에게 말만 하려 했다면, 분명 창가로 갔을 테고, 그들은 방 안으로 들어오지 않았을 테니까 말이야. 그래서 나는 그녀가 새로운 유언장을 만들어, 자신의 서명에 대한 증인으로 정원사 둘을 불렀다고 확신했어. 여러 가지 사건들이 내 추측이 옳다는 것을 증명해 주었지."

나는 인정하지 않을 수 없었다.

"정말 천재적이었습니다. 그 휘갈겨 쓴 문장을 보고 내가 끌어낸 결론에는 상당한 오류가 있다는 것을 고백하지 않을 수 없네요."

그가 미소를 지었다.

"자네는 상상력을 지나치게 제한했을 거야. 상상력이란 훌륭한 하인이자 형편없는 주인이야. 가장 간단한 설명이 언제나 사실에 가장 가까운 법이지."

"또 하나 더, 편지함의 열쇠가 분실되었다는 건 대체 어떻게 아셨습니까?"

"나도 몰랐어. 그렇지 않을까 하는 추측이 맞아떨어진 거지. 그 열쇠의 손잡이 부분에 구부러진 철사 조각이 감겨 있는 것을 자네도 보았을 거야. 그것을 보자마자 헐거워진 열쇠 고리에서 비틀어 떼어낸 것이라는 생각이 들더군. 그런데 그것이 잃어버렸다가 되찾은 것이었다면, 잉글소프 부인은 즉각 꾸러미에 다시 끼워 두었을 거야. 하지만 그녀의 열쇠 꾸러미에는 똑같은 것이 분명한, 아주 새것이고 반짝거리는 열쇠가 끼워져 있었지. 그래서 나는 누군가 다른 사람이 원래의 열쇠를 편지함의 열쇠 구멍에 끼워 두었으리라는 가설을 세운 거야."

"예. 틀림없이 앨프리드 잉글소프가 그랬을 겁니다."

푸아로는 호기심이 서린 눈길로 나를 쳐다보았다.

"자네는 정말 그가 범인이라고 확신하나?"

"그럼요, 당연하지요. 새로운 정황들 모두가 그 가정을 더욱 분명하게 뒷받침해 주는 것 같은데요."

"반대로 그에게 유리한 사항들도 몇 가지 있지."

푸아로가 차분히 말했다.

"오, 그런가요!"

"그렇다네."

"저도 한 가지는 압니다."

"그게 뭔가?"

"어젯밤 그가 집에 없었다는 점입니다."

"영국인들이 말하는 '빗나간 짐작'이로군! 내 생각에는 오히려 그에게 불리한 사항을 자네는 선택한 것 같군."

"어째서요?"

"어젯밤 자기 아내가 독살되리라는 것을 앨프리드 잉글소프가 알았다면, 그는 분명 집을 떠나 있도록 일을 꾸몄을 걸세. 구실은 분명 꾸며낸 것이겠지. 이 사실은 우리에게 두 가지 가능성을 열어 준다네. 그가 무슨 일이 일어날지 알고 있었든가, 아니면 나름대로 다른 이유에서 집을 비웠든가."

"그런데 그 이유란 게 뭘까요?"

내가 회의적으로 물었다.

푸아로는 어깨를 으쓱해 보였다.

"내가 어떻게 알겠는가? 틀림없이 남부끄러운 일이겠지. 이 앨프리드 잉글소프란 자는 건달이긴 하지만, 그 사실을 가지고 그를 살인자로 만들 순 없어."

그의 말에 공감할 수 없었던 나는 고개를 내저었다.

"자네는 동의하지 않나 보군, 그렇지 않나? 그럼 이 문젠 내버려 두지. 시간이 우리에게 누가 옳은지 알려 줄 거야. 이제 이 사건의 다른 측면에 대해 이야기해 보세. 부인의 침실 문이 모두 안쪽에서 빗장이 질러져 있었다는 사실에 대해 자넨 어떻게 생각하나?"

나는 잠시 생각에 잠겼다.

"음, 그 문제를 논리적으로 봐야 할 것 같습니다."

"맞는 말이네."

"저는 이런 식으로 생각할 수밖에 없습니다. 문들은 잠겨 있었다,

우리의 눈으로 확인했다, 하지만 바닥에 떨어진 촛농과 불타 버린 유언장은 그날 밤 누군가가 그 방에 들어갔었다는 것을 증명한다, 여기까지는 제 말에 동의하시나요?"

"완벽해. 감탄스러울 정도로 명료하군. 계속하게."

나는 칭찬에 고무되어서 말을 이었다.

"그런데 범인이 그 방에 창문을 통해 들어갔거나 마술을 써서 들어간 것이 아닌 만큼 문은 잉글소프 부인 자신에 의해 안쪽에서 열린 것이 분명하다는 결론이 나옵니다. 이 사실로 미루어 문제의 인물이 부인의 남편이었으리라는 확신을 갖게 됩니다. 남편이라면 당연히 문을 열어 주었을 테니까요."

푸아로가 고개를 내저었다.

"어째서 부인이 문을 열어 주었겠나? 부인은 앨프리드 잉글소프의 방으로 통하는 사잇문에 빗장을 질러 놓았어. 이는 부인의 입장에서 보자면 아주 특별한 행동이야. 바로 그날 오후 부인은 그와 극도로 격렬한 말다툼을 했어. 아니, 부인은 그에게는 절대로 문을 열어 주지 않았을 거야."

"하지만 그 문이 잉글소프 부인 자신에 의해 열렸다는 제 말에는 동의하시지요?"

"또 다른 가능성이 있지. 침실로 갈 때 부인은 깜박 잊고 복도로 통하는 문에 빗장을 지르지 않았다가, 나중에 새벽녘에 일어났을 때 빗장을 질렀을 수도 있어."

"푸아로, 정말로 그렇게 생각하십니까?"

"아니야. 그렇다는 게 아니라, 그럴 수도 있다는 거지. 이제 또 다른 사항으로 넘어가세. 자네가 우연히 듣게 된 캐번디시 부인과 잉글소프 부인 사이의 대화의 일부에 대해서는 어떻게 생각하나?"

내가 생각에 잠긴 채 말했다.

"전 그 일을 잊고 있었습니다. 그건 정말이지 수수께끼입니다. 캐번디시 부인처럼 자존심 강하고 극도로 말이 없는 여자가 자신의 일도 아닌 것에 그렇게 격렬하게 끼어들다니 믿어지지 않습니다."

"바로 그렇지. 그녀처럼 교양 있는 여자가 그런 행동을 했다는 건 놀라운 일이야."

내가 동의했다.

"분명히 흥미롭군요. 하지만 이건 중요하지 않으므로, 고려할 필요가 없을 것 같은데요."

푸아로에게서 볼멘소리가 터져 나왔다.

"내가 줄곧 자네에게 뭐라고 했나? 모든 것을 고려해야 한다니까. 어떤 사실이 추론에 맞지 않을 경우, 그 추론을 버려야 해."

"음, 두고 보죠."

내가 약이 올라 말했다.

"그러세. 두고 보자고."

우리는 리스트웨이스 저택에 이르렀다. 푸아로는 나를 위층의 자기 방으로 안내했다. 그는 자신이 이따금 피우곤 하는 작은 러시아산 담배 한 개비를 권했다. 사용하고 난 성냥개비들을 그가 극도로 조심스럽게 작은 도기 단지 속에 넣는 것을 나는 흐뭇하게 지켜보왔다. 조금 전 그에 대해 품었던 짜증은 이미 사라져 버리고 없었다.

마을의 거리가 내려다보이는 열린 창문 앞에 의자 두 개가 놓여 있었다. 신선한 공기가 따뜻하고 기분 좋게 들어왔다. 더운 날이 될 모양이었다.

문득 나의 관심이 성큼성큼 거리를 걸어 내려오는 여윈 청년에게 쏠렸다. 그의 얼굴에 떠올라 있는 표정(공포와 흥분이 뒤섞인 기묘한)이 심상치 않았던 것이다.

"저것 좀 보세요, 푸아로!"

나의 말에 그가 창밖으로 윗몸을 내밀었다.

"티엥!(이런!) 저 사람은 약국에서 일하는 메이스잖아. 이곳으로 오고 있군."

청년은 리스트웨이스 저택 앞까지 와서는, 한순간 머뭇거리더니 세차게 문을 두드렸다.

"잠깐만 기다리시오. 내려가리다."

푸아로가 창문에서 소리쳤다.

나에게 뒤따라오라는 손짓을 하며 그는 재빨리 층계를 달려 내려가 문을 열었다. 메이스는 즉각 말을 시작했다.

"오, 푸아로 씨, 번거롭게 해서 죄송합니다만, 제가 듣기로 스타일스 저택에서 막 돌아오셨다면서요?"

"그래요, 막 돌아왔습니다."

청년은 마른 입술에 침을 발랐다. 그의 얼굴이 기묘하게 씰룩거리고 있었다.

"잉글소프 노부인이 갑자기 돌아가셨다는 소문이 온 마을에 파다합니다. 사람들 말로는……."

그는 조심스럽게 목소리를 낮추었다.

"사인이 독약 때문이라면서요?"

푸아로의 얼굴은 아주 태연한 채였다.

"그건 의사들만 알 수 있는 겁니다, 메이스 씨."

"예, 바로 그렇지요. 그렇고말고요."

청년은 잠시 주저하는가 싶었지만 곧 자신의 흥분을 감당할 수 없게 된 모양이었다. 그는 푸아로의 팔을 움켜쥐고는 속삭임에 가까울 정도로 목소리를 낮추었다.

"이 말만 해 주세요, 푸아로 씨, 그게…… 그게 스트리크닌 아닌가요?"

내 귀에는 푸아로가 대답하는 소리가 거의 들리지 않았다. 분명 확실한 언질을 주지 않는 그런 성격의 말이었을 것이다. 청년을 보내고 문을 닫는 순간 푸아로의 눈이 나와 마주쳤다.

"그래, 저 친구에게는 심리에 나가서 제시할 증거가 있을 걸세."

그가 심각하게 고개를 끄덕였다.

우리는 다시 천천히 위층으로 올라갔다. 내가 입을 열려 하자 푸아로는 손짓으로 내 말을 막았다.

"지금은 아닐세. 지금은 아니라네, 몬 아미. 신중하게 생각할 필요가 있어. 내 머리가 약간 혼란스럽군. 편안하지가 않단 말이야."

약 10분 동안 그는 조용히 침묵을 지키며 조금도 움직이지 않고 앉아 있었다. 눈썹만이 몇 차례 감정을 드러내며 움직였을 뿐이었다. 그러는 동안 두 눈은 점점 더 짙은 녹색이 되어 갔다. 이윽고 그는 숨을 깊게 내쉬었다.

"이제 편안하군. 좋지 않은 순간은 지나갔어. 이제 모든 것이 정리되고 분류되었네. 사람은 결코 혼란을 내버려 두어서는 안 되는 법이지. 이 사건은 아직 명확치 않네, 그렇지. 왜냐하면 지독하게 복잡하기 때문이라네. 그게 날 당혹스럽게 만들어. 나, 이 에르퀼 푸아로를 말일세! 두 가지 의미 있는 사실이 있다네."

"그게 뭔가요?"

"첫 번째는 어제의 날씨야. 그건 아주 중요하다네."

내가 끼어들었다.

"하지만 어제는 그저 화창한 날씨였잖습니까! 푸아로, 나를 놀리시는군요!"

"천만에. 어제 기온은 응달에서도 섭씨 26.6도였지. 이 사실을 기억해 두게, 친구. 이것이 전체 수수께끼를 풀 수 있는 열쇠야!"

"그럼 두 번째 사실은 뭔가요?"

"앨프리드 잉글소프가 아주 괴상한 옷을 입고, 검은 턱수염을 기르고, 안경을 끼고 있다는 거라네."

"푸아로, 나로서는 당신이 지금 진지하다고 생각할 수가 없군요."

"이보게, 난 너무나도 진지하게 말하고 있어."

"하지만 이건 유치한걸요!"

"아니, 이건 아주 중요하다네."

"검시관의 배심원들이 앨프리드 잉글소프가 의도적 살인을 저질렀다고 평결한다고 해 보죠. 그럴 경우 당신의 추론은 어떻게 되는 건가요?"

"그래도 내 추론은 흔들리지 않을 거야. 왜냐하면 열두 명의 어리석은 사람들이 실수를 저지른 것일 테니 말이지! 하지만 그런 일은 일어나지 않을 걸세. 왜냐하면 첫째, 시골 배심원들은 책임지는 일을 좋아하지 않는데, 앨프리드 잉글소프는 지금 시골 대지주의 위치에 있거든. 둘째로는 내가 그런 일을 용납하지 않겠네!"

그가 냉정한 어조로 말했다.

"당신이 그걸 용납하지 않겠다고요?"

"그래."

나는 짜증과 흥미를 동시에 느끼며 유난히 키가 작은 그 사내를 바라보았다. 그는 지나치게 스스로를 믿고 있었다. 내 생각을 읽기라도 한 것처럼 그는 부드럽게 고개를 끄덕였다.

"오, 그렇다네, 몬 아미. 나는 내 말대로 행동할 거야."

그는 자리에서 일어나 내 어깨에 한 손을 얹었다. 그의 얼굴이 온통 일그러졌다. 두 눈에는 눈물이 글썽했다.

"알다시피 나는 이 모든 일 가운데에서 고인이 된 가엾은 잉글소프 부인 생각을 해. 그녀는 그다지 사람들의 사랑을 받지 못했지. 그렇다네. 하지만 우리 벨기에 인들에게는 아주 좋은 일을 해 주었어. 나는 그녀에게 빚을 지고 있는 셈이야."

내가 그의 말을 끊으려 했지만, 푸아로는 멈추지 않았다.

"이 말을 하게 해 주게, 헤이스팅스, 만약 내가 앨프리드 잉글소프, 곧 그녀의 남편을 체포되도록 내버려 둔다면, 그녀는 결코 나를 용서하지 않을 거야. 내 말 한마디가 그를 구할 수 있는 지금 같은 때에 말이지!"

심리

심리가 열리기 전까지 남은 기간 동안, 푸아로는 성실하게 조사를 벌였다. 그는 두 차례 웰스와 밀담을 나누었다. 또한 그 지방을 오랫동안 쏘다니기도 했다. 나는 속내를 털어놓지 않는 그에게 조금 서운했는데, 그가 어떤 생각으로 움직이고 있는지 짐작조차 할 수 없었으므로 더욱 그러했다.

그가 레이크스 농장에서 조사를 하고 있을지도 모른다는 생각이 내 머릿속에 떠올랐다. 그래서 수요일 저녁에 나는 그를 만나기를 기대하며 들판을 따라 리스트웨이스 저택으로 걸어갔다. 하지만 그의 기척이 보이지 않았으므로, 농장 건물을 향해 계속 올라가기가 망설여졌다. 그렇게 걷고 있던 나는 어떤 나이 든 농부와 부딪혔다. 그는 나를 살피듯이 곁눈질했다.

"선생님은 저택에서 온 분이군요?"

"그렇습니다. 친구를 찾고 있습니다. 이 길로 간 것 같아서요."

"키 작은 사람 말입니까? 말을 하면서 두 손을 흔드는 남자요? 마을의 벨기에 인들 중의 한 사람?"

나는 허겁지겁 대답했다.

"예. 그 사람이 여기 왔었나요?"

"오, 그럼요, 그 사람이 여기 왔고말고요. 여러 차례 왔지요. 그 사람이 당신 친구인가요? 아, 저택에서 오는 당신 같은 신사들…… 상당히 많답니다!"

그런 다음 그는 아까보다 더 익살스럽게 나를 곁눈질했다.

"이런, 저택의 신사들이 이곳에 자주 오는군요?"

나는 가능한 한 아무렇지도 않은 듯이 물었다.

그는 의미심장하게 나를 보고 눈을 찡긋했다.

"신사 한 분이 자주 오지요, 선생님. 이름 같은 건 대지 않는답니다. 아주 자유분방한 신사이시지요! 오, 그렇다니까요, 선생님. 제 말은 틀림없어요."

나는 서둘러 걸음을 옮겼다. 에벌린 하워드의 말이 옳았다. 앨프리드 잉글소프가 자기 아내의 돈으로 방종한 생활을 했다고 생각하자, 역겨움을 동반한 예리한 고통이 엄습했다. 그 야무진 집시 같은 얼굴을 한 여자가 이 범죄의 밑바닥에 자리 잡고 있는 것일까, 아니면 돈이라는 더욱 근본적인 동기일까? 아마도 두 가지가 적절히 뒤섞여 있을 터였다.

푸아로는 한 가지 사항에 유난히 집착하고 있는 듯했다. 도커스가 말다툼이 벌어진 시각을 잘못 알고 있는 것이 분명하다고 그는 한두 차례 내게 말했다. 다투는 소리를 들은 때가 4시가 아니라 4시 30분이 아닌지 그녀에게 거듭 묻기도 했다.

하지만 도커스는 흔들리지 않았다. 자신이 다투는 소리를 들은 때와 잉글소프 부인에게 차를 가지고 간 시각인 5시 사이에는 한 시간 또는 그 이상의 차이가 있었다는 것이다.

금요일, 마을에 있는 스타일라이츠 암스에서 이 사건의 심리가 열렸다. 증언해 달라는 요청을 받지는 않았지만, 푸아로와 나도 참석했다.

예비 심리가 진행되었다. 배심원들이 시신을 살펴보았고, 존 캐번디시가 시신의 신원을 확인했다.

이어 질문을 받은 그는, 그날 새벽 자신이 잠에서 깬 일과 어머니의 죽음을 둘러싼 상황을 묘사했다.

다음에는 의학적 증거가 제출되었다. 숨소리조차 들리지 않는 침묵이 감돌았고, 모든 이들의 눈길은 독극물 분야에서 당대 최고의 권위자 중 하나로 알려진 유명한 런던 출신의 전문가에게 고정되었다.

한두 마디 말로 그는 간단하게 검시 결과를 요약했다. 의학 용어와 전문적인 사항을 빼고 말하자면, 잉글소프 부인의 죽음은 스트리크닌 중독의 결과라는 것이었다. 채취된 양으로 판단하건대, 그녀는 적어도 0.75그레인* 이상, 어쩌면 1그레인이나 그 이상을 섭취했

----

* 1그레인은 0.0648g이다.

으리라는 것이었다.

"그녀가 실수로 그 극약을 먹었을 가능성도 있습니까?"

검시관이 물었다.

"그럴 가능성은 거의 없다고 생각합니다. 스트리크닌은 몇몇 극약과는 달리 가정용 목적으로 사용되지 않고, 판매에도 제한이 있습니다."

"조사 결과 그 극약이 어떻게 처방되었는지 알아내셨습니까?"

"아니요."

"당신이 윌킨스 박사보다 먼저 스타일스 저택에 도착한 것 같은데요?"

"그렇습니다. 마침 저택 문 바로 앞에 있다가 윌킨스 박사를 모시러 차를 타고 나가는 걸 보고는 할 수 있는 한 서둘러 안으로 들어갔습니다."

"다음에 벌어진 일을 자세히 설명해 주시겠습니까?"

"나는 잉글소프 부인의 방으로 들어갔습니다. 그 순간 그녀는 전형적인 강직 경련을 일으켰습니다. 그녀는 내 쪽으로 고개를 돌리고는 헐떡이며 말했습니다. '앨프리드······ 앨프리드······.'라고 말입니다."

"남편이 그녀에게 가져다준 식후 커피 속에 스트리크닌이 들어 있었을 수도 있습니까?"

"그럴 수도 있습니다만, 스트리크닌은 효과가 상당히 빨리 나타나는 약입니다. 약을 먹은 지 한두 시간이면 증세가 나타납니다. 특정 조건 아래에서는 늦게 나타나긴 하지만, 이 경우 그런 조건 같은 것은 없었던 것 같습니다. 제 추측으로, 잉글소프 부인이 8시경 저녁 식사를 마친 뒤 커피를 마셨고, 증세는 다음 날 새벽이 되어서야 나타났다는 것은 그 약이 그날 밤 아주 늦은 시간에 복용되었다는 것을 말해 주는 것 같습니다."

"잉글소프 부인은 밤중에 코코아 한 잔을 마시는 습관이 있었습니다. 그 속에 스트리크닌이 들었을 수도 있습니까?"

"아니요. 내가 직접 소스 냄비에 남아 있던 코코아 샘플을 분석했습니다. 스트리크닌 성분은 없었습니다."

내 옆에 앉아 있는 푸아로가 조그맣게 킬킬거리는 소리가 들렸다.

"당신도 알고 계셨습니까?"

내가 속삭이듯 물었다.

"조용히 하게."

박사의 진술은 계속 이어졌다.

"사실 나는 다른 결과가 나왔다면 몹시 놀랐을 겁니다."

"왜요?"

"그건 스트리크닌이 유난히 쓴 맛이 난다는 간단한 이유 때문입니다. 7만 분의 1 용액에서도 느낄 수 있는 그 맛은, 강한 맛을 가진 물질에 의해서만 상쇄될 수 있습니다. 코코아는 그 맛을 가리기에는 무척 약하지요."

배심원 하나가 그런 난점이 커피의 경우에도 똑같이 적용되는지 질문했다.

"아닙니다. 커피는 그 자체에 쓴맛이 있어서 스트리크닌의 쓴맛을 감출 수 있을 겁니다."

"그러니까 당신은 그 약이 커피 속에 들어 있었을 가능성이 더 높은데, 알 수 없는 이유로 해서 그 효과가 지연되어 나타난 거라고 보십니까?"

"그렇습니다. 하지만 문제의 커피 잔이 완전히 부서져 버렸기 때문에 내용물을 분석해 볼 수 없었습니다."

이로써 바워스타인 박사의 진술이 끝났다. 윌킨스 박사는 모든 점에서 그의 진술을 확인해 주었다. 자살 가능성에 대한 질문을 받자 그는 단호하게 부인했다. 그의 말에 따르면 고인은 심장이 약해 고통을 받고 있었지만, 그 밖에는 완전한 건강을 누리고 있었고, 명랑하고 균형 잡힌 성격의 소유자였다. 그녀는 스스로 목숨을 끊을 사람이 결코 아니었다.

다음에 로렌스 캐번디시의 이름이 불려졌다. 그의 증언은 형의 증언을 단순히 되풀이하는 것으로 전혀 중요한 것이 없었다. 증인석에서 내려오기 직전 그는 멈칫거리더니 조금 망설이면서 말했다.

"괜찮다면 의견을 한 가지 말하고 싶습니다."

그가 간절한 눈길로 바라보자, 검시관이 재빨리 대답했다.

"좋습니다, 캐번디시 씨. 우리는 이 사건의 진실을 알아내기 위해 여기 와 있는 만큼, 사건을 밝히는 데 도움이 된다면 무엇이든 환영합니다."

로렌스가 설명을 시작했다.

"이건 그저 내 생각일 뿐입니다. 물론 내가 완전히 틀렸을 수도 있지만, 나로서는 어머니의 죽음이 자연사일 수도 있다고 생각됩니다."

"왜 그렇게 생각하시죠, 캐번디시 씨?"

"돌아가실 즈음, 그리고 그 전 얼마 동안 어머니는 스트리크닌 성분이 든 강장제를 복용하고 계셨습니다."

"아!"

검시관이 소리쳤다. 배심원들이 흥미가 끌린 듯 고개를 들었다. 로렌스는 말을 계속했다.

"내 생각에는, 한동안 복용했던 어떤 약의 누적된 효과가 결국 죽음을 낳는 경우가 있을 수 있습니다. 또한 어머니가 실수로 과다한 양의 약을 드셨을 수도 있지 않겠습니까?"

"잉글소프 부인이 사망할 즈음 스트리크닌을 복용하고 있었다는 사실은 지금 처음 듣습니다. 큰 도움이 되었습니다, 캐번디시 씨."

윌킨스 박사가 다시 불려 와 그 생각을 반박했다.

"캐번디시 씨의 주장은 결코 불가능합니다. 어떤 의사든 같은 말을 할 것입니다. 스트리크닌이 어떤 점에서 누적 효과를 보이는 극약이긴 하지만, 그것 때문에 이런 식으로 돌연사 한다는 건 불가능합니다. 그런 경우라면, 오랜 기간에 걸쳐 만성적인 증상이 있었을 것이고, 제가 즉각 알아차렸을 겁니다. 이 모든 이야기가 터무니없습니다."

"그러면 두 번째 견해는 어떻습니까? 잉글소프 부인이 무심코 과도한 양을 복용했을 수도 있을까요?"

"3회, 혹은 심지어 4회 분량을 복용했다 해도 죽음에 이르진 않을 겁니다. 잉글소프 부인은 타드민스터에 있는 현금 거래처인 쿠츠 약국과 거래할 때에도 1회 복용 분에 아주 많은 양의 약을 넣게 했습니다. 검시에서 발견된 스트리크닌의 양을 감안하면, 그녀는 거의 한 병 전체를 마셨어야 합니다."

"그럼 당신은 그 강장제가 어떤 식으로든 부인의 죽음과는 상관이 없다고 배제해도 좋다고 생각하십니까?"

"그렇고말고요. 그런 가정은 터무니없습니다."

이 대목에서 조금 전 끼어들었던 바로 그 배심원이 약을 조제한 약사가 실수를 저질렀을 수도 있지 않느냐고 말했다.

"물론 그런 일은 언제나 있을 수 있습니다."

윌킨스 박사가 대답했다.

하지만 다음에 증인으로 호출된 도커스는 그 가능성마저도 배제했다. 그 약은 새로 조제된 것이 아니었다. 반대로 잉글소프 부인이 사망 당일 먹은 것은 마지막으로 남은 약이었다.

따라서 강장제 문제는 결국 제외되었고, 검시관은 자신이 할 일을 진행했다. 도커스에게서 그녀가 마님이 울린 요란한 벨소리에 의해 잠에서 깨어났고, 이어 온 집안 식구들을 깨웠다는 설명을 들은 다음 그는, 그 전날 오후의 말다툼 문제로 넘어갔다.

이 문제에 대한 도커스의 증언의 요점은 푸아로와 내가 이미 들은 것과 같으므로, 여기에 되풀이하지 않으련다.

다음 증인은 메리 캐번디시였다. 그녀는 똑바로 서서, 낮고 명료하며 극도로 침착한 목소리로 말했다. 검시관의 질문에 그녀는 언제나처럼 4시 30분에 자명종 소리를 듣고 자리에서 일어나 옷을 입고 있을 때, 뭔가 무거운 물체가 떨어지는 소리가 들려와 깜짝 놀랐다고 진술했다.

"그건 침대 옆 탁자가 넘어지는 소리였겠죠?"

검시관이 물었다.

"저는 제 방문을 열고, 귀를 기울였지요. 잠시 후 벨이 요란스럽게 울리더군요. 도커스가 달려 내려와 남편을 깨웠고, 우리 모두 어머니 침실로 갔지만 문이 잠겨 있었어요……."

검시관이 그녀의 말허리를 잘랐다.

"그 점에 대해서는 더 부인을 번거롭게 해 드릴 필요가 없을 것 같습니다. 그 다음 일은 전부 알고 있습니다. 하지만 그 전날 부인이 우연히 엿들은 말다툼에 대해서 말해 달라고 청하지 않을 수 없군요."

"제가 엿들었다고요?"

그녀의 목소리에는 희미한 오만함이 서려 있었다. 그녀는 한 손을 들어 목둘레의 레이스 러플을 바로잡으며 살짝 고개를 돌렸다. 그런데 바로 그 순간, 한 가지 생각이 내 뇌리를 스쳤다.

'그녀는 지금 시간을 끌고 있어!'

검시관이 침착하게 다시 말했다.

"예, 제가 알기로 부인은 내실의 긴 창문 밖에 있는 벤치에 앉아 책을 읽고 계셨다더군요. 그렇지 않습니까?"

이것은 나로서는 처음 듣는 일이었다. 곁눈으로 푸아로를 흘긋 쳐다보고 그 역시 처음 듣는 이야기일 거라고 생각했다.

아주 순간적인 멈칫거림, 한순간의 주저에 이어 그녀가 대답했다.

"예, 그렇습니다."

"그리고 내실의 창문은 열려 있었지요?"

대답하는 순간, 그녀의 얼굴은 좀 더 창백해졌다.

"예."

"그렇다면 부인은 안에서 들려오는 소리를 듣지 않을 수 없었을 겁니다. 특히 그들이 화가 나서 목소리를 높였을 때에는 말입니다. 실제로 그들의 말소리는 홀보다 부인이 있었던 곳에서 더 잘 들렸을 겁니다."

"그럴 거예요."

"부인이 들었던 말다툼에 대해 말씀해 주시겠습니까?"

"정말이지 뭔가 들은 기억이 나지 않아요."

"부인 말은 사람들의 말소리를 듣지 못했다는 건가요?"

그녀의 볼이 살짝 상기되었다.

"오, 아니요. 말소리를 듣긴 했지만, 그 내용을 듣지는 못했어요. 저는 사적인 대화에 귀를 기울이는 버릇 같은 건 갖고 있지 않아요."

검시관이 집요하게 물었다.

"그러니까 전혀 기억이 나지 않는다는 말씀인가요, 캐번디시 부인? 그것이 사적인 대화였다고 여길 만한 단편적인 단어나 문장 같은 건 혹시 기억나시나요?"

그녀는 말을 멈추고, 표면적으로는 여느 때처럼 차분하게 생각을 더듬는 듯했다.

"예. 기억나는군요. 정확히 기억할 수는 없지만, 어머님께서는 부부간의 추문을 야기하는 것에 대해 말씀하시더군요."

검시관은 만족한 듯 몸을 뒤로 젖혔다.

"아! 도커스가 들은 것과 일치하는군요. 하지만 죄송하지만, 캐번디시 부인, 당신은 그것이 사적인 대화라는 것을 알고서도 그 자리를 떠나지 않으셨죠? 그 자리에 그대로 계신 거죠?"

그녀가 눈길을 들어 올릴 때 나는 그녀의 황갈색 눈동자가 순간적으로 번뜩이는 것을 보았다. 그 순간 그녀는 그런 식으로 빗대 말한 그 키 작은 검시관을 능히 찢어발길 수 있을 듯했다. 하지만 그녀는 상당히 차분하게 대답했다.

"예, 저는 그곳에 아주 편안하게 앉아 있었습니다. 책을 읽는 데 집중했지요."

"그럼 우리에게 해 주실 말씀은 이게 답니까?"

"예, 이게 다예요."

심리가 끝났지만, 검시관이 그 내용에 완전히 만족했을지 궁금했다. 내 생각에 그는 메리 캐번디시가 하려고만 했다면 더 많은 이야기를 할 수 있었다고 생각하는 듯했다.

다음으로 가게 점원인 에이미 힐이 불려 나와서는, 17일 오후 스타일스 저택의 보조 정원사 윌리엄 얼에게 유언장 양식을 팔았다고 증언했다.

이어 윌리엄 얼과 매닝이 앞으로 나와, 자신들이 어떤 서류에 증인으로 서명했다고 증언했다. 매닝은 그 시각을 4시 30분경이라고 못 박았고, 윌리엄은 그보다 이른 시간이었다고 말했다.

다음은 신시아 머독의 차례였다. 하지만 그녀는 거의 말할 것이 없었다. 그녀는 캐번디시 부인이 깨울 때까지 그 비극에 대해 아무것도 몰랐다고 했다.

"탁자가 나동그라지는 소리를 듣지 못했습니까?"

"예. 저는 금방 잠이 들었어요."

검시관이 미소를 지었다.

"거리낄 것 없는 마음이 깊은 잠을 부르는 법이지요. 고맙습니다, 머독 양. 됐습니다."

"하워드 양."

하워드 양은 17일 저녁 잉글소프 부인이 자신에게 쓴 편지를 제출했다. 물론 푸아로와 내가 이미 본 편지였다. 그 편지의 내용은 이 비극에 대한 우리의 지식에 아무런 보탬도 되지 않았다. 다음 장에 그 편지의 사본을 싣는다.

편지는 배심원들에게 건네졌고, 그들은 그것을 주의 깊게 살펴보았다.

검시관이 한숨을 내쉬며 말했다.

"이건 우리에게 그리 도움이 될 것 같지 않군요. 그날 오후의 사건들이 전혀 언급되어 있지 않으니 말입니다."

에벌린 하워드가 짤막하게 말했다.

"내게는 너무나도 명백한걸요. 이 편지에는 저의 가엾은 옛 친구가 자신의 어리석음을 깨달았다는 사실이 분명히 드러나 있다고요!"

"이 편지에는 그런 종류의 말이 전혀 없는데요."

Styles Court
Essex

My dear Evelyn
Can we not bury the hatchet? I have found it hard to forgive the things you said against my dear husband but I am an old woman & very fond of you
Yours affectionately
Emily Inglethorp

7월 17일
에섹스, 스타일스 저택

친애하는 에비
우리 화해하면 안 될까? 당신이 남편에 대해 한 말은 여전히 용서하기가 힘들어. 하지만 나는 이제 나이 든 여자고, 당신을 무척 좋아하니까.

에밀리 잉글소프

검시관이 지적했다.

"그래요, 그건 에밀리가 자기 잘못을 인정하는 걸 참을 수 없어 하는 사람이었기 때문이에요. 난 그녀를 알아요. 그녀는 내가 돌아오기를 바랐어요. 하지만 내가 옳았다는 것을 인정하려 들지는 않았죠. 그래서 우회적으로 자신의 마음을 표현한 거예요. 대부분의 사람들이 그러잖아요. 나는 그 편지를 액면 그대로 보지 않아요."

웰스가 희미하게 미소를 지었다. 몇몇 배심원도 그렇게 미소를 짓는 것을 나는 보았다. 하워드 양은 소문난 인물임이 분명했다. 그 숙녀는 배심원들을 비난하듯 위아래로 훑어보면서 말을 계속했다.

"말…… 말…… 말뿐이라고요! 우리는 줄곧 잘 알고 있었어요. 그러니까……."

검시관이 걱정이 된 나머지 그녀의 말허리를 잘랐다.

"고맙습니다, 하워드 양, 이제 됐습니다."

그녀가 물러나고 나서 그는 안도의 한숨을 쉬었을 터였다.

이어서 그날의 대사건이 일어났다. 검시관은 보조 약제사 앨버트 메이스를 호명했다.

그는 바로 푸아로와 내가 얼마 전 만난 창백한 얼굴에 동요된 태도를 한 청년이었다. 검시관의 질문에 대해 그는 자신이 자격증이 있는 약제사로서, 그곳의 보조 약사가 징집되어 최근 그 약국에 왔다고 설명했다.

예비 심리가 끝나고 검시관은 본격적으로 절차를 밟아 나가기 시작했다.

"메이스 씨, 당신은 최근 허가받지 않은 누군가에게 스트리크닌을 판 적이 있습니까?"

"그렇습니다, 검시관님."

"그제 언제였습니까?"

"지난 월요일 저녁입니다."

"월요일이라고요? 화요일이 아니고?"

"예, 검시관님. 16일 월요일입니다."

"그것을 누구에게 팔았는지 말해 주시겠습니까?"

장내는 핀이 바닥에 떨어지는 소리라도 들릴 것처럼 조용해졌다.

"예, 검시관님. 잉글소프 씨에게 팔았습니다."

모든 이들의 눈이 동시에 목석처럼 태연히 앉아 있는 앨프리드 잉글소프에게 쏠렸다. 그 저주스러운 말이 청년의 입에서 떨어지는 순간, 그는 몸을 조금 움찔했다. 나는 그가 의자에서 벌떡 일어나고 있다고 생각할 뻔했다. 하지만 그는 깜짝 놀란 표정을 아주 그럴듯하게 지어 보였을 뿐 줄곧 자리에 앉아 있었다.

"지금 당신이 말한 내용이 틀림없습니까?"

검시관이 엄하게 물었다.

"틀림없습니다, 검시관님."

"스트리크닌을 분별없이 파는 건 당신의 버릇인가요?"

검시관의 찌푸린 표정에 낙심한 청년은 눈에 띄게 풀이 죽었다.

"오, 아닙니다, 검시관님. 아니고말고요. 하지만 이 경우에는 사러 온 사람이 스타일스 저택의 잉글소프 씨라는 것을 알고는 아무 문제도 없으리라는 생각이 들었습니다. 그는 개를 죽이기 위해서라고 했습니다."

마음속으로 나는 그에게 연민을 느꼈다. 지주를 거스르지 않으려고 애쓰는 것은 인간의 자연스러운 성정이 아닌가. 특히 쿠츠 약국으로부터 지방 지점으로 거래선을 옮기는 중인 고객을 거스르기는 더욱 어려울 터였다.

"극약을 구입하는 사람은 누구든 장부에 서명을 하는 게 관례 아닙니까?"

"그렇습니다, 검시관님. 잉글소프 씨도 그렇게 했습니다."

"그 장부를 여기 갖고 왔습니까?"

"예, 검시관님."

장부가 제출되었다. 그런 다음 엄한 책망 몇 마디와 함께 검시관은 낙심해 있는 메이스를 증인석에서 내려 보냈다.

그런 다음에는 숨소리조차 들리지 않는 침묵 가운데 앨프리드 잉글소프가 호명되었다. 교수대의 밧줄이 자신의 목에 얼마나 바짝 다가와 있는지 그가 알고나 있을지 나는 궁금했다.

검시관은 곧장 요점으로 들어갔다.

"지난 월요일 저녁, 당신은 개를 죽일 목적으로 스트리크닌을 구입했습니까?"

잉글소프는 극히 차분하게 대답했다.

"아니요, 그런 일 없습니다. 스타일스 저택에는 개가 없어요. 저택 밖에 양을 지키는 개가 한 마리있긴 있지만, 그 개는 아주 건강하지요."

"지난 월요일, 앨버트 메이스에게서 스트리크닌을 구입했다는 사실을 완전히 부정하는 겁니까?"

"그렇습니다."

"그럼 이것도 부정하겠습니까?"

검시관은 그에게 그의 서명이 되어 있는 장부를 건넸다.

"당연히 부정합니다. 이 필적은 내 것과는 딴판이에요. 내가 보여 드리리다."

그는 주머니에서 낡은 편지 봉투를 꺼내서는 그 위에 자신의 이름을 적어 배심원들에게 건넸다. 분명 전혀 달랐다.

"그러면 메이스 씨의 진술에 대해 어떻게 설명하시겠습니까?"

앨프리드 잉글소프는 태연한 얼굴로 대답했다.

"메이스 씨가 착각을 한 게 분명합니다."

검시관은 잠시 주저하다가 말했다.

"잉글소프 씨, 단순히 형식적인 겁니다만, 7월 16일 월요일 저녁에 어디 있었는지 말씀해 주실 수 있습니까?"

"사실은…… 기억이 나지 않습니다."

"그건 말도 안 됩니다, 잉글소프 씨. 다시 생각해 보십시오."

검시관이 날카롭게 말했다.

앨프리드 잉글소프는 고개를 내저었다.

"분명히 말씀드릴 수가 없습니다. 아마 산책을 하고 있었던 것 같아요."

"어느 방향으로요?"

"정말이지 기억이 나지 않소."

검시관의 얼굴이 심각해졌다.

"누군가가 같이 있었나요?"

"아니요."

"산책 도중 누군가를 만났습니까?"

"아니요."

검시관이 건조하게 말했다.

"그것 참 유감이로군요. 그렇다면 당신의 그 말을 스트리크닌을 사러 약국으로 들어오는 당신을 메이스 씨가 알아본 바로 그 시각에 당신이 어디에 있었는지 밝히기를 거부하는 것으로 간주해야겠는데요?"

"그 말을 그런 식으로 받아들이고 싶다면, 그럴 거요."

"조심해서 말씀하시지요, 잉글소프 씨."

푸아로는 신경이 곤두선 채 안절부절못했다.

"사크레!(맙소사!) 저 멍청한 친구는 체포되기를 바라고 있잖아?"

그가 중얼거렸다.

실제로 잉글소프는 나쁜 인상을 주고 있었다. 그렇게 시원찮게 부인해서는 어린아이도 설득되지 않을 터였다. 하지만 검시관이 가볍게 다음 사항으로 넘어가자, 푸아로는 안도의 한숨을 깊이 내쉬었다.

"화요일 오후 당신은 아내와 말다툼을 했지요?"

앨프리드 잉글소프는 그의 말허리를 잘랐다.

"미안하지만 당신은 잘못 알고 있습니다. 나는 사랑하는 아내와 말다툼을 하지 않았습니다. 그 모든 이야기는 모조리 거짓입니다. 그날 오후 내내 나는 저택에서 나와 있었어요."

"그것을 증명해 줄 수 있는 사람이 있습니까?"

"내가 그렇다고 하지 않습니까."

잉글소프가 오만하게 말했다.

검시관은 그 말에는 대답조차 하지 않았다.

"당신이 잉글소프 부인과 다투는 소리를 들었다고 맹세할 수 있는 증인이 둘 있습니다."

"그 사람들이 잘못 알고 있는 겁니다."

나는 어리둥절했다. 그 사내가 어찌나 확신을 가지고 말했던지 내 마음이 다 동요될 정도였다. 나는 푸아로를 바라보았다. 그의 얼굴에는 나로서는 이해할 수 없는 흡족한 표정이 떠올라 있었다. 요컨대 그는 앨프리드 잉글소프가 유죄라고 생각하고 있는 것일까?

"잉글소프 씨, 당신의 아내가 임종시에 한 말이 여기서 반복된 것을 당신도 들었을 겁니다. 어떤 식으로든 그것을 설명하실 수 있습니까?"

검시관이 물었다.

"물론 설명할 수 있습니다."

"설명할 수 있다고요?"

"내가 보기에는 아주 간단합니다. 그 방은 조명이 희미합니다. 바워스타인 박사는 나와 키와 체격이 똑같고, 나처럼 턱수염이 있고요. 희미한 불빛 아래서 고통스러워하던 내 가엾은 아내는 그를 나로 착각했던 거겠죠."

"아! 그것 일리 있는 생각이군!"

푸아로가 혼잣말로 중얼거렸다.

"당신은 저 말이 사실이라고 생각합니까?"

내가 속삭이듯 물었다.

"그렇게 말하지는 않았네. 하지만 저건 정말이지 천재적인 추리로군."

앨프리드 잉글소프가 말을 이었다.

"당신은 내 아내의 마지막 말을 비난으로 해석하고 있는데, 오히려 그건 나에게 호소한 거였을 겁니다."

검시관은 잠시 생각에 잠겼다가 말했다.

"내가 알기로, 잉글소프 씨, 당신은 그날 저녁 직접 커피를 따라 부인에게 가져다주지 않았습니까?"

"내가 커피를 따른 것은 사실입니다. 하지만 그걸 내가 아내에게 가져다주지는 않았습니다. 그러려고 했는데 현관에 친구가 와 있다는 말을 듣고는 그 커피를 홀의 탁자에 내려놓았습니다. 잠시 후 내가 홀로 돌아왔을 때 잔은 그 자리에 없었어요."

이 진술은 사실일 수도 있고 그렇지 않을 수도 있었다. 하지만 내가 보기엔 그렇다고 해서 앨프리드 잉글소프에게 상황이 크게 나아지는 것 같지 않았다. 어쨌든 그에게는 극약을 넣을 수 있는 충분한 시간이 있었던 것이다.

그 순간 푸아로가 내 옆구리를 팔꿈치로 툭 치면서, 문 근처에 앉아 있는 사내 둘을 가리켰다. 하나는 작고 날카롭고, 족제비 같은 검은 얼굴을 하고 있었고, 또 한 사내는 키가 크고 보기 좋은 인상을 갖고 있었다.

나는 말없이 푸아로에게 묻는 듯한 눈길을 던졌다. 그가 내 귀에 입을 갖다댔다.

"저 자그마한 남자가 누군지 모르겠나?"

나는 고개를 내저었다.

"런던 경시청의 제임스 재프 경감일세. 아니 지미 재프였던가. 또 다른 남자 역시 런던 경시청 소속일세. 사태가 빠르게 진행되고 있군, 친구."

나는 그 두 사내를 뚫어지게 바라보았다. 그들에게는 경찰 같은 점이 전혀 없었다. 이야기를 듣지 않았다면, 그들이 경찰이라고는 짐작도 하지 못했을 터였다.

줄곧 그들을 바라보고 있던 나는 다음과 같은 판결을 듣고 깜짝 놀라 정신을 차렸다.

"이 사건은 정체가 밝혀지지 않은 한 사람 이상에 의해 저질러진 의도적인 살인입니다."

푸아로, 빚을 갚다

스타일라이츠 암스 밖으로 나오면서 푸아로는 내 팔을 부드럽게 잡아 나를 한쪽으로 이끌었다. 나는 그의 목적을 알아차렸다. 그는 런던 경시청에서 나온 사람들을 기다리고 있었다.

잠시 후 그들이 나오자, 푸아로는 곧바로 그들 앞으로 가서는 두 사람 중 키 작은 이에게 말을 걸었다.

"나를 기억하실지 모르겠군요, 재프 경감."

"이런! 푸아로 씨 아니신가!"

경감은 이렇게 외친 다음 다른 한 사람에게 몸을 돌렸다.

"제가 푸아로 씨 이야기를 한 적이 있지 않습니까? 1904년 저는 이 친구와 함께 일했습니다. 애버크롬비 위조 사건을 기억하실 겁니다. 그자는 브뤼셀에서 체포되었습니다. 아, 대단한 시절이었다오, 무슈. 또 '알타라 남작' 사건 기억나시오? 당신에게 걸맞은 악당

이 있었지! 유럽 경찰이 절반이 동원되어도 그자를 잡지 못했습니다. 하지만 우리는 그자를 앤트워프에서 체포했지, 여기 있는 푸아로 씨 덕분에 말입니다."

그들이 이런 화기애애한 회상에 빠져들고 있을 때, 내가 그들에게 다가갔다. 푸아로가 나를 재프에게 소개했고, 이번에는 재프가 우리 둘을 서머헤이 총경에게 소개했다.

"두 분이 여기서 무엇을 하고 계신지 여쭤 볼 필요가 없을 것 같군요, 형사님들."

푸아로가 말했다.

재프가 알겠다는 듯이 한쪽 눈을 찡긋했다.

"물론 그럴 거요. 상당히 뻔한 사건이라고 할 수 있소."

하지만 푸아로가 심각하게 대답했다.

"그 점에서 난 당신과 생각이 다릅니다."

서머헤이 총경이 처음으로 입을 열었다.

"오, 이런! 이 사건 전체가 대낮처럼 명료하답니다. 그 사내는 현장에서 붙잡힌 겁니다. 어떻게 그렇게 바보 같을 수 있는지 충격적입니다."

하지만 재프는 주의 깊은 눈길로 푸아로를 바라보며 익살스러운 어조로 말했다.

"흥분을 가라앉히시지요, 총경님. 저와 여기 계신 무슈는 전에 만난 적이 있는데, 저로서는 그 누구의 판단보다도 이 친구의 판단을 먼저 받아들일 생각입니다. 제 생각이 크게 틀리지 않았다면, 푸아로 씨는 지금 뭔가 알고 계신 겁니다. 그렇지 않소, 무슈?"

푸아로가 미소를 지었다.

"나는 어떤 결론을 도출하고 있습니다. 그렇습니다."

서머헤이는 여전히 다소 미덥지 않은 듯한 표정으로 그를 바라보았지만, 재프는 푸아로를 줄곧 유심히 지켜보고 있었다.

그가 말했다.

"그러니까 이런 식이지. 지금까지 우리는 이 사건을 외부에서 파악했을 뿐이오. 심리 후에야 살인 사건임이 밝혀지는 이런 종류의 사건에서는 런던 경시청이 불리하지. 처음부터 현장에 있었느냐 아니냐에 많은 것이 좌우되는데, 바로 그 점에서 푸아로 씨는 우리보다 앞서 있소. 사건 현장에서 한 똑똑한 의사가 검시관을 통해 우리에게 정보를 주지 않았다면, 우리는 지금 이 자리에 있지 못했을 겁니다. 하지만 당신은 처음부터 현장에 있었으므로, 몇 가지 단서들을 알아냈을 테고. 심리에서 나온 증언으로 미루어 앨프리드 잉글소프가 자기 아내를 죽였다는 사실은 내가 여기에 서 있다는 사실만큼이나 분명하오. 따라서 당신이 아닌 누군가가 그 반대의 이야기를 했다면 나는 그 사람의 면전에서 웃어넘겼을 거요. 배심원들이 의도적인 살인의 범인으로 그자를 호명하지 않았다는 것이 놀라울 정도라오. 내 생각에 배심원들은 그렇게 했을 거요. 검시관만 아니었다면 말입니다…… 그가 그들을 만류하는 것 같더군."

"하지만 지금 당신의 주머니 속에는 그의 체포 영장이 들어 있겠지요?"

푸아로가 넌지시 말했다.

그러자 경찰 의식이 목재 셔터처럼 내려와 재프의 풍부한 표정을 가려 버렸다. 그가 건조하게 대답했다.

"그럴 수도 있고 그렇지 않을 수도 있소."

푸아로는 생각에 잠긴 얼굴로 그를 바라보았다.

"나는 형사님들, 그가 체포되지 않기를 몹시 바라고 있습니다."

"그러실 줄 알았습니다."

서머헤이가 비꼬듯이 말했다.

재프는 익살과 혼란이 뒤섞인 표정으로 푸아로를 바라보았다.

"좀 더 자세히 말해 주실 수 없소, 푸아로 씨? 눈짓 하나가 곧 승인인 셈이오. 당신에게서 나온 것이라면 말이지. 당신은 줄곧 현장에 있었질 않소. 그리고 아시다시피 런던 경시청은 그 어떤 실수도 사절이니까."

푸아로가 진지하게 고개를 끄덕였다.

"내 생각도 바로 그렇습니다. 음, 이 말씀을 드리지요. 당신이 가지고 있는 영장을 사용하세요. 앨프리드 잉글소프 씨를 체포하란 말입니다. 하지만 그렇다고 해도 당신에겐 아무런 명예도 오지 않을 겁니다. 그가 범인이라는 주장이 즉각 기각될 테니까요! 콤사!(그렇게 될 겁니다!)"

그런 다음 그는 드러내 놓고 손가락 마디를 소리 나게 꺾었다.

재프의 얼굴은 심각해졌지만 서머헤이는 믿을 수 없다는 듯 콧소리를 냈다.

한편 나는 너무나 놀라 문자 그대로 벙어리가 되어 있었다. 내가 내릴 수 있는 유일한 결론은 지금 푸아로가 제정신이 아니라는 것 뿐이었다.

재프가 손수건을 꺼내 이마에 맺힌 땀을 가볍게 두드렸다.

"나는 감히 그럴 수 없소, 푸아로 씨. 나는 당신의 말을 믿습니다 만, 도대체 무슨 생각으로 그러느냐고 힐책할 윗분들이 계시다오. 일을 진척시키기 위해 우리에게 좀 더 정보를 줄 순 없소?"

푸아로는 잠시 생각에 잠겼다가 말했다.

"그럴 수는 있습니다. 사실은 그러고 싶지 않습니다. 그건 내 손의 카드를 보여 주는 일이니까요. 당분간은 은밀하게 조사를 하고 싶습니다만, 당신의 요구는 지극히 타당합니다. 전성기가 지난 일개 벨기에 형사의 말만으로는 충분치 않지요! 앨프리드 잉글소프는 체포되어서는 안 됩니다. 여기 내 친구 헤이스팅스도 알고 있겠지만 단언할 수 있습니다. 자, 그러면, 친애하는 재프 경감, 당장 스타일스 저택으로 가실 건가요?"

"음, 30분 뒤에 갈 거요. 먼저 검시관과 의사를 만나 볼 생각이오."

"좋습니다. 가다가 내게 들르시지요. 마을 맨 끝 집입니다. 나도 함께 가겠습니다. 스타일스 저택에서 앨프리드 잉글소프는 자신에 대한 혐의가 지속될 수 없다는 사실을 당신에게 확인시킬 증거를 제시할 겁니다. 혹시 그가 그 일을 거부한다면(그럴 가능성도 있지 요.) 내가 그렇게 하지요. 그러면 되겠습니까?"

재프가 진심을 담아 대답했다.

"좋소. 그리고 경시청을 대신해 당신에게 큰 빚을 졌다고 말씀드리고 싶소. 지금으로서는 이 명백한 사실에 최소한의 허점도 없을 것 같지만 말이오. 하지만 당신은 언제나 기적을 만들어 냈지! 그럼, 이만 가 보겠소이다, 무슈."

두 형사는 걸음을 옮겼다. 서머헤이의 얼굴에는 의혹의 웃음이 떠올라 있었다.

내가 입을 열기 전에 푸아로가 소리쳤다.

"자, 친구, 무슨 생각을 하고 있나? 몽 디외!(맙소사!) 저 법정에서 나는 몇 차례 흥분했다네. 그 사내가 아무것도 털어놓지 않을 정도로 옹고집일 줄은 정말 상상도 못했지. 정말이지 바보 같은 작전이 아닌가."

"흠! 어리석다는 것 외에 다른 설명도 가능합니다. 왜냐하면 그의 혐의가 사실이라면, 그로서는 묵비권 말고 무엇으로 자신을 방어하겠습니까?"

내가 말했다.

"이런, 수많은 기발한 방법이 있을 수 있다네. 자. 내가 이번에 살인을 저지른 자라고 가정해 보세. 정말이지 그럴듯한 이야기를 일곱 가지는 생각해 낼 수 있을 걸세! 앨프리드 잉글소프처럼 완강히 부인하는 것보다는 훨씬 설득력 있게 들릴 이야기를 말일세!"

푸아로가 소리쳤다.

나는 웃음을 터뜨리지 않을 수 없었다.

"친애하는 푸아로, 당신이라면 그런 이야기를 일흔 개라도 꾸며

낼 수 있을 게 분명하지요! 그나저나, 당신이 그 경찰들에게 한 말을 나도 듣긴 했지만, 정말 아직도 앨프리드 잉글소프가 무죄라고 믿고 계신 건 아니겠지요?"

"전에 믿었는데 어째서 지금이라고 안 믿겠나? 변한 것은 아무것도 없는데."

"하지만 증거가 너무나도 결정적입니다."

"그렇지, 지나치게 결정적이지."

우리는 리스트웨이스 저택의 대문으로 들어가, 이제는 낯익은 층계를 올랐다.

푸아로는 거의 혼잣말처럼 말을 계속했다.

"그래, 그렇지. 지나치게 결정적이야. 진짜 증거는 대개 모호하고 불만족스러운 법이지. 조사해야 해. 선별해야 한다고. 하지만 여기에서는 모든 것이 명료하고 건조해. 그렇다네, 친구, 아주 영리하게 만들어진 걸세. 너무나도 영리한 나머지 제 꾀에 제가 넘어갈 정도라네."

"어째서 그런 말씀을 하시는 건가요?"

"왜냐하면 그에게 불리한 증거들이 모호하고 불분명했다면, 논박하기가 몹시 어려웠을 거야. 하지만 범인이 불안한 나머지 그물을 어찌나 빡빡하게 쳐 놓았는지, 한 군데만 잘라 내면 앨프리드 잉글소프는 자유의 몸이 될 거야."

나는 침묵을 지켰다. 잠시 후 푸아로가 말을 이었다.

"이 문제를 이런 관점에서 살펴보세. 여기 아내를 독살하려는 한 사내가 있다고 해 보세. 그는 이른바 자신의 기지로 살아왔네. 그러므로 어느 정도 기지가 있다고 봐야지. 완전히 바보는 아니란 말일세. 그렇다면 그는 어떻게 그 계획을 실천할까? 그는 대담하게 마을의 약국으로 가서 자기 이름으로 서명을 하고 스트리크닌을 구입하네. 엉터리라는 것이 밝혀질 게 분명한 개 이야기를 꾸며 대고. 그는 그날 밤 그 극약을 사용하지 않네. 그렇지, 아내와 격렬한 말다툼을 하게 될 때까지 기다린다네. 온 집안 사람들이 그 싸움에 대해 알고 있는 만큼, 당연히 그는 의심을 받게 되네. 그는 아무런 방어책도 준비하지 않아. 알리바이의 기미조차 없어. 약국의 보조 약사가 그 사실을 법정에서 이야기할 것이 분명하다는 것을 알고 있으면서도 말이야. 흥! 누군가 그렇게까지 어리석을 수 있다는 걸 믿으라고 내게 요구하지 말게! 자살하려고 교수형을 자초하는 정신 나간 사람만이 그렇게 행동할 수 있단 말일세!"

"여전히…… 나로서는 알 수가……."

"나 역시 알 수가 없네. 단언하는데, 몬 아미, 나도 혼란스럽네. 나, 에르퀼 푸아로도 말일세!"

"하지만 그가 무죄라면, 스트리크닌을 구입한 것을 어떻게 설명하시렵니까?"

"아주 간단해. 그는 그것을 사지 않았네."

"하지만 메이스가 그를 알아보았잖습니까!"

"미안하지만, 그는 앨프리드 잉글소프처럼 검은 턱수염을 기르고, 앨프리드 잉글소프처럼 안경을 쓰고, 앨프리드 잉글소프처럼 눈에 띄는 옷을 입은 다른 사내를 본 거야. 메이스는 멀리서밖에 본 적이 없었을 그 사람을 알아보지 못했겠지. 왜냐하면 자네도 기억하겠지만 그는 이 마을에 온 지 2주일밖에 되지 않았고, 타드민스터에 있는 쿠츠 약국과 주로 거래한 사람은 잉글소프 부인이었어."

"그렇다면 당신 생각엔……."

"몬 아미, 내가 강조했던 두 가지 사항을 기억하나? 지금으로서는 첫 번째는 제쳐 놓기로 하고, 두 번째가 뭐였나?"

"앨프리드 잉글소프가 괴상한 옷차림을 하고, 검은 턱수염을 기르고, 안경을 끼고 있다는 사실입니다."

나는 그가 해 준 말을 반복했다.

"바로 그렇다네. 자, 누군가 존 캐번디시나 로렌스 캐번디시처럼 변장하고자 한다고 해 보세. 그 일이 수월할까?"

"아닐 겁니다. 물론 배우라면……."

내가 생각에 잠긴 채 대답했다.

하지만 푸아로는 가차 없이 내 말허리를 잘랐다.

"그렇다면 왜 그 일이 수월하지 않을까? 내가 말해 주겠네, 친구. 왜냐하면 그들은 둘 다 말끔하게 면도를 하기 때문이라네. 대낮의 밝은 빛 아래서 그들 중 하나처럼 보이기 위해서는 천재적인 연기력과 어느 정도 닮은 얼굴이 필요하네. 하지만 앨프리드 잉글소프의 경우에는 모든 게 달라진다네. 그의 옷과 턱수염, 그리고 눈을 가리는 안경…… 이것이 그의 개성 있는 모습을 대표하는 요소들일세. 자, 범죄자의 으뜸가는 본능이 뭐겠나? 자신에게 혐의가 가지 않게 하는 것이 아니겠나? 어떻게 하면 그 일을 가장 잘할 수 있을까? 누군가 다른 사람에게 혐의를 뒤집어씌우는 걸세. 이 경우에는 범인이 손쉽게 이용할 수 있는 한 사내가 있어. 모든 이들이 앨프리드 잉글소프가 유죄라고 믿고 싶어 하지. 그가 의심을 받게 되리라는 것은 기정사실이야. 하지만 그런 혐의를 확실하게 만들기 위해서는 분명한 증거가 있어야 하네. 실제로 극약을 구입하는 것 따위 말이지. 그런데 앨프리드 잉글소프처럼 특이한 모습의 사내의 경우에는 그 일이 그렇게 어렵지 않아. 그 메이스라는 젊은이가 실제로 앨프리드 잉글소프와 이야기를 나눠 본 적이 없다는 걸 잊지 말게. 앨프리드 잉글소프의 옷차림에 그의 턱수염에 그의 안경을 낀 사내를 그 청년이 어떻게 다른 사람이라고 생각할 수 있었겠나?"

푸아로의 장광설에 도취된 내가 말했다.

"그럴 수도 있겠네요. 하지만 그렇다면 그는 왜 지난 월요일 저녁 6시 자신이 어디 있었는지 말하지 않는 걸까요?"

목소리를 가라앉히며 푸아로가 대답했다.

"아, 정말 왜 그런 걸까? 체포된다면 그는 말할 걸세. 하지만 나는 일이 그렇게 되는 것을 바라지 않아. 나는 그에게 자신이 처한 입장의 심각성을 알려 줘야 하네. 물론 그의 침묵의 이면에는 뭔가 남부끄러운 것이 있네. 그가 아내를 살해하지 않았다 하더라도, 그는 불한당이라네. 살인과는 거리가 멀지만 감추어야 할 무엇인가를 갖고 있단 말일세."

"그게 무엇일까요?"

명백한 추론에 대한 희미한 믿음이 아직 남아 있긴 했지만, 이제 푸아로의 견해에 동조하게 된 나는 생각에 잠겼다.

"짐작도 할 수 없겠나?"

푸아로가 미소를 지어 보이며 물었다.

"예, 당신은 짐작하고 계신가요?"

"오, 그렇다네. 얼마 전부터 한 가지 사소한 생각을 해 왔거든. 그리고 그것이 옳다는 것이 밝혀졌네."

"당신은 한 번도 내게 그 얘기를 해 준 적이 없어요."

내가 비난조로 말했다.

푸아로는 미안하다는 듯이 두 손을 펼쳐 보였다.

"용서하게, 몬 아미. 자네는 분명히 공감하지 않았었잖나."

그는 진지한 표정으로 내게 몸을 돌렸다.

"말해 주게. 이제 그가 체포되어서는 안 된다는 걸 알겠나?"

"그럴 수도 있겠군요."

내가 회의적으로 대답했다. 왜냐하면 나는 정말이지 앨프리드 잉글소프의 운명에는 관심이 없었고, 그가 좀 겁에 질린다고 해서 그에게 해가 될 것 같지도 않았던 것이다.

나를 뚫어지게 바라보던 푸아로는 한숨을 내쉬고는 화제를 바꾸었다.

"자, 친구. 앨프리드 잉글소프에 대한 이야기 말고, 심리에서 진술된 증언들에 대해 자네는 어떻게 생각하나?"

"오, 예상했던 것과 비슷했습니다."

"이상하다고 놀란 건 전혀 없었나?"

순간 메리 캐번디시가 떠올라서 나는 애매한 태도를 취했다.

"어떤 점에서 말입니까?"

"음, 예를 들어 로렌스 캐번디시의 증언을 어떻게 생각하나?"

나는 마음이 가벼워졌다.

"오, 로렌스요! 음, 제 생각은 그와 다릅니다. 그는 언제나 신경이 곤두서 있는 사람이지요."

"자기 어머니가 평소에 먹던 강장제에 실수로 중독되었을지도 모른다는 그의 추리가 자네는 이상하게 여겨지지 않는단 말인가, 엥?(어떤가?)"

"예, 저로서는 그리 이상하게 여겨지지 않는데요. 물론 의사들은 그 말을 비웃었지요. 하지만 문외한이라면 당연히 할 수 있는 추측이지요."

"하지만 무슈 로렌스는 문외한이 아닐세. 그가 의학을 공부했고, 의사 자격증을 취득했다고 자네가 내게 말해 주지 않았나?"

"예, 사실입니다. 그 생각을 전혀 못했군요. 정말 이상하네요."

나는 좀 깜짝 놀랐다.

푸아로가 고개를 끄덕였다.

"처음부터 줄곧 그의 행동이 괴상했다네. 식구들 중 스트리크닌 중독 증세를 알아볼 수 있는 사람이 있다면 오직 그 사람뿐인데, 실제로는 그 혼자만이 그 죽음이 자연사라고 강력하게 주장하고 있다네. 만일 존 캐번디시가 그랬다면, 나는 이해할 수 있었을 걸세. 그는 전문 지식이 없고, 선천적으로 상상력이 풍부한 인물이 아닐세. 하지만 로렌스는…… 아닐세! 그리고 오늘 그는 자신도 우스꽝스럽다고 생각할 것임이 분명한 견해를 내놓았다네. 여기에는 생각해 봐야 할 점이 있다네, 몬 아미!"

"정말 무척 혼란스럽군요."

내가 동의했다.

푸아로가 말을 이었다.

"그리고 캐번디시 부인도 있네. 그녀는 자신이 알고 있는 것을 모두 말하지 않은 또 하나의 인물일세! 자네는 그녀의 태도를 어떻게 생각하나?"

"어떻게 생각해야 할지 모르겠습니다. 그녀가 앨프리드 잉글소프를 두둔한다는 건 생각할 수도 없는 일 같습니다. 하지만 그렇게 보이더군요."

푸아로는 무엇인가 생각하는 얼굴로 고개를 끄덕였다.

"그래, 이상한 일일세. 한 가지 분명한 것은, 그녀가 그 '개인적인 대화'를 자신이 인정한 것보다 훨씬 많이 엿들었다는 걸세."

"하지만 그녀는 수치를 무릅쓰고 남의 말을 엿들을 사람이 결코 아닙니다!"

"바로 그렇다네. 그녀의 증언은 내게 한 가지 사실을 알려 주었다네. 내가 잘못 생각했다네. 도커스의 말이 옳았어. 그 말다툼은 그녀가 말한 대로 더 이른 오후 4시경에 일어난 거야."

나는 호기심을 드러내며 그를 바라보았다. 그가 그 사실에 그렇게 집착하는 이유를 도저히 알 수가 없었다.

"그렇다네, 많은 특이한 사실들이 오늘 밝혀졌다네. 이제 바워스타인 박사 얘기를 해 보세. 그날 새벽 그 시각 자리에서 일어나 옷을 차려입고 그는 뭘 하고 있었을까? 아무도 그 사실에 대해 언급하는 사람이 없다는 게 나로서는 놀라웠네."

"불면증 증세가 있는 것 같더군요."

내가 자신 없는 어조로 말했다.

"그건 아주 훌륭한 변명일 수도 있고 아주 형편없는 설명일 수도 있네. 그건 모든 것을 덮어 주지만, 아무것도 설명해 주지 않는다네. 나는 우리의 탁월한 바워스타인 박사를 줄곧 지켜볼 생각이네."

푸아로가 단호하게 말했다.

"증언에서 발견하신 또 다른 문제점은 없나요?"

내가 빈정거리듯 묻자 푸아로가 심각하게 대답했다.

"몬 아미, 사람들이 진실을 말하지 않고 있다고 여겨질 때는, 조심하게! 그런데, 내가 크게 잘못 보지 않았다면 오늘의 이 심리에서 속임수나 주저함 없이 진실을 말한 이는 단 한 사람, 기껏해야 두 사람뿐일세."

"오, 이것 보세요, 푸아로! 로렌스나 캐번디시 부인에 대해서는 말하지 않겠습니다. 하지만 존과…… 하워드 양은 분명히 진실을 말하지 않았습니까?"

"그들 둘 다 말인가, 친구? 한 사람은 나도 그렇다고 생각하지만, 둘 다는……."

그의 말에 나는 충격과 함께 불편한 느낌을 받았다. 중요하지 않은 것이긴 했지만, 하워드 양이 어찌나 솔직하고 올곧게 이야기를 했던지 나로서는 그녀의 진실성을 의심해 볼 생각은 들지 않았다. 하지만 나는 푸아로의 총명함에 커다란 경의를 품고 있었다. 내 표현으로 그가 '어리석게도 외고집일 경우'를 제외하고 말이다.

"정말 그렇게 생각하십니까? 제가 보기에 하워드 양은 언제나 본질적으로 정직하게 여겨졌는데요. 거의 불편할 정도로 말입니다."

푸아로는 나로서는 그 의도를 간파할 수 없는 기묘한 눈길로 나를 바라보았다. 그러고는 뭔가 말할 듯하다가 이내 입을 다물었다.

나는 말을 계속했다.

"머독 양 역시 그렇습니다. 그녀에게는 미덥지 않은 면 같은 건 전혀 없는데요."

"그렇다네. 하지만 그녀가 바로 옆방에서 자면서 아무 소리도 듣지 못했다는 건 이상하지. 건물의 다른 쪽 측량에서 캐번디시 부인은 탁자가 나동그라지는 소리를 분명하게 들었다는데 말일세."

"글쎄요, 그녀는 젊습니다. 그래서 깊이 잠들었나 보지요."

"아, 그래, 물론이지. 그녀는 분명 깊은 잠을 자는 사람일 테지!"

나는 그의 어조가 그다지 마음에 들지 않았다. 그런데 그 순간 서둘러 문을 두드리는 소리가 들려왔다. 창밖을 내다보니 두 형사가 아래에서 우리를 기다리고 있었다.

푸아로는 모자를 집어 들고, 콧수염을 강하게 비틀어 꼰 다음, 소매에서 보이지도 않는 먼지를 주의 깊게 털어 내고는 층계 아래로 내려가자고 내게 손짓했다. 형사 둘과 합류한 우리는 스타일스 저택을 향해 출발했다.

런던 경시청에서 나온 두 형사가 출현하자 사람들은 어느 정도 충격을 받은 것 같았다. 특히 존이 그러했다. 판결 이후 그는 이 일이 마무리되는 건 시간 문제라고 생각했던 것이 분명했다. 게다가 그 두 형사의 존재는 그 무엇보다도 더 절실하게 그에게 이 사건을 환기시켰다.

위층으로 올라가면서 푸아로는 낮은 어조로 재프와 이야기를 나누었다. 이어 그 경찰은 하인을 제외한 집안 식구들에게 거실로 모여 달라고 요청했다. 나는 그 일의 의미를 알 수 있었다. 그의 찬사가 정당한 것이 되느냐 아니냐 하는 것은 이제 푸아로에게 달려 있었다.

개인적으로 나는 다혈질은 아니었다. 푸아로는 앨프리드 잉글소프가 무죄라는 자신의 믿음을 뒷받침할 만한 훌륭한 근거를 갖고 있을 터였다. 하지만 서머헤이 총경 같은 사람은 확실한 증거를 요구할 텐데, 푸아로가 그것을 제공할 수 있을지 나로서는 의심스러웠다.

그리 오래 걸리지 않아 우리가 모두 거실에 모이자, 재프가 거실 문을 닫았다. 푸아로는 예의바르게 모든 이를 위해 의자를 마련해 두었다. 런던 경시청에서 나온 두 형사에게 모든 이의 시선이 집중되었다. 처음으로 우리는 이 일이 악몽이 아니라 생생한 현실이라는 것을 깨달았던 것 같다. 책에서만 보았던 이런 드라마 같은 상황

속에 이제 우리가 등장하고 있었다. 내일이면 영국 전역의 일간지들이 요란한 제목으로 이 소식을 발표할 터였다.

에섹스에서 일어난 불가사의한 비극

부유한 부인 독살되다

신문에는 스타일스 저택의 사진들, '심리를 마치고 나오는 일가'의 스냅 사진들이 실릴 터였다. 마을의 사진사들은 손놓고 있지 않았던 것이다! 그 모든 것이 책에서 수없이 읽은 이야기였다. 다른 사람들에게 일어난 일일 뿐 자기 자신의 일은 아니었다. 그런데 이제 이 집에서 살인이 일어난 것이다. 우리 앞에는 '사건 담당 형사들'이 있었다. 푸아로가 입을 열기 전 얼마 안 되는 시간 동안, 잘 알려진 그 용어가 재빨리 내 머릿속을 스쳐 지나갔다.

말을 시작한 사람이 두 형사 중 하나가 아니라, 푸아로라는 사실에 모두들 좀 놀라는 것 같았다. 푸아로는 마치 강의를 시작하는 명사라도 된 듯 허리를 굽혀 인사했다.

"신사 숙녀 여러분. 제가 여러분에게 이곳으로 모여 달라고 한 것은 어떤 목적이 있어서입니다. 그 목적이란 것은 앨프리드 잉글소프 씨에 관한 겁니다."

앨프리드 잉글소프는 조금 떨어져서 앉아 있었다. 모든 이들이 무의식적으로 자신의 의자를 그로부터 살짝 떼어 놓은 듯했다. 푸아로가 자기 이름을 말하는 것을 듣고 그는 가볍게 놀란 듯했다.

푸아로가 그를 똑바로 바라보며 말했다.

"잉글소프 씨, 아주 어두운 그림자가 이 집에 드리워져 있습니다. 살인이라는 그림자 말입니다."

잉글소프가 서글프게 고개를 내젓고는 중얼거렸다.

"가엾은 내 아내, 가엾은 에밀리! 이건 끔찍한 일입니다."

"내 생각에는, 무슈, 당신은 이 일이…… 당신에게 얼마나 끔찍한 것이 될지 제대로 깨닫지 못한 것 같습니다."

푸아로가 날카롭게 지적했다. 잉글소프가 자신의 말을 이해하지 못하는 듯 보였는지 그는 이렇게 덧붙였다.

"잉글소프 씨, 당신은 지금 아주 심각한 위험에 처해 있습니다."

두 형사는 조바심을 내고 있었다. 실제로 나는 서머헤이가 "당신이 하는 모든 말은 당신에게 불리한 증거로 사용될 수 있습니다."라는 말을 읊조리고 있는 것을 보았다. 푸아로는 말을 계속했다.

"이제 내 말을 이해하시겠습니까, 무슈?"

"아니요, 무슨 말씀이신지?"

"내 말은, 당신이 아내를 독살한 혐의를 받고 있다는 겁니다."

푸아로가 침착하게 말했다.

이 노골적인 말에 헉 하고 숨을 멈추는 소리가 좌중을 휩쓸었다.

잉글소프가 소스라치며 일어서서는 외쳤다.

"맙소사! 이 무슨 끔찍한 얘기입니까! 내가…… 사랑하는 에밀리를 독살하다니!"

푸아로가 엄한 눈길로 그를 지켜보았다.

"심리에서 당신이 한 진술이 당신에게 불리하다는 것을 제대로 깨닫지 못하고 계신 것 같군요. 잉글소프 씨, 지금 내가 하는 말의 뜻을 알고서도 여전히 지난 월요일 오후 6시에 어디에 계셨는지 대답하지 않으시겠습니까?"

앨프리드 잉글소프는 끙 소리를 내며 다시 의자에 주저앉더니 두 손으로 얼굴을 가렸다. 푸아로가 다가가 그를 내려다보았다.

"말씀하십시오!"

그가 위협적으로 소리쳤다.

앨프리드 잉글소프는 힘들여 얼굴을 두 손에서 떼고 고개를 들었다. 그러더니 차분히 고개를 가로저었다.

"말씀하시지 않을 건가요?"

"그래요, 내가 보기엔, 누구라도 당신이 말하는 그런 혐의를 나에게 뒤집어씌울 정도로 괴물이 될 순 없을 것 같습니다."

푸아로는 마음의 결정을 내리는 사람처럼 생각에 잠겨 고개를 끄덕였다.

"수아!(좋습니다!) 그렇다면 당신을 대신해 내가 말하지요."

앨프리드 잉글소프는 다시 자리에서 벌떡 일어나며 갑작스럽게 외쳤다.

"당신이? 당신이 어떻게 나를 대신해 말할 수 있단 말입니까? 당신은 모르는데……."

푸아로가 우리 쪽으로 몸을 돌렸다.

"신사 숙녀 여러분! 내가 말씀드리겠습니다! 귀를 기울여 주십시오! 나 에르퀼 푸아로는 지난 월요일 6시 정각 약국에 들어가 스트리크닌을 구입한 사내가 앨프리드 잉글소프 씨가 아니라고 단언합니다. 왜냐하면 그날 오후 6시 잉글소프 씨는 레이크스 부인을 근처의 농장에서부터 집으로 데려다주고 있었기 때문입니다. 6시나 그 직후에 두 사람이 함께 있는 것을 보았다고 증언해 줄 목격자를 적어도 다섯 명을 데려올 수 있습니다. 그런데 아실지 모르지만, 레이크스 부인의 집인 애비 농장은 마을로부터 최소한 4킬로미터는 떨어져 있습니다. 의심할 여지없는 알리바이입니다!"

새로운 의혹

한순간 사람을 마비시키는 듯한 침묵이 흘렀다. 우리 중에서 가장 적게 놀란 재프 경감이 침묵을 깨뜨렸다.

"정말이지 당신은 대단한 사람이오! 게다가 실수란 걸 하지 않지, 푸아로 씨! 당신이 말하는 목격자들은 모두 틀림없겠지요?"

"부알라!(그렇고말고요!) 그들의 이름과 주소가 담긴 목록을 만들었습니다. 물론 그들을 만나 보셔야지요. 하지만 틀림없다는 걸 알게 될 겁니다."

"나도 그러리라고 확신합니다."

재프가 목소리를 낮추었다.

"큰 도움을 입었소. 그를 체포했다가 크게 망신을 당할 뻔했군."

그는 앨프리드 잉글소프에게 몸을 돌렸다.

"그런데 미안하오만 잉글소프 씨, 당신은 왜 심리에서 이 모든 걸 털어놓지 않으셨소?"

푸아로가 그의 말허리를 잘랐다.

"그 이유를 내가 말씀드리지요. 어떤 소문에 의하면……."

"정말이지 심술궂고 완전히 날조된 소문입니다."

앨프리드 잉글소프가 흥분한 어조로 끼어들었다.

"그리고 잉글소프 씨는 이런 때만큼은 추문이 되살아나지 않기를 간절히 바랐습니다. 내 말이 맞지요?"

앨프리드 잉글소프가 고개를 끄덕였다.

"바로 그렇습니다. 가엾은 에밀리가 아직 땅에 묻히지도 않은 지금, 더는 거짓 소문들이 일어나지 않기를 바라는 게 당연하잖습니까."

재프가 말했다.

"우리끼리 얘깁니다만, 잉글소프 씨, 나라면 살인 혐의로 체포되느니 어떤 소문이든 감수하려 들 거요. 그리고 당신의 가엾은 부인께서도 그렇게 느끼실 것이라고 감히 생각합니다. 여기 푸아로 씨가 아니었다면 당신은 백이면 백 체포되었을 겁니다!"

"내가 어리석었던 건 분명합니다. 하지만 당신은 모를 겁니다, 경감. 내가 얼마나 고통스럽고 어이없는 비난을 당했는지 말이지요."

잉글소프는 이렇게 중얼거리고는 에벌린 하워드 양을 험악한 눈길로 노려보았다.

재프가 재빨리 존에게 몸을 돌리며 말했다.

"자, 선생님. 잉글소프 부인의 침실을 살펴보게 해 주십시오. 그런 다음 하인들과 이야기를 몇 마디 나누겠습니다. 당신은 전혀 신경 쓰실 필요없습니다. 여기 푸아로 씨가 안내해 주실 테니까."

모두들 방에서 나가자, 푸아로는 몸을 돌리더니 내게 위층으로 따라오라고 신호했다. 위층에 이르자 그는 내 팔을 잡고는 한쪽으로 이끌었다.

"얼른 저쪽 측랑으로 가게. 그곳에 서 있게. 초록색 천을 씌운 문 바로 옆에 말일세. 내가 갈 때까지 그곳에서 움직이지 말게."

그런 다음 그는 재빨리 몸을 돌려 두 형사와 합류했다.

나는 그의 지시를 따라 문제의 천을 씌운 문 옆에 서서, 이런 부탁의 이면에 있는 의미를 생각해 보았다. 왜 이런 기묘한 곳에서 보초를 서야 하는 걸까? 생각에 잠긴 채 나는 눈앞의 복도를 내려다보았다. 그때 한 가지 생각이 머릿속에 떠올랐다. 신시아 머독의 방 이외에 모든 이들의 방이 이 왼쪽 측랑에 있었던 것이다. 그 사실이 무슨 관련이 있는 것일까? 누가 오고 갔는지 보고해야 하는 것일까? 나는 충실하게 내 자리를 지켰다. 몇 분이 흘렀다. 아무도 지나가지 않았다. 아무 일도 일어나지 않았다.

20분은 족히 지났을 즈음 푸아로가 왔다.

"자네 움직이지 않았나?"

"예, 바위처럼 여기서 꿈쩍도 하지 않았습니다. 아무 일도 일어나지 않았습니다."

"아!"

그는 기뻐하는 것일까, 아니면 실망한 것일까?

"자네는 아무것도 보지 못했나?"

"예."

"하지만 뭔가 소리는 들었겠지? 쿵 하는 커다란 소리 말일세. 안그런가, 몬 아미?"

"아니요."

"그럴 수가 있나? 이런, 난 나 자신에게 화가 치밀었지 뭔가! 평소에는 덤벙대는 편이 아니라네. 살짝 움직였을 뿐인데……."

나는 푸아로의 동작이 어떤 것인지 잘 알고 있었다.

"왼손을 말일세. 그런데 침대 옆 탁자가 나동그라져 버렸지!"

그가 어찌나 어린아이처럼 분개하고 맥이 빠져 했던지 나는 서둘러 그를 위로했다.

"신경 쓰지 마세요, 푸아로. 그게 뭐 중요한가요? 아래층에서 거둔 승리로 당신이 흥분했던 겁니다. 정말이지 그건 우리 모두에게 굉장한 충격이었습니다. 앨프리드 잉글소프와 레이크스 부인 사이에는 우리가 생각하는 것 이상의 그 무엇이 있는 게 분명합니다. 그가 그렇게 완강하게 입을 다물 정도의 사건 말입니다. 이제 우리는 어떻게 해야 하나요? 런던 경시청 사람들은 어디 있나요?"

"하인들을 만나 보러 아래층으로 내려갔다네. 난 그들에게 우리가 수집한 모든 증거물을 보여 주었지. 재프에게 실망했네. 그는 체계가 없더군!"

"잠깐만요!"

내가 창밖을 내다보면서 소리쳤다.

"저기 바워스타인 박사가 있네요. 저 사람에 대해 당신이 한 말이 옳은 것 같습니다, 푸아로. 난 저 사람이 마음에 들지 않아요."

"그는 똑똑하다네."

푸아로가 깊은 생각에 잠긴 채 말했다.

"오, 악마처럼 똑똑하지요! 지난 화요일에 엉망이 된 그를 보자 정말 기분이 좋았다고 말하지 않을 수 없네요. 그런 장관은 본 적이 없을 겁니다!"

그런 다음 나는 바워스타인의 모험에 대해 말해 주었다.

"그의 모습은 정말 허수아비 같았답니다! 머리부터 발끝까지 진흙을 뒤집어썼더군요."

"그때 자네가 직접 그 모습을 보았나?"

"예, 물론이죠, 그는 들어오지 않으려 했습니다. 저녁 식사가 끝난 직후였지요. 하지만 앨프리드 잉글소프가 고집을 부렸지요."

"뭐라고?"

푸아로가 내 어깨를 거칠게 움켜쥐었다.

"바워스타인 박사가 지난 화요일 저녁 이곳에 있었다고? 여기에? 그런데 자네는 내게 그런 말을 한 적이 없잖나? 왜 말하지 않았나? 왜? 왜?"

그는 완전히 흥분한 듯했다.

"친애하는 푸아로, 당신이 그 일에 그렇게 관심을 가질 줄은 전혀 생각지 못했습니다. 저는 그것이 중요할 줄은 몰랐답니다."

내가 타이르듯이 말했다.

"중요하다고? 그건 중요한 것 이상이라네! 그러니까 지난 화요일 밤, 그러니까 살인이 일어난 날 밤 바워스타인 박사가 여기 있었다는 거지? 헤이스팅스, 자네 모르겠나? 그것이 모든 것을 바꿔 놓았네. 모든 것을 말일세."

나는 이렇게 흥분한 그를 본 적이 없었다. 그는 나를 잡았던 손을 놓고 나란히 놓인 촛대 한 쌍을 기계적으로 줄을 맞추며 줄곧 혼잣말처럼 중얼거렸다.

"그래, 그게 모든 걸 바꿔 놓았어. 모든 것을 말이야."

갑자기 그는 어떤 결정을 내린 것 같았다.

"알롱!(가세!) 당장 움직여야 하네. 존 캐번디시 씨는 지금 어디 있나?"

존은 흡연실에 있었다. 푸아로는 곧장 그에게 다가갔다.

"캐번디시 씨, 저는 타드민스터에 중요한 볼 일이 있습니다. 새로운 단서가 나와서요. 당신 차를 타고 가도 되겠습니까?"

"이런, 물론입니다. 지금 당장 말씀인가요?"

"괜찮으시다면요."

존은 벨을 울려 자동차를 대기시키라고 지시했다. 그로부터 10분쯤 후, 나와 푸아로는 주차장으로 달려 내려가 타드민스터로 향하는 큰길을 따라 차를 달렸다.

"자, 푸아로. 이 모든 일이 무엇 때문인지 말해 줄 수 있나요?"

내가 체념한 어조로 물었다.

"음, 몬 아미, 자네 스스로 많은 것들을 추측해 볼 수 있을 걸세. 물론 자네도, 앨프리드 잉글소프의 혐의가 벗겨진 지금, 전체적인 상황이 크게 달라졌다는 건 알겠지. 우리는 완전히 새로운 문제와 직면해 있네. 이제 우리는 그 극약을 사지 않은 한 사람을 알고 있어. 우리는 만들어진 단서들을 제외시켜 왔네. 이제는 진짜 단서들을 조사해야 하네. 자네와 함께 테니스를 치고 있던 캐번디시 부인을 제외한 식구 중의 누군가가 지난 월요일 저녁 앨프리드 잉글소프로 분장했을 거라고 나는 확신하네. 마찬가지로 우리는 홀의 탁자에 커피 잔을 내려놓았다는 앨프리드 잉글소프의 진술을 들었네. 심리에서는 아무도 이 사실에 주목하지 않았네만, 이제 이 사실은 아주 다른 중요성을 갖게 되었네. 실제로 누가 그 커피를 잉글소프 부인에게 갖다주었는지, 또는 그것이 거기 놓여 있는 동안 누가 홀을 지나갔는지 우리는 알아내야 하네. 자네 말에 의하면, 그 커피 잔 근처에 없었다고 할 수 있는 사람은 단 두 사람, 캐번디시 부인과 마드무아젤 신시아뿐일세."

"예, 바로 그렇습니다."

나는 이유를 설명할 수는 없지만 마음이 가벼워지는 것을 느꼈다. 메리 캐번디시가 의심스러운 인물일 수는 없었다.

푸아로가 말을 이었다.

"앨프리드 잉글소프를 범인에서 제외함으로써, 나는 계획보다 훨씬 빨리 내 손 안에 든 카드를 보여 주어야 했네. 내가 그를 쫓고 있는 것처럼 보이는 동안, 범인은 경계를 늦추었을 걸세. 이제 그는 두 배로 조심할 거야. 그래, 두 배로 조심하겠지."

그가 갑자기 나에게 몸을 돌렸다.

"말해 주게, 헤이스팅스. 자네는 의심 가는 사람이 없나?"

나는 주저했다. 솔직히 말해서 그날 아침 한두 차례 거칠고 황당한 생각 하나가 내 머릿속을 스치고 지나갔던 것이다. 터무니없는 생각이라고 털어 내려 했지만, 자꾸만 떠올랐다.

"의심이라고는 할 수 없을 겁니다. 정말이지 어리석은 생각이니까요."

내가 중얼거렸다.

푸아로가 격려조로 종용했다.

"어서 말해 보게. 겁내지 말고. 자네 마음속의 생각을 말하게. 사람이란 언제나 자신의 본능에 주의를 기울여야 하는 법이네."

내가 입을 열었다.

"음, 그렇다면, 말도 안 되는 것이긴 하지만, 제 생각에는 하워드 양이 알고 있는 것을 모두 말하지 않았다는 의심이 듭니다."

"하워드 양이?"

"예, 당신은 웃음을 터뜨리시겠지만……."

"전혀 그렇지 않네. 왜 내가 웃는단 말인가?"

나는 서툴게 말을 이었다.

"우리가 그녀를 혐의 대상에서 제외시킨 것은 그녀가 그곳에 없었다는 이유 하나뿐이라는 생각을 하지 않을 수 없더군요. 하지만 결국 그녀는 24킬로미터밖에는 떨어져 있지 않았습니다. 자동차를 타면 30분이면 올 수 있지요. 살인이 있던 날 밤 그녀가 스타일스 저택에서 멀리 떨어진 곳에 있었다고 분명히 말할 수 있을까요?"

푸아로는 뜻밖에도 이렇게 대답했다.

"그렇다네, 친구. 분명히 말할 수 있어. 내가 처음으로 취한 행동 중의 하나는 그녀가 일하는 병원에 전화를 거는 것이었거든."

"그래서요?"

"그런데, 하워드 양은 지난 화요일 오후 근무였다네. 그리고 예기치 않게 환자가 실려 오자, 그녀는 친절하게도 밤 근무까지 하겠다고 제안했고, 그 제안은 기꺼이 받아들여졌다네. 이것으로 자네의 의혹은 해결된 셈이군."

나는 좀 당황하며 말했다.

"오! 사실 제가 그녀를 의심하게 된 것은 앨프리드 잉글소프에 대한 그녀의 유별난 적대감 때문이었습니다. 그에게 해가 되는 일이라면 뭐든지 할 거라는 느낌이 들었습니다. 그리고 또 그녀가 유언장이 없어진 것에 대해서 뭔가 알고 있을 것 같더군요. 새 유언장이 이전 것에 비해 그에게 유리할 거라고 잘못 생각하고 그것을 태워 버렸을지도 모릅니다. 그 정도로 앨프리드 잉글소프에게 원한을 갖고 있습니다."

"자네는 그녀의 적대감이 부자연스럽다고 생각하나?"

"예……. 지나치게 과격합니다. 그럴 때면 그녀의 정신상태가 정말 정상인지 의심이 들기도 했습니다."

푸아로는 기운차게 고개를 내저었다.

"아니, 아니야. 자네는 거기서 잘못 생각한 거야. 하워드 양에게는 비열하다거나 비정상적인 점이 전혀 없어. 그녀는 균형 잡힌 근육

질 영국인의 훌륭한 전형일세. 그녀는 극히 정상이야."

"그런데 앨프리드 잉글소프에 대한 그녀의 증오는 거의 광적인 것 같습니다. 제 생각은 이렇습니다. 분명 우스꽝스럽기 짝이 없는 것이지만 말입니다. 그녀가 앨프리드 잉글소프를 독살하려 했는데, 어떻게 해서 잉글소프 부인이 실수로 걸려든 것이라고요. 하지만 그런 일이 어떻게 일어날 수 있었는지는 전혀 모르겠습니다. 이 모든 이야기가 정말이지 우스꽝스럽고 말도 안 되지요."

"하지만 한 가지 사항에서는 자네 말이 옳아. 누군가가 무죄임을 만족스러울 만큼 논리적으로 증명할 수 없는 한, 모든 이에게 의심을 품는 게 현명하지. 이제 하워드 양이 잉글소프 부인을 고의적으로 독살했다고 여기지 않을 이유로는 어떤 것이 있을 것 같나?"

"이런, 그녀는 잉글소프 부인에게 헌신적이었습니다!"

내가 외쳤다.

"쯧! 쯧!"

푸아로가 짜증스럽게 소리쳤다.

"자네의 논리는 마치 어린아이의 논리 같군. 하워드 양이 늙은 부인을 독살할 수 있는 사람이었다면, 거짓으로 헌신적인 척하는 연기도 얼마든지 할 수 있었을 거야. 그래, 우리는 다르게 봐야 해. 앨프리드 잉글소프에 대한 그녀의 적대감이 부자연스러울 정도로 과격하다는 자네의 견해에는 전혀 문제가 없네. 하지만 자네가 거기에서 끌어낸 추론은 완전히 잘못된 거야. 나는 나만의 추론을 끌어냈고, 그것이 맞으리라고 믿지만, 지금 그 이야기는 하지 않겠어."

그는 잠시 말을 멈추었다가 다시 이었다.

"그런데 내 추론의 과정에서 하워드 양이 살인자가 되기에는 넘어서기 어려운 장애물이 하나 있다네."

"그게 뭡니까?"

"잉글소프 부인의 죽음이 하워드 양에게 그 어떤 이득도 가져다주지 않는다는 사실이지. 동기 없는 살인은 있을 수 없네."

나는 생각을 더듬었다.

"잉글소프 부인이 하워드 양에게 재산을 물려준다는 유언장을 만들지 않았을까요?"

푸아로가 고개를 내저었다.

"하지만 당신 자신이 웰스에게 그럴 수도 있다고 하시지 않았습니까?"

푸아로가 미소를 지었다.

"거기에는 이유가 있다네. 실제로 내가 염두에 두고 있는 사람의 이름을 언급하고 싶지 않았거든. 하워드 양은 그와 입장이 아주 비슷했네. 그래서 대신 그녀의 이름을 댄 거야."

"하지만 잉글소프 부인은 그렇게 했을 수도 있습니다. 그러니까, 그녀가 죽던 날 오후 만들어진 그 유언장은……."

하지만 푸아로가 너무나 기운차게 고개를 내젓는 바람에 나는 중간에 말을 멈추었다.

"아닐세, 친구. 그 유언장에 대해 내 나름대로 생각하고 있는 게 있어. 이것만큼은 자네에게 단언할 수 있다네. 그 유언장은 하워드 양에게 이롭게 작성되지 않았네."

　나로서는 그가 어떻게 그 문제에 대해 그토록 확신을 갖는지 정말이지 알 수 없었지만, 그의 확신을 받아들이기로 했다.

　내가 한숨을 내쉬며 말했다.

　"그렇다면, 하워드 양은 제쳐 놓아야겠군요. 내가 그녀를 의심하게 된 것은 부분적으로는 당신 탓이기도 합니다. 그런 생각을 해낸 것은 그녀가 심리에서 한 증언을 두고 당신이 한 말 때문이었으니까요."

　푸아로는 어리둥절한 듯했다.

　"심리에서의 그녀의 증언에 대해 내가 뭐라고 했나?"

　"기억나지 않으세요? 혐의에서 자유로운 사람은 그녀와 존 캐번디시라고 내가 말했을 때 뭐라고 하셨는지?"

　"오…… 아…… 그렇지."

　그는 약간 혼란스러운 듯했지만, 이내 평소의 태도를 되찾았다.

　"그런데, 헤이스팅스, 자네가 날 위해 해 줘야 할 게 있네."

　"당연히 해야죠. 무슨 일입니까?"

　"다음번에 우연히 로렌스 캐번디시와 단둘이 있게 되면 그에게 내 말을 전해 주게. '나머지 커피 잔을 찾으세요. 그러면 당신은 평온을 찾을 수 있을 겁니다.'라고 하게. 한마디도 더하지도 말고 빼지도 말게."

　"'나머지 커피 잔을 찾으세요. 그러면 당신은 평온을 찾을 수 있을 겁니다.' 맞나요?"

나는 정말이지 영문도 모른 채 반문했다.

"훌륭하네."

"그런데 이게 무슨 뜻인가요?"

"아, 그걸 알아내는 걸 자네에게 숙제로 주지. 자네는 몇 가지 사실에 접근할 걸세. 그저 그에게 그렇게 전한 다음 그가 무슨 말을 하는지 보게."

"잘 알겠습니다만, 이 모든 게 어떻게 돌아가는 건지 전혀 알 수가 없군요."

이제 우리는 타드민스터로 접어들고 있었다. 푸아로는 '분석화학소'로 차를 몰았다.

푸아로는 재빨리 차에서 내려 안으로 들어갔다. 몇 분 뒤에 그는 다시 나왔다.

"자, 이제 일이 끝났네."

그가 말했다.

"저기서 뭘 하셨는데요?"

내가 몹시 호기심을 느끼며 물었다.

"분석해야 할 뭔가를 맡기고 왔다네."

"예, 그런데 그게 뭡니까?"

"침실의 소스 냄비에서 채취한 코코아 샘플이야."

"하지만 그건 이미 분석했잖습니까! 바워스타인 박사가 그것을 조사했고, 당신도 거기에 스트리크닌이 들어 있을 가능성이 없다고 하셨잖아요."

내가 어안이 벙벙해서 소리쳤다.

"바워스타인 박사가 그것을 조사했다는 건 알고 있네."

푸아로가 차분하게 대답했다.

"음, 그런데요?"

"그런데, 다시 한 번 분석해 보고 싶었을 뿐이라네."

그 후로 나는 이 문제에 대해서는 그로부터 더 이상 말을 끌어낼 수가 없었다.

코코아에 비중을 두는 푸아로의 이런 행동에 나는 몹시 혼란스러웠다. 나로서는 거기에서 어떤 맥락도 이유도 발견할 수 없었다. 하지만 한때 좀 약화되었던 그에 대한 나의 신뢰는 앨프리드 잉글소프가 무죄라는 그의 믿음이 그토록 눈부시게 입증된 이후 완전히 회복되어 있었다.

다음 날 잉글소프 부인의 장례식이 열렸다. 월요일 내가 늦은 아침 식사를 하기 위해 아래층으로 내려가자, 존이 나를 한쪽으로 데려가서는, 앨프리드 잉글소프가 자신의 계획이 완수될 때까지 스타일라이즈 암스에 머물기 위해 그날 아침 집을 떠날 것이라고 알려주었다.

내 정직한 친구는 말을 이었다.

"그 사람이 간다고 생각하니 정말 마음이 놓여, 헤이스팅스. 그가 그런 짓을 했으리라고 여겼을 때에도 상당히 힘들었지만, 이제 그 사람을 그렇게 미워했던 것에 대해 모두 죄책감을 느끼고 있는 지금, 더 힘들다고까지는 할 수 없어도 나는 죽을 맛이거든. 사실 우리는 그를 정말이지 가혹하게 대했지. 물론 상황이 그에게 아주 불리하게 보였지. 우리가 성급하게 그런 결론을 내렸다고 누구도 우리를 비난할 순 없을 거야. 하지만 그렇더라도, 우리는 잘못을 저질렀고, 이제 그것을 보상해야 한다는 고약한 느낌이 들어. 우리가 그 사람을 전보다 조금이라도 더 좋아하게 된 것도 아니니 그런 일은 쉽지 않아. 모든 게 지독하게 난처해졌어! 그래서 나는 그가 기지를 발휘해 떠나 주는 것에 감사하고 있어. 어머니가 스타일스 저택을 그에게 물려주지 않은 건 좋은 일이야. 그 사람이 여기서 주인 노릇을 한다는 건 생각만 해도 참을 수 없어. 그는 어머니의 돈을 받게 되었어."

"당신은 이곳을 유지해 나갈 수 있으십니까?"

내가 물었다.

"오, 그래. 물론 상속세가 있지만, 이곳과 더불어 아버지 돈의 절반이 따라오고, 로렌스가 당분간은 우리와 함께 지낼 테니까, 그의 몫도 있지. 물론 처음에는 궁색할 거야. 전에 한번 이야기했던 대로 나는 경제적으로 좀 어려운 입장에 처해 있으니. 하지만 이제 조니일가도 기다려 줄 거야."

앨프리드 잉글소프가 곧 떠난다는 사실에 모두들 안도하는 분위기에서 우리는 비극이 일어난 이후 가장 유쾌한 아침 식사를 했다. 젊은 기질로 인해 당연히 낙천적인 신시아는 귀여운 옛 모습을 회복한 것 같았고, 변함없이 우울하고 신경이 곤두선 듯이 보이는 로렌스 외에는 우리 모두 새롭고 희망적인 미래를 기대하며 상당히 즐거워했다.

물론 신문들은 그 비극에 대한 기사로 가득 차 있었다. 눈에 거슬리는 제목, 가족 구성원에 대한 간략한 소개 기사, 미묘한 빈정거림, 단서를 잡은 경찰에 대한 상투적인 인용구들이었다. 우리에 대한 것이라면 모조리 파헤쳐졌다. 때는 경기 침체기였다. 전쟁도 잠정적으로 휴전 상태였으므로, 신문들은 이 사교계 범죄에 탐욕적으로 달려들었다. '스타일스 저택의 괴사건'은 당시의 톱뉴스였다.

이는 당연히 캐번디시 일가에게 몹시 짜증스러운 일이었다. 저택은 항상 신문기자들에 둘러싸여 있었다. 그들은 줄곧 출입을 거부당했지만, 끊임없이 마을과 저택 주위를 돌아다녔고, 식구들 중 누군가가 부주의하게 모습을 나타내기를 기대하며 카메라를 들고 기다렸다. 우리 모두는 사생활을 보장받지 못한 채 지내고 있었다. 런던 경시청에서 나온 형사들은 날카로운 눈매와 과묵한 입으로 왔다 갔다 하면서 조사하고 질문했다. 그들이 무엇을 겨냥하고 있는지 우리로서는 알 수 없었다. 어떤 단서라도 잡은 것일까, 아니면 이 모든 것이 미결 범죄로 귀착되고 말 것인가?

아침 식사 후, 도커스가 상당히 기묘한 표정으로 내게 와서는 잠시 이야기를 나눌 수 있느냐고 물었다.

"물론이지요. 무슨 일입니까, 도커스?"

"그러니까, 이걸 말씀드리고 싶어서요, 선생님. 오늘 그 벨기에 신사 분을 만나실 거죠?"

나는 고개를 끄덕였다.

"그렇다면, 선생님. 전에 그분이 마님이나 이 집 식구들 중 누군가가 녹색 드레스를 갖고 있는지 특별히 물어보셨던 걸 기억하고 계시죠?"

"그럼, 알고 있고말고요. 그런 사람을 찾아냈습니까?"

나는 호기심이 발동했다.

"아니, 그건 아니에요, 선생님. 하지만 그때 이후 도련님들(도커스에게 존과 로렌스는 여전히 '도련님들'이었다.)이 '몸단장용 상자'라고 부르는 게 있다는 사실이 기억났어요. 그건 앞쪽 다락방에 올려져 있지요, 선생님. 낡은 옷들과 희한한 드레스, 정체를 알 수 없는 것들로 가득 찬 커다란 궤짝이지요. 그 중에 녹색 드레스가 있을지도 모른다는 생각이 갑자기 머리를 스치더군요. 그래서 선생님께서 그 벨기에 신사 분께 말씀을 해 주셨으면……."

"그에게 전하리다, 도커스."

내가 약속했다.

"정말 고맙습니다, 선생님. 그분은 정말 훌륭하신 신사 분이세요, 선생님. 여기저기 동정을 살피고 이것저것 물어 대는, 런던에서 온 형사 둘과는 부류가 전혀 다르죠. 저는 대개 외국인들을 좋아하지 않지만, 신문 기사를 보고 이들 용감한 벨기에 인들은 보통 외국인들이 아니라는 것, 특히 그분은 몹시 예의바르게 말씀하시는 분이라는 걸 알게 되었지요."

사랑스러운 늙은 하녀 도커스! 그녀가 특유의 선량한 얼굴로 나를 올려다보며 거기 서 있는 동안, 그녀야말로 너무나도 빠른 속도로 사라져 가는 구식 하녀의 훌륭한 전형이라는 생각이 들었다.

또한 당장 마을로 가서 푸아로를 만나야겠다는 생각도 들었다. 하지만 가는 도중 저택으로 올라오고 있는 푸아로를 만난 나는 즉각 도커스의 말을 전했다.

"아, 용감한 도커스! 우리 그 궤짝을 살펴보세. 비록…… 하지만 상관없어. 어쨌든 그걸 조사해 보세."

우리는 프랑스 식 창 중 하나를 통해 집 안으로 들어갔다. 홀에는 아무도 없었으므로, 우리는 곧장 다락으로 올라갔다.

과연 그곳에는 궤짝이 있었다. 온통 황동 못이 박혀 있고, 온갖 괴상한 옷가지들이 밖으로 비어져 나와 있는 훌륭한 골동품이었다.

푸아로는 거친 동작으로 모든 것을 바닥에 내려놓았다. 농담이 다른 한두 벌의 녹색 옷가지들이 있었지만, 푸아로는 그 모두에 대해 고개를 내저었다. 그는 그 수색에 별다른 성과를 기대하지 않은 듯 다소 냉담해 보였다. 갑자기 그가 탄성을 내질렀다.

"무슨 일입니까?"

"보게나!"

궤짝은 거의 비어 있었는데, 그 바닥에 멋진 검은 턱수염이 놓여 있었다.

푸아로가 소리쳤다.

"오오! 이런!"

그는 그것을 손바닥 안에서 뒤집으며 자세히 살펴보았다.

"새 거군. 그래, 아주 새 거야."

한순간 주저하던 그는 그것을 다시 궤짝 속에 넣고 그 위에 다른 것들을 전처럼 쌓아 올린 다음 재빨리 아래층으로 내려갔다. 그는 곧장 식기실로 갔는데, 거기에서는 도커스가 분주하게 은식기를 닦고 있었다. 푸아로는 프랑스 식으로 그녀에게 아침 인사를 하고는 말을 이었다.

"우리는 그 궤짝을 살펴보고 오는 길이에요, 도커스. 궤짝에 대해 말해 준 것이 내게 큰 도움이 되었어요. 거기에는 정말이지 멋진 것들이 많더군요. 사람들이 자주 이용하는지 물어봐도 됩니까?"

"글쎄요, 선생님. 요즘은 그렇게 잦지 않지만 도련님들의 표현에 따르면 '성장(盛裝)의 밤'이 열리곤 했지요. 때때로 그건 무척 재미있답니다, 선생님. 로렌스 도련님은 무척 멋져요. 정말이지 사람을 웃긴답니다! 도련님이 페르시아의 샤라고 했던가, 그렇게 불렀던 것 같아요⋯⋯. 하여튼 동양의 황제 같은 것으로 꾸미고 내려오던 날 밤을 저는 결코 잊지 못할 거예요. 손에 커다란 종이 칼을 들고는 이렇게 말했죠. '조심하게, 도커스. 아주 공손하게 행동해야 할 거야. 이건 특별히 벼린 나의 언월도(偃月刀)일세. 자네가 마음에 들지 않게 굴면, 이게 자네의 머리를 벨 걸세!' 신시아 양은 그들 말에 따르면 아파치인가 뭔가로 변장했지요. 저는 그 말을 살인자를 프랑스 식으로 표현한 거라고 생각했어요. 그녀의 모습은 정말이지 볼 만했답니다. 그렇게 예쁘고 젊은 숙녀가 그런 악한으로 변장할 수 있으리라고는 도저히 생각할 수 없을 거예요. 아무도 그녀를 알아보지 못했답니다."

푸아로가 유쾌하게 말을 받았다.

"그런 밤들은 정말 재미있었겠군요. 로렌스 씨가 페르시아의 샤로 변장했을 때 위의 궤짝 속에 들어 있는 멋진 검은 턱수염을 붙였을 것 같은데요?"

도커스가 미소를 지으며 대답했다.

"도련님은 턱수염을 붙이긴 붙였었답니다, 선생님. 제가 그걸 잘 알고 있는 이유는 도련님이 제 검은색 털실을 두 타래 빌려 그것을 만들었기 때문이에요! 그건 멀리서 보면 놀라울 정도로 진짜처럼 보였답니다. 거기에도 턱수염이 있다는 건 전혀 몰랐어요. 그건 분명 최근에 산 걸 거예요. 제가 알기로는 빨간색 가발이 있었지만, 그 외엔 머리카락으로 된 것은 없었어요. 대개 불에 태운 코르크를 쓰지요. 지울 때 지저분하기는 하지만요. 한번은 신시아 양이 흑인으로 변장했는데, 오, 아주 애를 먹었답니다."

"그러니까 도커스는 그 검은 턱수염에 대해서 아무것도 모르고 있군."

나와 함께 다시 홀로 걸어 나오면서 푸아로가 생각에 잠긴 얼굴로 말했다.

"당신은 그게 바로 문제의 '그것'이라고 생각하시나요?"

내가 몹시 궁금해하며 나직하게 물었다.

푸아로는 고개를 끄덕였다.

"그렇다네. 그 턱수염의 가장자리가 잘려 나간 것을 보았나?"

"아니요."

"그랬다네. 그것은 정확하게 앨프리드 잉글소프의 턱수염 모양으로 잘려 있었고, 한두 개의 머리카락 토막도 있었어. 헤이스팅스, 이 사건은 무척 복잡하군."

"도대체 누가 그걸 그 궤짝 속에 넣었을까요?"

푸아로가 건조하게 대답했다.

"아주 영리한 사람이지. 그는 그 턱수염이 전혀 눈에 띄지 않을 만한, 집 안에서 유일한 장소를 선택했다는 걸 자네도 알 걸세. 그래, 그는 영리한 인물이야. 하지만 우리는 그보다 더 영리해야 하네. 우리가 그렇게 영리하다는 걸 그가 전혀 눈치 채지 못할 정도로 영리해져야 한단 말이야."

나는 그의 말을 수긍했다.

"그 점에서, 몬 아미, 자네는 나에게 아주 커다란 도움이 되어 줄 걸세."

그런 칭찬을 받자 나는 기뻤다. 푸아로가 내 존재의 진정한 가치를 과연 알고 있는지 의심스러울 때가 여러 차례 있었던 것이다.

그는 생각에 잠긴 눈길로 나를 응시하며 말했다.

"그렇다네. 자네의 존재가 말로 다 할 수 없을 정도로 귀중해질 걸세."

이 말은 물론 만족스러웠지만, 푸아로의 다음 말은 그렇게 기분 좋게 들리지 않았다.

"식구들 가운데 내 편이 필요하네."

그가 깊은 생각에 잠긴 채 말했다.

"당신에겐 제가 있습니다!"

내가 반박했다.

"맞아. 하지만 자네만으로는 충분치 않아."

나는 기분이 상했고, 그런 기분을 겉으로 드러냈다. 푸아로가 서둘러 설명했다.

"자네는 내 말뜻을 제대로 파악하지 못하고 있네. 자네가 나와 함께 일하고 있다는 건 알려져 있네. 내겐 어떤 식으로도 우리와 연결되어 있지 않은 사람이 필요하다네."

"오, 알겠습니다. 존은 어떨까요?"

"아니, 적합하지 않을 것 같군."

"그 사람은 그렇게 영리하지는 않을 테니까요."

내가 생각에 잠긴 채 말했다.

푸아로가 갑자기 말했다.

"저기 하워드 양이 오는군. 그녀야말로 알맞은 인물이야. 하지만 나는 그녀의 블랙리스트에 올라 있네. 앨프리드 잉글소프의 혐의를 벗겨 놓았으니 말이지. 어쨌든 시도는 해 보세."

잠시 대화를 나눈 끝에 하워드 양은 예의 없는 고갯짓으로 푸아로의 요청을 받아들였다.

우리는 작은 거실로 들어갔고, 푸아로가 문을 닫았다.

"음, 무슈 푸아로, 무슨 일인가요? 말씀해 보세요. 난 바쁜 사람이에요."

하워드 양이 조바심을 내며 입을 열었다.

"기억하십니까, 마드무아젤, 전에 제가 도움을 요청했던 걸?"

하워드 양이 고개를 끄덕였다.

"예, 정확히 기억하고 있어요. 그리고 나는 당신에게 기꺼이 돕겠다고 했지요, 앨프리드 잉글소프를 교수형에 처하기 위해서라면 말이에요."

푸아로는 그녀를 진지하게 뜯어보았다.

"아! 하워드 양, 한 가지 질문이 있습니다. 진실 그대로 대답해 주시기 바랍니다."

"난 결코 거짓말은 하지 않아요."

"바로 이겁니다. 당신은 아직도 잉글소프 부인이 남편에게 독살당했다고 믿으시나요?"

그녀는 날카롭게 물었다.

"그건 무슨 뜻이죠? 당신의 그럴듯한 설명이 나에게 조금이라도 영향을 끼쳤으리라고는 생각하지 마세요. 약국에서 스트리크닌을 산 사람이 그가 아니었다는 건 인정하겠어요. 그게 어떻단 거죠? 처음에 내가 말한 대로, 그 사람은 파리잡이용 끈끈이를 우려냈을지도 몰라요."

"그건 스트리크닌이 아니라 비소입니다."

푸아로가 부드럽게 말했다.

"그게 무슨 문제란 거죠? 비소로도 스트리크닌과 마찬가지로 가엾은 에밀리를 제거할 수 있어요. 그가 그런 짓을 했다고 믿는 이상 어떻게 했는지는 내게 전혀 중요하지 않아요."

"바로 그렇지요. 그가 그런 짓을 했다고 당신이 확신한다면, 다른 형태로 질문하겠습니다. 당신은 정말 진심으로 잉글소프 부인이 남편에게 독살되었다고 믿습니까?"

푸아로가 차분하게 묻자 하워드 양이 소리쳤다.

"맙소사! 그자가 건달이라고 내가 줄곧 말하지 않았나요? 그가 그녀를 침대에서 살해할 거라고 줄곧 말하지 않았나요? 내가 그자를 독약처럼 싫어한다고 말하지 않았냐고요?"

"바로 그 말이 내게 한 가지 사소한 생각을 불러일으켰답니다."

"어떤 사소한 생각 말인가요?"

"하워드 양, 내 친구가 이곳에 온 날 나누었던 대화를 기억하십니까? 그가 내게 그 이야기를 그대로 들려주었는데, 그 중 당신이 말한 문장 하나가 내게 깊은 인상을 심어 주었지요. 어떤 범죄가 저질러지고, 만약 당신이 사랑하는 누군가가 살해당한다면, 증명할 수는 없더라도 당신은 본능적으로 범인이 누구인지 알 수 있을 거라고 단언했던 걸 기억하십니까?"

"예, 그렇게 말한 게 기억나고, 지금도 그렇게 믿어요. 당신은 그 말이 터무니없다고 생각하시는 모양이군요?"

"전혀 그렇지 않습니다."

"하지만 당신은 앨프리드 잉글소프가 유죄라는 내 본능에 전혀 주의를 기울이지 않잖아요?"

"그렇지요. 왜냐하면 당신의 본능은 잉글소프 씨가 유죄라고 말하고 있지 않기 때문이지요."

푸아로가 간결하게 대답했다.

"뭐라고요?"

"그렇습니다. 당신은 그가 이 범죄를 저질렀다고 믿고 싶은 것뿐 입니다. 당신은 그가 그런 일을 저지를 수 있다고 믿고 있습니다. 하지만 당신의 본능은 그가 그 일을 저지르지 않았다고 말하고 있어 요. 그건 당신에게 그 이상을 말하고 있지요. 계속할까요?"

그녀는 매혹된 듯 그를 물끄러미 응시하고는 가볍게 긍정의 손짓 을 했다.

"당신이 왜 앨프리드 잉글소프에게 그렇게 적대감을 갖고 있는지 말해 볼까요? 그것은 당신이 믿고 싶은 것을 믿으려 애쓰고 있기 때 문입니다. 당신의 본능을 억누르고 싶기 때문이지요. 본능은 당신에 게 말해 주고 있지요, 다른 이름을……."

"아니에요, 아니에요, 아니라고요!"

하워드 양은 두 손을 거칠게 앞으로 뻗으며 소리쳤다.

"그런 말 마세요! 오, 그 말은 하지 마세요! 그건 사실이 아니에 요! 그건 사실일 수가 없어요. 도대체 왜 그런 위험하고 끔찍한 생 각이 머릿속에 들어왔는지 모르겠어요!"

"내 말이 맞죠, 그렇지 않습니까?"

"그래요, 그렇다고요. 그걸 추측해 내다니 당신은 마법사임이 분 명해요. 하지만 그럴 순 없어요. 그건 너무 무시무시하고, 도저히 불 가능해요. 범인은 앨프리드 잉글소프여야 해요."

푸아로가 심각하게 고개를 가로저었다.

하워드 양이 말을 이었다.

"그것에 대해 묻지 마세요. 대답하지 않을 테니까요. 나 자신에게조차 말할 수 없어요. 그런 생각을 하다니 내가 미쳤나 봐요."

푸아로는 만족한 듯 고개를 끄덕였다.

"나는 아무것도 묻지 않겠습니다. 내가 생각했던 대로임을 확인하는 것으로 충분합니다. 그리고 나, 나 역시 본능을 갖고 있습니다. 우리는 공통의 목적을 향해 함께 일하고 있는 셈입니다."

"내게 도움을 요청하지 마세요. 나는 그럴 수 없으니까요. 나는 손가락 하나도 까딱하지 않을 거예요. 그러니까…… 그러니까……."

그녀가 중얼거렸다.

"당신은 자신의 의지에 반해 나를 도와줄 겁니다. 나는 당신에게 아무것도 요청하지 않습니다. 하지만 당신은 내 편이 될 겁니다. 당신도 어쩔 수 없을 겁니다. 당신은 내가 당신에게 원하는 일을 한 가지 하게 될 겁니다."

"그게 뭐죠?"

"당신은 지켜보게 될 겁니다!"

에벌린 하워드는 고개를 떨어뜨렸다.

"그래요, 그러지 않을 수 없겠죠. 나는 언제나 지켜보고 있어요. 내가 틀렸다는 것이 증명되기를 줄곧 바라고 있어요."

"우리가 틀렸다면, 좋겠지요. 그렇게 된다면 그 누구보다도 내가 가장 기쁠 겁니다. 하지만 우리가 맞다면요? 우리가 맞다면, 하워드 양, 그렇다면 당신은 어느 편에 서겠습니까?"

"모르겠어요. 어떻게 해야 할지……."

"말씀해 보십시오."

"그냥 덮어 둘 수도 있어요."

"그냥 덮어 둘 수는 없을 겁니다."

"하지만 에밀리 자신도……."

그녀가 말을 멈추었다.

"하워드 양, 이러는 건 당신답지 않습니다."

푸아로가 심각하게 말했다. 그러자 그녀가 갑자기 두 손에서 얼굴을 떼더니 차분하게 말했다.

"그래요, 지금까지 말한 건 에벌린 하워드가 아니었어요!"

그녀는 오만하게 고개를 치켜들었다.

"지금 말하는 게 에벌린 하워드예요! 그리고 그녀는 정의의 편이에요! 어떠한 희생이 따르더라도 말이에요."

그렇게 말하며 그녀는 단호하게 방을 나갔다.

푸아로가 눈으로 그녀의 뒷모습을 쫓으며 말했다.

"저기 아주 소중한 우리 편이 가는군. 저 여자는 말일세, 헤이스팅스, 감성과 지성을 겸비하고 있다네."

나는 대답하지 않았다.

"본능이란 놀라운 거라네. 설명될 수도, 간과될 수도 없지."

푸아로가 생각에 잠긴 채 말했다.

"당신과 하워드 양은 무슨 이야기인지 알고 이야기하는 것 같더군요. 나 혼자 아직 아무것도 모른다는 걸 혹시 모르고 있는 거 아닌가요?"

내가 냉랭한 어조로 말했다.

"정말인가? 그런가, 몬 아미?"

"예. 알려 주실 수 있으신가요?"

그는 잠시 주의 깊게 나를 뜯어보았다. 이윽고 그는 정말 놀랍게도 단호하게 고개를 내저었다.

"안 되겠네, 친구."

"오, 이것 보세요, 왜 안 된다는 겁니까?"

"하나의 비밀을 두 사람이 아는 걸로 충분하다네."

"이런, 내게 사실을 감추는 것은 아주 불공정한 일이라고 생각합니다."

"난 사실을 감추고 있지 않아. 내가 알고 있는 모든 사실을 자네도 알고 있네. 자네는 그 사실들로부터 자네만의 추론을 끌어낼 수 있어. 이번에는 아이디어의 문제일세."

"그래도 알게 된다면 흥미로울 겁니다."

푸아로는 아주 절박한 눈빛으로 나를 바라보더니 다시 한 번 고개를 내저었다.

"알다시피 자네에겐 그런 본능이 없군."

그가 서글프게 말했다.

"지금 필요한 건 지성이라면서요."

내가 지적했다.

"그 두 가지는 종종 병존한다네."

푸아로가 수수께끼처럼 대답했다.

그의 말이 어찌나 맥락에서 벗어나 있었던지, 나로서는 번거롭게 대답할 필요조차 느끼지 않았다. 하지만 나는 결심했다. 만약 내가 그 어떤 흥미롭고 중요한 발견을 하게 된다면(틀림없이 발견하게 될 터였다.)그들에게 이야기해 주지 않으리라. 최후의 결과로 푸아로를 깜짝 놀라게 하리라.

사람이란 고집을 부려야 할 때가 있는 법이다.

바워스타인 박사

　나는 아직 로렌스에게 푸아로의 말을 전할 기회를 포착하지 못하고 있었다. 내 친구의 오만함에 대한 불만을 줄곧 달래며 잔디밭을 걷고 있는데, 로렌스가 크로케 잔디 구장에서 아주 오래된 공 두 개를 더 오래된 나무 망치로 과녁 없이 치고 있는 것이 눈에 띄었다.

　푸아로의 말을 전할 좋은 기회라는 생각이 들었다. 그러지 않으면, 푸아로가 내게서 그 임무를 거둬 갈지도 몰랐다. 내가 그 일의 목적을 제대로 포착하지 못한 건 사실이지만, 로렌스는 대답을 제대로 할 테니, 노련한 반대 신문을 동원한다면 이내 그 의미를 포착할 수 있겠지. 그래서 나는 그에게 말을 걸었다.

　"당신을 찾고 있었지요."

　내가 떠벌리듯 말했다.

　"그랬습니까?"

"예, 사실은 당신에게 전해 줄 말이 있습니다. 푸아로 씨의 부탁으로요."

"그게 뭔가요?"

"그의 말이 당신과 단둘이 있게 될 때까지 기다리라고 하더군요."

나는 의미심장하게 목소리를 낮추며, 곁눈으로 그를 주의 깊게 살폈다. 이른바 분위기라는 걸 만들어 내는 데 나는 언제나 꽤 유능한 편이었다.

"그래요?"

어둡고 침울한 얼굴에는 아무런 표정의 변화가 없었다. 그는 내가 하려는 말에 대해 이미 알고 있는 것일까?

"전갈이란 이렇습니다."

나는 목소리를 더욱 낮추었다.

"나머지 커피 잔을 찾으세요. 그러면 당신은 평온을 찾을 수 있습니다."

"도대체 그게 무슨 뜻입니까?"

로렌스가 진짜 깜짝 놀라면서 나를 응시했다.

"모르시겠습니까?"

"전혀 모르겠는데요. 당신은 알겠나요?"

나는 고개를 저을 수밖에 없었다.

"나머지 커피 잔이란 게 뭡니까?"

"모르겠습니다."

"커피 잔에 대해 알고 싶으면, 도커스나 하녀들 중 하나에게 물어

보는 게 나을 겁니다. 그건 그들의 일이지 내 일이 아니니까요. 나는 커피 잔에 대해서는 아무것도 몰라요. 다만 한 번도 사용되지 않은, 완벽한 꿈의 커피 잔을 갖고 있다는 것 외에는 말이죠! 골동품 워체스터예요. 당신은 골동품 애호가는 아닌 것 같은데요, 안 그래요, 헤이스팅스?"

나는 고개를 내저었다.

"그럼 당신은 많은 걸 놓치는 거예요. 그것은 정말이지 완벽한 옛 자기라니까. 만지기만 해도, 아니 보기만 해도 순수한 기쁨이 느껴지거든요."

"그러면 푸아로에게 뭐라고 말해야 하나요?"

"나로서는 그가 무슨 말을 하는지 모르겠다고 전해 주세요. 무슨 말인지 통 알아들을 수가 없군."

"알겠습니다."

내가 다시 건물을 향해 걸어가고 있을 때 로렌스가 갑자기 나를 불렀다.

"잠깐만, 전갈의 끝부분이 뭐였죠? 다시 한 번 말해 주시겠어요?"

"나머지 커피 잔을 찾으세요. 그러면 당신은 평온을 찾을 수 있습니다. 정말 무슨 뜻인지 모르시겠습니까?"

내가 열심을 내며 물었다.

그는 고개를 내저었다.

"그래요. 모르겠어요. 모르겠습니다. 난…… 난 알았으면 좋겠는데."

집 안에서 종이 울렸으므로, 우리는 함께 안으로 들어갔다. 푸아로는 남아서 점심 식사를 하자는 존의 요청을 받고, 이미 식탁에 자리를 잡고 앉아 있었다.

무언의 합의에 의해 그 비극에 대한 모든 언급이 자제되었다. 우리는 전쟁이나 다른 외부 화제에 대해 대화를 나누었다. 치즈와 비스킷이 좌중에 돌려지고, 도커스가 방을 나가자, 푸아로가 갑자기 캐번디시 부인 쪽으로 몸을 기울였다.

"불유쾌한 기억을 되살리게 해서 죄송합니다만, 마담, 내게 사소한 생각이 하나 있어서(푸아로의 '사소한 생각'은 완전히 하나의 용어로 굳어지고 있었다.) 한두 가지 질문을 하고 싶습니다."

"제게요? 말씀하세요."

"정말 친절하시군요, 마담. 내가 묻고 싶은 건 이겁니다. 잉글소프 부인의 방과 마드무아젤 신시아의 방 사잇문에 빗장이 질러져 있었다고 하셨지요?"

"분명히 빗장이 질러져 있었어요. 심리에서도 그렇게 진술했지요." 메리 캐번디시는 조금 놀라며 대답했다.

"빗장이 질러져 있었다고요?"

"예."

그녀는 어리둥절한 것 같았다.

"내 말은 그 문이 단순히 잠겨진 게 아니라 분명히 빗장이 질러져 있었다는 겁니까?"

푸아로가 설명했다.

"오, 무슨 말씀인지 알겠어요. 아니요, 잘 모르겠어요. 제가 빗장이 질러져 있었다고 한 건, 그 문이 잠겨 있어서 열 수 없다는 뜻이었어요. 제 생각엔 모든 문들이 안쪽에서 빗장이 질러져 있었던 것 같아요."

"그 말대로 보자면, 그 문은 자물쇠로 잠겨 있었을 가능성도 있겠네요?"

"오, 예."

"잉글소프 부인의 방에 들어갔을 때, 그 문에 빗장이 질러져 있는지 확인해 봐야겠다는 생각이 들지 않았나요, 마담?"

"제가…… 제가 보기엔 빗장이 질러져 있었던 것 같아요."

"하지만 두 눈으로 그걸 확인하신 건 아니죠?"

"그래요. 확인해…… 보진 않았어요."

"하지만 내가 확인했습니다."

로렌스가 갑자기 그녀의 말허리를 잘랐다.

"우연히 눈길이 멎었는데, 그 문에는 빗장이 질러져 있더군요."

"아, 그럼 이 문제는 됐습니다."

푸아로는 풀이 죽은 것 같았다.

그의 '사소한 생각들' 중 하나가 이번에는 무효가 된 것이다. 나는 은근히 기분이 좋았다.

점심 식사 후 푸아로는 내게 집까지 데려다 달라고 간절히 청했다. 나는 좀 뻣뻣한 태도로 동의했다.

"자네 괜찮은가?"

나와 함께 정원을 가로지르며 푸아로가 내게 걱정스럽다는 듯 물었다.

"괜찮고말고요."

내가 차갑게 대답했다.

"그거 다행이군. 그 말을 들으니 내 마음에서 큰 짐을 내려놓은 것 같군."

이건 내가 의도했던 것이 전혀 아니었다. 내 태도가 좀 뻣뻣하다는 것을 그가 알아주기를 바랐을 뿐이었다. 하지만 푸아로의 따뜻한 말이 나의 정당한 불쾌감을 어루만져 주었다. 나는 마음이 누그러졌다.

"로렌스에게 당신의 전갈을 전했어요."

"그가 뭐라던가? 완전히 어리둥절해하던가?"

"예, 제 생각엔 그는 당신이 무슨 말을 하고 있는지 전혀 모르고 있었던 게 분명해요."

나는 푸아로가 실망하기를 기대했다. 하지만 놀랍게도 그는 자신이 생각했던 대로라면서, 오히려 몹시 기쁘다고 말했다. 나는 자존심 때문에 그 어떤 질문도 할 수 없었다.

푸아로가 화제를 돌렸다.

"마드무아젤 신시아는 오늘 점심 식사 때 없었지? 무슨 일일까?"

"다시 병원에 갔답니다. 오늘부터 일을 시작했어요."

"아, 근면한 어린 마드무아젤이군. 게다가 예쁘기까지 하고 말일세. 그녀의 모습은 내가 이탈리아에서 본 그림 속의 여인 같네. 그녀의 조제실을 좀 보고 싶군. 자네 생각엔 그녀가 내게 자신의 조제실을 보여 줄 것 같나?"

"기꺼이 그럴 거라고 확신합니다. 그곳은 흥미로운 작은 공간이랍니다."

"그녀는 그곳에 매일 가나?"

"수요일마다 쉬고, 토요일에는 점심 식사를 하기 위해 돌아오지요. 일을 쉴 때는 그때뿐이랍니다."

"기억해 두겠네. 요즘 여자들은 대단한 일을 하고 있지. 마드무아젤 신시아는 영리해. 오, 그래, 그 어린 처녀는 머리가 좋아."

"예, 제 생각엔 어려운 시험에 합격한 모양입니다."

"여부가 있겠나. 어쨌든 그건 무척 커다란 책임이 따르는 일이지. 그곳에는 아주 강력한 극약도 있을 것 같은데."

"예, 그녀가 우리에게 그것들을 보여 주었지요. 그것들은 작은 약장에 넣어져 줄곧 잠가 두더군요. 아주 조심스럽게 다뤄야 하는 모양입니다. 그 방을 나설 때면 언제나 열쇠를 챙긴답니다."

"물론 그렇겠지. 그 약장은 창가에 있나?"

"아니요, 방의 다른 쪽에 있는데요. 왜 그러십니까?"

푸아로는 어깨를 으쓱해 보였다.

"그냥 생각해 봤네. 그뿐이야. 자네 들어갔다 가겠나?"

우리는 푸아로가 묵고 있는 저택에 이르렀다.

"아니요, 바로 돌아가겠습니다. 숲을 가로지르는 먼 길로 돌아갈 생각입니다."

스타일스 저택을 둘러싸고 있는 숲은 몹시 아름다웠다. 탁 트인 정원을 가로질러 걷고 나서, 시원한 공터를 느릿하게 어슬렁거리니 상쾌했다. 바람은 거의 없었고, 저 멀리서 새들이 지저귀는 소리가 희미하게 들려왔다. 오솔길을 걸은 다음, 커다랗고 오래된 너도밤나무 발치에 주저앉았다. 나는 친절하고 자비로운 마음으로 사람들을 떠올렸다. 푸아로의 어이없는 함구도 용서할 수 있었다. 그때 나는 세상사를 평화롭게 받아들이고 있었다. 이윽고 하품이 나왔다.

그 범죄를 떠올리자 그것이 몹시 비현실적이고 먼 세계의 일처럼 여겨졌다.

나는 다시 하품을 했다.

어쩌면 그 일은 사실은 일어나지 않았을지도 몰랐다. 그 모두가 악몽이었다. 사건의 핵심은 로렌스가 크리켓 나무 망치로 앨프리드 잉글소프를 살해한 것이었다. 하지만 이상하게도 존이 그것에 대해 야단스럽게 떠들어 대며, 이렇게 외치고 있었다.

"단언하는데, 나는 그걸 용납하지 않겠어!"

나는 소스라치게 놀라 잠에서 깨어났다.

먼저 깨달은 것은 내가 아주 곤란한 상태에 처해 있다는 사실이었다. 왜냐하면 거기에서 4미터 정도 떨어진 곳에서 존 캐번디시와 메리 캐번디시가 마주 보고 서서 다투고 있었던 것이다. 게다가 그들은 내가 근처에 있다는 사실을 의식하지 못하고 있음에 분명했다. 왜냐하면 내가 몸을 움직이거나 입을 열기도 전에 존이 나를 꿈에서 깨게 했던 그 말을 되풀이했던 것이다.

"단언하는데, 메리, 나는 그걸 용납하지 않겠어."

차갑고 불안정한 메리의 목소리가 들려왔다.

"당신이 내 행동을 비난할 자격이 있어요?"

"마을에 소문이 퍼질 거란 말이야! 어머니 장례식이 토요일이었는데, 지금 당신은 여기서 그자와 쏘다니고 있잖아."

그녀는 어깨를 으쓱해 보였다.

"오, 당신이 신경 쓰는 건 마을의 소문뿐이군요!"

"그렇진 않아. 나는 그자가 근처에 왔다 갔다 하는 데 이제 질렸어. 그는 어쨌든 유태 계 폴란드 인이잖아."

"유태인의 피가 섞여 있는 건 나쁜 게 아니에요. 그건…… 평범하고 둔감한 영국인의 어리석음을 치료해 주죠."

이 말을 하면서 그녀는 그를 바라보았다. 그녀의 두 눈은 불꽃처럼 타올랐고, 목소리는 얼음처럼 차가웠다. 존의 얼굴은 피가 몰려 붉어져 있을 것이 분명했다.

"메리!"

"왜요?"

그런 상황에서도 그녀의 어조는 달라지지 않았다.

"내가 원하는 바를 분명히 했는데도 당신이 바워스타인을 계속 만나는 걸 내가 이해해야 한단 말인가?"

그는 어느새 사정하는 투로 말하고 있었다.

"그건 나도 어쩔 수 없는 일이에요."

"내 말을 무시하는 거야?"

"아니요, 다만 내 행동을 비난할 당신의 권리를 부인하는 거예요. 당신 친구 중에는 내가 인정할 수 없는 사람이 없는 줄 알아요?"

존이 한 걸음 뒤로 물러났다. 그의 얼굴에서 홍조가 천천히 빠져 나갔다.

"그게 무슨 말이지?"

그가 불안정한 어조로 물었다.

메리가 차분하게 대답했다.

"당신도 알잖아요! 내 친구를 선택하는 데 대해 이래라저래라 할 권리가 당신에겐 없다는 걸 말이에요, 그렇지 않은가요?"

존은 충격을 받은 얼굴로 애원하듯 그녀를 응시했다.

"권리가 없다고? 내게 아무 권리도 없다는 거야, 여보?"

그는 불안정하게 말하고는 두 손을 앞으로 뻗었다.

"메리……."

한순간 그녀는 동요하는 것 같았다. 얼굴에 조금 부드러운 표정이 떠올랐다. 그러나 곧 거의 사나울 정도로 홱 몸을 돌렸다.

"없어요!"

그녀가 걸음을 옮겨 놓자 존은 얼른 그녀를 쫓아가 그녀의 팔을 잡았다.

"메리."

그의 목소리는 이제 아주 차분했다.

"당신은 그 바워스타인이라는 자와 사랑에 빠진 거야?"

그녀는 주저했다. 그녀의 얼굴에 갑자기 기묘한 표정이 지나갔다.

아주 나이 든 것인 동시에 영원히 젊은 뭔가가 담긴 표정이었다. 마치 이집트의 스핑크스가 미소를 짓는 것 같았다.

그녀는 그의 팔에서 조용히 몸을 빼더니 어깨 너머로 말했다.

"그럴지도 모르죠."

그런 다음 그녀는 재빨리 빈 터를 빠져나갔다. 존은 마치 돌로 변하기라도 한 것처럼 그 자리에 서 있었다.

나는 메마른 나뭇가지들을 소리나게 밟으며 일부러 보란 듯이 앞으로 걸어 나갔다. 존이 몸을 돌렸다. 다행히 그는 내가 막 나타난 것으로 여겼다.

"여어, 헤이스팅스. 그 자그마한 신사가 그의 집에 안전하게 들어간 걸 확인했나? 기묘한 사람이더군! 그런데 그가 정말이지 잘해낼 수 있을까?"

"그는 전성기에 최고의 탐정 중의 하나로 인정받았답니다."

"오, 그럼, 틀림없이 뭔가 있겠군. 정말이지 타락한 세상이야!"

"그렇게 생각하십니까?"

"물론, 그래! 우선 이 끔찍한 일이 있지. 런던 경시청 사람들은 마치 용수철 인형처럼 사람을 놀라게 하며 집 안을 드나들고 있고! 다음번에는 그들이 어디에서 나타날지 알 수가 없단 말이야. 이 지방의 신문들에는 모두 선정적인 제목들뿐이고. 빌어먹을 기자들 같으니라고, 정말! 오늘 아침에 저택 대문에 사람들이 모여 안을 들여다보고 있었던 걸 자네는 알고 있나? 사람들이 일 없이 들여다보는 터소 인형관의 공포의 방 같아. 이건 정말 심하지 않나?"

"기운 내세요, 존! 이런 일이 영원히 계속될 순 없어요."

내가 위로하듯이 말했다.

"계속될 순 없다고? 이 일은 우리가 다시는 고개를 제대로 들고 다닐 수 없을 정도로 오랫동안 계속될 수도 있어."

"아니, 그렇지 않아요. 이 문제에 대해 당신은 병적으로 예민해진 것 같아요."

"야수 같은 기자들에게 미행당하고, 가는 곳마다 입을 헤벌린 둥근 얼굴의 바보들에게 주시당하면 병적이 되고도 남지! 하지만 그보다 더 나쁜 일이 있어."

"그게 뭡니까?"

존이 목소리를 낮추었다.

"자네는 생각해 본 적이 있나, 헤이스팅스? 내게 이건 하나의 악몽이야. 누가 이런 짓을 저질렀을까? 때때로 나는 이 일이 사고였을 거라는 생각이 들어. 왜냐하면…… 왜냐하면…… 도대체 누가 이런 짓을 저질렀겠어? 앨프리드 잉글소프가 혐의를 벗은 지금, 더 이상 아무도 없어. 내 말은 우리 중 하나가 아니라면 아무도 없다는 거야."

그랬다, 실제로 그것은 누구에게나 악몽이 되기에 충분했다! 우리들 중 하나? 그랬다, 분명 그럴 터였다, 다만…….

한 가지 새로운 생각이 내 머릿속에 떠올랐다. 재빨리 나는 그것을 생각해 보았다. 머릿속이 점점 더 환해졌다. 푸아로의 수수께끼 같은 행동, 그의 암시, 그 모든 것들이 맞아떨어졌다. 이제야 이런 가능성을 생각해 내다니 나는 얼마나 바보였던가. 그것은 우리 모두에게 커다란 안도감을 줄 터였다.

"아닙니다, 존. 범인은 우리들 중 하나가 아닙니다. 어떻게 그럴 수 있겠습니까?"

"나도 안다네. 하지만 그렇다면 다른 누가 있겠나?"

"짐작이 안 가십니까?"

"그렇다네."

나는 조심스럽게 주위를 둘러본 다음 목소리를 낮추고 속삭였다.

"바워스타인 박사입니다!"

"그건 불가능해!"

"천만에요."

"하지만 내 어머니의 죽음으로 그가 도대체 무슨 이익을 얻는단 말인가?"

"그 점은 저도 모르겠습니다. 하지만 이 점은 말씀드릴 수 있습니다. 푸아로는 그렇게 생각하고 있습니다."

"푸아로가? 그가 그렇게 생각한다고? 자넨 그걸 어떻게 알았고?"

나는 운명의 그날 밤에 바워스타인 박사가 스타일스 저택에 있었다는 말을 듣고 푸아로가 몹시 흥분했었다고 말해 준 다음 이렇게 덧붙였다.

"그는 두 차례 반복해 말하더군요. '그것이 모든 것을 바꿔 놓았다네.' 그래서 나는 생각을 계속했지요. 앨프리드 잉글소프가 그 커피를 홀에 내려놓았던 건 당신도 아시지요? 그런데, 바워스타인 박사가 도착한 것이 바로 그때였습니다. 앨프리드 잉글소프가 홀을 가로질러 그를 데려왔을 때 바워스타인 박사가 지나가면서 그 커피에 뭔가를 떨어뜨렸을 수도 있지 않습니까?"

"흠, 그건 너무 위험 부담이 큰데."

"예, 하지만 가능한 일입니다."

"그러면, 그게 어머니의 커피라는 것을 그가 어떻게 알았겠어? 아니야, 이 친구야. 그럴 수는 없을 것 같아."

하지만 내 머릿속에 또 다른 생각이 떠올랐다.

"당신 말이 맞습니다. 이렇게 됐을 수도 있습니다. 내 말을 들어 보세요."

그런 다음 나는 푸아로가 분석을 맡긴 코코아 샘플에 대해 말했다. 내가 말을 마치자마자 존이 말했다.

"하지만 이것 봐, 그건 바워스타인이 이미 분석하지 않았나?"

"예, 예, 그게 문제의 핵심입니다. 조금 전까지 나 역시 핵심을 보지 못했습니다. 모르시겠습니까? 바워스타인은 그것을 분석했습니다. 바로 그겁니다. 만약 바워스타인이 살인자라면, 자신의 샘플과 보통 코코아를 바꿔서 분석을 의뢰하는 것만큼 간단한 일도 없었을 겁니다. 그러면 당연히 스트리크닌이 발견되지 않겠지요! 하지만 아무도 바워스타인을 의심하거나, 다른 코코아 샘플을 취할 생각을 하지 않았습니다. 푸아로 말고는요."

나는 푸아로에 대한 때늦은 칭찬을 덧붙이며 말했다.

"알겠군. 하지만 코코아로는 스트리크닌의 쓴맛을 감출 수 없다고 하지 않았나?"

"음, 그 문제에 대해 우리는 그의 말만을 들었을 뿐입니다. 다른 가능성들이 있을 겁니다. 그는 분명 세계에서 가장 뛰어난 독극물 전문가 중 하나니까요."

"세계에서 가장 뛰어난 뭐라고? 다시 말해 주게."

"그는 누구보다도 독극물에 대해 아는 게 많습니다. 그래서, 내 생각에 그는 어쩌면 스트리크닌의 맛을 없애는 어떤 방법을 찾아냈을지도 모릅니다. 아니면 그건 스트리크닌이 아니라, 똑같은 증상을 나타내는, 아무도 들어 본 적이 없는 어떤 알려지지 않은 약일 수도 있습니다."

내가 설명했다.

"흐음, 그래, 그럴지도 모르지. 하지만 이것 봐. 그가 어떻게 그 코코아에 접근할 수 있었겠어? 코코아는 아래층에 없었잖아?"

"예, 그랬지요."

내가 마지못해 그의 말을 인정했다.

그런데 다음 순간 갑자기 무시무시한 가능성이 번쩍하고 내 머릿속을 스치고 지나갔다. 나는 그 생각이 존에게는 떠오르지 않았기를 간절히 바라고 또 빌었다. 나는 곁눈으로 그를 바라보았다. 그가 혼란스러운 듯 미간을 찌푸리고 있는 것을 보고 나는 깊은 안도의 한숨을 내쉬었다. 왜냐하면 내 머릿속을 섬광처럼 스친 끔찍한 생각이란 바로, 바워스타인 박사에게 공범자가 있었으리라는 것이기 때문이었다.

하지만 분명 그런 일은 있을 수 없었다! 메리 캐번디시처럼 아름다운 여자가 살인자가 될 순 없었다. 하지만 아름다운 여자는 독살에 능한 것으로 알려져 있지 않은가.

갑자기 나는 내가 도착한 날 차를 마시면서 나눈 첫 대화와, 독약은 여자의 무기라고 말할 때 그녀의 눈이 반짝 빛나던 일을 기억해 냈다. 운명의 화요일 저녁, 그녀는 얼마나 초조해했던가! 잉글소프 부인이 그녀와 바워스타인 사이의 무엇인가를 알아내, 존에게 말하겠다고 그녀를 협박한 것은 아닐까? 그 위협을 끝장내기 위해 범죄가 저질러진 것은 아닐까?

이어서 나는 푸아로와 에벌린 하워드 사이의 수수께끼 같은 대화를 기억해 냈다. 그들은 바로 이것을 말했던 게 아니었을까? 에벌린이 애써 믿지 않으려 했던 그 무시무시한 가능성이 바로 이것이 아니었을까?

그랬다, 모든 것이 들어맞았다.

하워드 양이 "덮어 둘 수도 있지요."라고 말했던 것도 놀랄 일이 아니었다. 이제 나는 그녀가 끝내지 못했던, "에밀리 자신도⋯⋯." 라는 말이 무슨 뜻인지 알 수 있었다. 그리고 마음속에서 그녀에게 동의했다. 잉글소프 부인은 그런 끔찍한 치욕으로 캐번디시 가문의 이름을 실추시키기보다는 덮어 두는 쪽을 선택하지 않았을까?

"또 다른 문제가 있어."

존이 불쑥 말했다. 그의 목소리에 담긴 뜻밖의 어조에 나는 무슨 잘못이라도 저지른 사람처럼 소스라쳤다.

"자네가 한 말의 진실성을 의심하게 하는 게 말이야."

"그게 뭡니까?"

그가 극약이 어떻게 코코아에 들어갈 수 있었는가 하는 문제로부터 다른 데로 관심을 돌린 것에 감사하며 내가 물었다.

"그건 검시를 요청한 사람이 바워스타인이라는 사실이지. 그는 그럴 필요가 없었어. 윌킨스는 심장마비로 결론을 내리는 데 동의했을 거야."

내가 회의적으로 대답했다.

"그렇군요, 하지만 알 수 없는 일입니다. 어쩌면 그는 장기적으로 그렇게 하는 편이 더 안전하다고 생각했을 수도 있습니다. 누군가 나중에 문제 삼을 수도 있으니까요. 그러면 내무성에서 시체 발굴을 명령할 겁니다. 모든 것이 밝혀질 테고, 그렇게 되면 그는 곤란한 입장에 처하게 되겠지요. 왜냐하면 그처럼 명성 높은 사람이 그것을 심장마비로 잘못 알았다는 걸 아무도 믿지 않을 테니까요."

"그래, 그럴 수도 있겠군. 하지만 그의 동기가 무엇이었는지 알 수 있다면 좋겠어."

나는 부르르 몸을 떨었다.

"이것 보세요, 내 생각이 완전히 틀렸을지도 모릅니다. 그러니까, 잊지 마세요. 이 모든 건 비밀입니다."

"오, 물론…… 그건 말할 필요도 없지."

이야기를 나누며 계속 걷던 우리는 어느덧 정원으로 통하는 작은 문 안으로 들어섰다. 가까운 곳에서 사람들이 이야기하는 소리가 들려왔다. 내가 도착한 날처럼 큰 단풍나무 아래에 차가 마련되어 있었다.

신시아가 병원에서 돌아와 있었으므로, 나는 의자를 그녀 옆에 놓고는 푸아로가 조제실을 구경하고 싶어 한다고 말했다.

"물론 오셔도 좋죠! 저도 그분이 조제실을 보셨으면 좋겠어요. 그분과 시간 약속을 잡아야겠군요. 정말 친절한 분이세요! 게다가 재미있고요! 얼마 전에는 제 타이의 브로치를 떼어내 다시 꽂게 하시더군요. 똑바로 꽂혀 있지 않다면서요."

내가 웃음을 터뜨렸다.

"그건 그의 기벽이랍니다."

"예, 그렇겠죠?"

우리는 잠시 입을 다물었다. 다음 순간, 신시아는 메리 캐번디시 쪽을 응시하더니 목소리를 낮추며 말했다.

"헤이스팅스 씨."

"예?"

"차를 마신 후, 이야기를 좀 하고 싶은데요."

메리를 응시하는 그녀의 눈길이 내게 생각할 거리를 제공했다. 그들 둘 사이에는 공감대가 거의 없으리라는 생각이 들었다.

내 머릿속에 처음으로 그 처녀의 미래가 어떻게 될 것인가 하는 생각이 떠올랐다. 잉글소프 부인은 그녀에게 어떤 종류의 대비책도 마련해 주지 않았다. 하지만 존과 메리가 아마도 그녀에게 자신들과 함께 지내자고 강권할 것이라고 나는 생각했다. 최소한 전쟁이 끝날 때까지는 그럴 터였다. 내가 알기로, 존은 그녀를 무척 좋아했으므로 그녀가 떠나게 되면 서운해할 터였다.

집 안으로 들어갔던 존이 다시 모습을 나타냈다. 그의 사람 좋은 얼굴은 분노로 몹시 찌푸려져 있었다.

"망할 놈의 형사들! 저들이 뭘 찾고 있는지 짐작조차 할 수 없어! 저들은 집 안의 방이란 방마다 들어가고 있어. 안에 있는 물건은 꺼내 놓고, 위에 있는 건 내려놓는다고. 이건 정말이지 너무 심해! 우리 모두가 밖에 나와 있는 틈을 이용한 것 같아. 다음에 그 재프라는 사람을 만나면 좀 따져야겠어!"

"꼬치꼬치 캐고 다니기를 좋아하는 사람이 많지요."

하워드 양이 투덜거렸다.

로렌스는 그들이 무슨 일을 하고 있는지 자신들에게 마땅히 알려야 한다고 주장했다. 메리 캐번디시는 아무 말도 하지 않았다.

차를 마신 후, 나는 신시아에게 산책을 하자고 제안했다. 우리는 함께 숲으로 걸어갔다.

"무슨 이야기인가요?"

나뭇잎들로 인해 우리의 모습이 사람들의 시선에서 차단되자마자 내가 물었다.

신시아는 한숨을 내쉬며 털썩 주저앉더니 모자를 벗어 던졌다. 나뭇가지 사이를 비집고 들어오는 햇빛이 그녀의 적갈색 머리카락을 파들거리는 금빛으로 바꾸어 놓았다.

"헤이스팅스 씨…… 당신은 언제나 아주 친절하시고, 아는 것도 아주 많으세요."

그 순간 신시아가 정말 매력적인 처녀라는 생각이 내 뇌리를 때렸다! 그녀는 이런 종류의 말을 한 적이 없는 메리보다 훨씬 더 매력적이었다.

"그런데요?"

그녀가 주저하자 내가 온화한 어조로 물었다.

"당신의 충고를 듣고 싶어요. 저는 어떻게 해야 하죠?"

"어떻게 해야 하다뇨?"

"그래요. 아시다시피 에밀리 아주머니는 언제나 제게 받을 몫이 있을 거라고 하셨어요. 그런데 그걸 잊으셨던가, 아니면 이렇게 돌아가시리라고는 생각하지 못하셨던 것 같아요. 어쨌든 저는 유산을 받지 못했어요! 그래서 뭘 어떻게 해야 할지 모르겠어요. 제가 당장 이곳을 떠나야 한다고 생각하시나요?"

"맙소사, 그렇지 않습니다! 이곳 사람들이 당신과 헤어지고 싶어 하지 않으리라고 나는 확신해요."

신시아는 한순간 주저하면서 작은 손으로 잔디를 잡아 뜯었다. 이윽고 그녀가 말했다.

"캐번디시 부인은 그래요. 그녀는 저를 미워해요."

"당신을 미워한다고요?"

내가 깜짝 놀라 소리쳤다.

신시아는 고개를 끄덕였다.

"예, 그 이유를 모르겠어요. 하지만 그녀는 저를 참을 수 없는 모양이에요. 그리고 그 사람도 그래요."

"당신이 잘못 생각하고 있는 것 같은데요. 반대로 존은 당신을 아주 좋아한답니다."

내가 따뜻하게 말했다.

"오, 그래요. 존은 그렇죠. 저는 로렌스를 말한 거랍니다. 물론 로렌스가 저를 미워하는지 아닌지 신경 쓰는 건 아니에요. 하지만 아무에게도 사랑받지 못한다는 건 좀 끔찍하잖아요, 그렇지 않아요?"

내가 열정적으로 말했다.

"하지만 그들은 당신을 사랑해요, 친애하는 신시아. 당신이 잘못 안 게 분명해요. 보세요, 존도 있고…… 하워드 양도 있고……."

신시아는 좀 우울하게 고개를 끄덕였다.

"예, 존은 저를 좋아하는 것 같아요. 그리고 에비는 태도가 거칠긴 하지만 누구에게 불친절할 사람은 물론 아니에요. 하지만 로렌스는 기꺼이 저에게 말을 건 적이 없고, 메리는 저에게 친절하지 않아요. 그녀는 에비가 이곳에 머물기를 바라고 그렇게 해 달라고 그녀에게 조르고 있지만, 저는 원하지 않아요. 그래서…… 그래서…… 전 어떻게 해야 좋을지 모르겠어요."

갑자기 그 가엾은 처녀가 울음을 터뜨렸다.

그때 내가 무엇에 홀렸는지 모르겠다. 아마도 머리에 반짝이는 햇빛을 받으며 거기 앉아 있는 그녀의 아름다움에 매혹되었는지도 모른다. 어쩌면 그 비극과는 전혀 관련 없음이 분명한 사람을 마주한 데서 오는 안도감 때문이었는지도 모른다. 또 어쩌면 그녀의 젊음과 외로움에 대한 솔직한 연민에서였을 수도 있었다. 어쨌든 나는 몸을 앞으로 기울여 그녀의 작은 손을 잡고는 어색하게 말했다.

"나와 결혼해 주십시오, 신시아."

나는 나도 모르게 그녀의 눈물을 치료하는 최고의 처방을 생각해 냈던 것이다. 그녀는 즉각 자세를 바로 하고는 자신의 손을 빼내면서 약간 매섭게 쏘아붙였다.

"바보 같은 짓 마세요!"

나는 약간 짜증이 났다.

"바보 같은 짓을 하고 있는 게 아닙니다. 나는 당신에게 내 아내가 되어 달라고 요청하고 있는 겁니다."

정말 놀랍게도 신시아는 웃음을 터뜨리고는 나를 '재미있는 분'이라고 불렀다.

"정말 친절하시군요. 하지만 당신도 알다시피, 당신은 저와 결혼하길 원하지 않아요!"

"아니, 나는 원합니다. 내가 가진 것은……."

"당신이 갖고 있는 것에는 신경 쓰지 마세요. 당신은 정말로 그러기를 원하지 않고…… 저도 그러기를 원하지 않아요."

"그렇다면, 당연히 이 문제는 정리되는군요. 하지만 나로서는 웃음을 사야 할 이유를 모르겠군요. 결혼 신청은 전혀 우스운 것이 아니니까요."

내가 뻣뻣하게 말했다.

"물론 그래요. 다음번에는 누군가가 당신의 말을 받아들이겠죠. 안녕히 가세요. 덕분에 몹시 기분이 좋아졌어요."

그런 다음 그녀는 마지막으로 통제할 수 없는 흥겨움을 드러내며
나무들 사이로 모습을 감추었다.

그 대화에 대해 곰곰이 생각해 보자, 나는 그것이 극히 불만족스
러운 것이었다는 생각이 들었다.

문득 마을로 가서 바워스타인을 찾아봐야겠다는 생각이 머릿속
에 떠올랐다. 누군가 그 사람을 줄곧 지켜보아야 했다. 동시에 그 일
은 그로 하여금 자신이 의심받고 있다는 것을 전혀 눈치 채지 못하
도록 현명하게 이루어져야 할 터였다. 푸아로가 나의 사교적인 면
에 얼마나 의지하고 있는지가 떠올랐다. 그래서 나는 그가 묵고 있
는 작은 건물로 가서 문을 두드렸다. 창문에 '방 있음'이라는 카드
가 끼워져 있었다.

나이 든 여자가 나와 문을 열어 주었다.

"안녕하십니까? 바워스타인 박사 계십니까?"

내가 유쾌한 어조로 물었다.

그녀는 나를 물끄러미 응시했다.

"소식 못 들으셨어요?"

"무슨 소식 말입니까?"

"그 사람에 대한 소식이오."

"그 사람에 대한 무슨 소식 말인가요?"

"그 사람 갔어요."

"가다뇨? 죽었나요?"

"아니요, 경찰들이 데리고 갔어요."

"경찰들이오! 당신 말은, 그가 체포되었다는 겁니까?"

나는 헉 하고 숨을 멈추었다.

"예. 바로 그래요. 그리고……."

나는 더 듣지 않고 푸아로를 만나기 위해 마을을 가로질렀다.

체포

정말 짜증스럽게도, 푸아로는 집에 없었다. 내 노크 소리를 듣고 나온 벨기에 노인은 그가 런던에 간 모양이라고 말했다.

나는 말문이 막혔다. 도대체 푸아로는 런던에서 뭘 하고 있단 말인가? 갑자기 떠나게 된 것일까, 아니면 몇 시간 전 나와 헤어질 때 이미 작정을 하고 있었던 것일까?

약간 짜증이 난 나는 스타일스 저택을 향해 걸음을 옮겼다. 푸아로가 없으니 어떻게 행동해야 할지 알 수 없었다. 바워스타인이 체포되리라는 걸 그는 예견하고 있었을까? 혹시 그가 이 일을 주도한 것은 아닐까? 나로서는 이런 의문을 풀 수 없었다. 그러면 나는 어떻게 해야 할까? 이 체포 소식을 식구들에게 알려야 하나, 말아야 하나? 인정하고 싶지는 않았지만, 메리 캐번디시에 대한 생각이 내 마음을 무겁게 하고 있었다. 이 소식이 그녀에게 가혹한 충격을 주는 건 아닐까? 그 순간 나는 그녀에 대한 모든 의심을 접었다. 그녀가 관계되어 있을 리가 없었다. 그랬다면 내가 그에 대한 암시를 들었을 터였다.

물론 바워스타인 박사가 체포되었다는 소식을 영원히 그녀에게 숨길 수는 없을 터였다. 내일이면 모든 신문들에 그 기사가 실릴 터였다. 하지만 나는 그 이야기를 꺼내기가 겁이 났다. 만일 푸아로가 가까이 있었다면, 그의 충고를 구할 수 있을 텐데. 도대체 그는 무엇 때문에 이렇듯 이해할 수 없는 방식으로 런던에 간 것일까?

내 의지와는 상관없이 나는 그의 명석함을 너무나도 높이 평가하고 있었다. 푸아로가 힌트를 주지 않았다면, 나는 꿈에도 바워스타인 박사를 의심하지 못했을 터였다. 그랬다. 그 작은 사내는 정말이지 명석했다.

한동안 숙고한 끝에 나는 존에게 속내를 털어놓고, 그 문제를 공개할지 말지는 그의 판단에 맡기기로 마음먹었다.

내가 그 소식을 전하자, 그는 커다랗게 휘파람을 불었다.

"맙소사! 그렇다면 자네 말이 옳았군! 아까는 도저히 믿어지지 않았는데."

"그렇습니다. 당신이 그 생각에 익숙해지고, 그것이 모든 사실과 부합된다는 것을 알기 전까지는 놀라는 게 당연하죠. 자, 이제 어떻게 하면 좋을까요? 물론 내일이면 모두 이 사실을 알게 될 겁니다."

존은 생각에 잠겼다.

"너무 마음 쓰지 말게. 지금은 아무 말도 하지 말기로 하세. 그럴 필요가 없지. 자네가 말한 대로 곧 알려질 일이 아닌가."

이윽고 그가 말했다.

하지만 정말 놀랍게도, 다음 날 아침 일찍 내가 아래층으로 내려가 허겁지겁 신문을 펼쳤을 때, 거기에는 그 체포에 관한 기사는 전혀 나와 있지 않았다! '스타일스 저택의 독살 사건'이라는 제목의 지면 때우기 기사가 하나 있을 뿐이었다. 도저히 적절한 설명을 찾을 수 없는 일이었지만, 나는 재프 경감이 어떤 이유에선가 보도 통제를 원했으리라고 추측했다. 그러자 나는 조금 걱정스러웠다. 그것은 앞으로 또 다른 사람이 체포될 수 있음을 시사하고 있었던 것이다.

아침 식사 후 나는 마을로 가서, 푸아로가 돌아오지 않았는지 알아봐야겠다고 마음먹었다. 그런데 내가 저택을 나서기도 전에 잘 아는 얼굴이 프랑스 식 창 중의 하나를 막아서더니, 잘 아는 목소리가 들려왔다.

"봉 주르, 몬 아미!(잘 있었나, 친구!)"

"푸아로."

나는 안도감을 느끼며 소리치고는 그의 두 손을 잡고 방 안으로 이끌었다.

"누구를 만나도 이보다 더 반갑지는 않을 겁니다. 자, 난 존을 빼고는 아무에게도 말하지 않았어요. 잘했죠?"

"친구, 자네가 무슨 이야기를 하고 있는 건지 모르겠군."

푸아로가 대답했다.

"물론 바워스타인 박사가 체포되었다는 소식이지요."

내가 조바심을 내며 대답했다.

"그러니까 바워스타인이 체포되었단 말인가?"

"모르고 계셨나요?"

"전혀 몰랐다네."

하지만 한순간 침묵한 다음 그는 이렇게 덧붙였다.

"하지만 내겐 놀라운 소식은 아닐세. 어쨌든 여기는 해변에서 겨우 6.5킬로미터 떨어져 있을 뿐이니 말일세."

"해변? 그게 이 일과 무슨 관계가 있습니까?"

나는 어리둥절해서 물었다.

푸아로는 어깨를 으쓱해 보였다.

"있고말고. 명백하지 않은가!"

"내겐 그렇지 않습니다. 틀림없이 내가 우둔해서겠지만, 해변과 가깝다는 것이 살해당한 잉글소프 부인과 무슨 연관이 있는지 전혀 모르겠는데요."

"물론 전혀 관계가 없다네."

푸아로는 미소를 지으며 대답했다.

"하지만 우리는 지금 체포된 바워스타인 박사에 대해 말하고 있잖나."

"그런데 그가 잉글소프 부인의 살해범으로 체포된 만큼……."

"뭐라고?"

푸아로가 깜짝 놀란 표정을 지으며 소리쳤다.

"바워스타인 박사가 잉글소프 부인의 살해범으로 체포되었단 말인가?"

"예."

"그럴 리가 없네! 그건 정말 웃기는 얘기야. 누가 그러던가, 헤이스팅스?"

"음……. 아무도 꼭 집어 그렇게 말하지는 않았습니다. 하지만 그는 체포되었잖습니까."

"오, 그렇지, 그럴 수 있지. 하지만 간첩 혐의로 체포된 거라네, 몬아미."

"간첩이라고요?"

나는 헉 하고 숨을 멈추었다.

"바로 그렇다네."

"잉글소프 부인을 독살한 혐의가 아니고요?"

"재프라는 친구가 미치지 않았다면 그럴 거야."

푸아로가 평온하게 대답했다.

"하지만…… 하지만 나는 당신도 그렇게 생각하고 있는 줄 알았는데요?"

푸아로는 나를 쳐다보았다. 그런 생각을 하다니 정말 터무니없다는 듯 기묘한 연민이 담긴 눈빛이었다.

나는 이 새로운 사실을 천천히 스스로에게 납득시키며 물었다.

"당신 말은 바워스타인 박사가 간첩이라는 겁니까?"

푸아로가 고개를 끄덕였다.

"자네는 그 점을 의심해 본 적이 없나?"

"상상조차 한 적 없습니다."

"런던의 유명한 의사가 이렇게 작은 시골 마을에 파묻혀 오밤중에 정장 차림으로 배회하는 버릇을 갖고 있다는 것이 자네에겐 이상하게 여겨지지 않았단 말인가?"

"예, 저는 그런 생각을 한 적이 없습니다."

내가 시인했다.

생각에 잠긴 채 푸아로가 말했다.

"당연하지만 그 사람은 독일 태생이야. 하지만 이 나라에서 너무 오랫동안 병원을 열고 있었기 때문에 아무도 그가 영국인이 아니라고 생각하지 않았지. 그는 15년쯤 전에 귀화했다네. 아주 머리가 좋은 사람이지."

"악당 같으니라고!"

내가 발끈해서 소리쳤다.

"천만에! 오히려 그는 애국자일세. 그가 발각될 경우를 염두에 두었다는 걸 생각해 보게. 나는 오히려 그가 감탄스럽다네."

하지만 나는 푸아로처럼 달관하는 관점에서 이 사건을 볼 수 없었다.

"캐번디시 부인과 이 지방 곳곳을 돌아다녔던 사내가 바로 그런 사람이었다니!"

내가 분개해서 소리쳤다.

"그렇다네, 내 생각에 그는 그녀를 아주 유용하게 여긴 것 같네.

소문이 두 사람의 이름을 함께 묶어 떠들어 대는 한, 바워스타인의 다른 엉뚱한 짓은 주목받지 않고 넘어갈 테니까 말일세."

"그렇다면 당신 말은, 그가 그녀에게 진심으로 관심을 가진 적이 없다는 겁니까?"

내가 열정적으로 물었다. 상황에 맞지 않게 조금 지나치게 열정적이었을 터였다.

"물론 그 점에 대해서는 무어라 말할 수 없네. 하지만, 내 개인적인 견해를 말해도 되겠나, 헤이스팅스?"

"예."

"음, 내 생각은 이렇다네. 캐번디시 부인은 바워스타인 박사에게 현재 관심이 없고, 과거에도 관심을 가진 적이 없네!"

"정말 그렇게 생각하십니까?"

나는 기쁨을 감출 수 없었다.

"나는 그렇게 확신하고 있네. 왜 그런지 말해 주겠네."

"예?"

"왜냐하면 그녀는 다른 사람을 좋아하고 있다네, 몬 아미."

"오!"

그가 무슨 뜻으로 이렇게 말한 것일까? 내 의지와는 상관없이 감미로운 온기가 온몸으로 퍼져 나갔다. 여자 문제에 관한 한 나는 그리 쓸모없는 인물은 아니었다. 나는 그에 대한 몇 가지 증거들을 머릿속에 떠올렸다. 당시에는 너무 가볍게 생각했지만, 분명 어떤 의미가 있었던 것 같은…….

나의 기분 좋은 생각은 하워드 양이 갑자기 들어오는 바람에 중단되고 말았다. 그녀는 방 안에 다른 사람이 없다는 걸 확인하기 위해 서둘러 주위를 둘러보고는, 재빨리 낡은 갈색 종이 한 장을 꺼냈다. 그녀는 그것을 푸아로에게 건네며 암호 같은 말을 중얼거렸다.

"옷장 위에서."

그런 다음 그녀는 서둘러 방을 나갔다.

푸아로는 허겁지겁 그 종이를 펼쳐 보고는 만족스러운 탄성을 내질렀다. 그리고 그것을 탁자 위에 펼쳐 놓았다.

"이리 오게, 헤이스팅스. 자, 말해 주게, 이 머리글자가 무슨 자일까. J일까, 아니면 L일까?"

그것은 중간 크기의 종이로, 한동안 방치되어 있었던 듯 먼지가 묻어 있었다. 하지만 그 라벨이 푸아로의 주의를 끈 모양이었다. 상단에는 유명한 무대 의상 전문점인 파크슨스 상점의 소인이 찍혀 있었고, '에섹스 주 스타일스 세인트 메리 스타일스 저택 (알아보기 힘든 머리글자) 캐번디시 귀하'라는 주소가 씌어 있었다.

"T자 같기도 하고, L자 같기도 하네요. J는 분명 아니에요."

잠시 동안 그것을 살펴본 후 내가 말했다.

푸아로는 그 종이를 접으면서 대답했다.

"좋았어. 나도 자네 생각과 똑같네. L자야. 틀림없네!"

"어디서 난 걸까요? 중요한 건가요?"

내가 호기심을 느끼며 물었다.

"상당히 중요하다네. 이건 내 추측을 확인시켜 주는 거라네. 이것이 있을 거라는 결론에 도달하자, 하워드 양으로 하여금 그것을 찾아보도록 했는데, 보다시피 그녀는 그 일을 훌륭하게 해냈네."

"'옷장 위에서.'라는 말은 무슨 뜻인가요?"

"이걸 옷장 위에서 발견했다는 뜻일세."

푸아로가 재빨리 대답했다.

"갈색 포장지를 보관하기에는 이상한 장소군요."

내가 생각에 잠긴 채 말했다.

"천만에, 옷장 위는 포장지나 마분지 상자들을 보관하기에 아주 좋은 곳이라네. 나도 그런 것들을 거기에 둔다네. 깨끗하게 정리해 두면, 전혀 눈에 거슬리지 않거든."

"푸아로, 당신은 이 범죄의 실체를 파악하셨나요?"

내가 허겁지겁 물었다.

"그렇다네. 그러니까 나는 이 범죄가 어떻게 저질러졌는지 알 것 같네."

"아!"

"그런데 불행히도 내게는 추측 이외의 증거가 없다네. 다만……."

갑자기 그는 힘차게 내 팔을 잡더니 나를 끌고 홀로 내려가며 프랑스 어로 흥분해서 외쳤다.

"마드무아젤 도커스, 마드무아젤 도커스, 앵 모망, 실 부 플레!(도커스 양, 도커스 양. 미안하지만, 잠깐만!)"

요란한 소리에 당황한 도커스가 식기실에서 서둘러 나왔다.

"친애하는 도커스, 내겐 한 가지 생각, 아주 사소한 생각이 있는

데 이것이 증명된다면, 정말 멋진 일이 될 겁니다. 말해 줘요, 지난 화요일이 아닌 월요일에 말이죠, 도커스, 그러니까 그 비극이 일어나기 전날인 월요일에 잉글소프 부인의 침실 벨에는 아무 이상도 없었나요?"

도커스는 깜짝 놀란 듯했다.

"맞아요, 선생님, 지금 선생님 말씀을 듣고 보니, 그랬다는 게 생각나는군요. 하지만 어떻게 선생님이 그 얘기를 들으실 수 있었는지 모르겠네요. 쥐 같은 것이 전선을 물어뜯은 것 같아요. 화요일 오전에 사람이 와서 고쳤답니다."

푸아로는 쾌감에 차서 길게 탄성을 내지르며 다시 거실을 향해 걷기 시작했다.

"보게나, 외부적인 증거를 요구해서는 안 된다네. 그렇지. 이유만으로 충분해야 해. 하지만 피와 살을 가진 인간은 약한 존재라, 자신이 맞는 길로 들어섰는지 확인하며 위로를 얻지. 아, 이 친구야, 지금 나는 원기를 회복한 거인이 된 것 같아. 달리고 싶군! 뛰어오르고 싶어!"

그런 다음 그는 긴 프랑스 식 창 밖의 잔디밭을 요란하게 깡충깡충 뛰어다녔다.

"당신의 탁월한 작은 친구가 뭘 하고 계신 거죠?"

내 뒤에서 누군가가 물었다. 뒤를 돌아보니 메리 캐번디시가 바로 뒤에 서 있었다. 그녀는 미소를 지었고, 나도 마주 미소를 지어 보였다.

"무슨 일인가요?"

"사실은 나도 모르겠습니다. 도커스에게 벨에 대해 물어보더니, 그녀의 대답에 몹시 기뻐하며 보시다시피 신나게 뛰어다니고 있답니다."

메리가 웃음을 터뜨렸다.

"정말 우습네요! 정문 밖으로 나가고 계시네요. 오늘 만으로 돌아오실까요?"

"모르겠습니다. 다음에 그가 무슨 일을 할지 추측하는 걸 포기했답니다."

"그가 정말 정신이 나간 건가요, 헤이스팅스 씨?"

"솔직히 저도 모르겠습니다. 때로는 그가 완전히 미쳤다는 확신이 들곤 하지요. 그런데 그가 가장 지독하게 미친 것 같은 바로 그때 거기에 이치가 숨어 있다는 사실을 깨닫게 된답니다."

"알겠어요."

소리 내어 웃고 있었음에도 그날 아침 메리는 생각에 잠겨 있는 것처럼 보였다. 그녀는 진지하다 못해 거의 서글퍼 보였다.

신시아 문제에 대해 그녀에게 분명히 말해 둘 좋은 기회라는 생각이 내 뇌리에 떠올랐다. 나는 재치 있게 말을 시작했다고 생각했지만, 제대로 말을 꺼내기도 전에 그녀는 권위 있는 태도로 내 말을 가로막았다.

"당신이 훌륭한 대변자라는 걸 저는 의심치 않아요, 헤이스팅스 씨. 하지만 이번 경우에는 당신의 재능을 낭비하고 있군요. 신시아가 내게서 부당한 대우를 받을 위험 같은 건 없어요."

나는 그녀가 오해하지 않기를 바란다고 더듬더듬 힘없이 말을 이었다. 하지만 그녀는 또다시 내 말을 가로막았다. 그녀의 말이 어찌나 뜻밖이었는지 신시아와 그녀의 문제에 대한 생각이 내 마음속에서 사라져 버렸다.

"헤이스팅스 씨, 당신은 저와 제 남편이 행복하게 살고 있다고 생각하시나요?"

나는 눈에 띄게 멈칫하고는, 그런 문제에 대해 생각하는 것은 내 일이 아니라고 중얼거렸다.

"음, 그게 당신 일인지 아닌지는 모르지만, 단언하는데 저희는 행복하지 않아요."

그녀가 차분하게 말했다. 나는 그녀의 말이 끝나지 않았다고 여기고 아무 말도 하지 않았다.

그녀는 고개를 살짝 기울이고 천천히 방 안을 왔다 갔다 하기 시작했다. 그녀가 걸음을 옮길 때마다 날씬하고 유연한 몸매가 부드럽게 흔들렸다. 그녀는 갑자기 걸음을 멈추고 나를 바라보았다.

"당신은 저에 대해서 아무것도 모르시죠? 제가 어디 출신인지, 존과 결혼하기 전에는 어떤 일을 했는지, 실제로 아무것도 모르시죠? 그럼 당신에게 말씀드리지요. 당신을 고백성사를 받아 주는 사제로 여길게요. 당신은 친절한 사람 같아요. 그래요, 전 당신이 친절한 사람이라고 확신해요."

왠지 나는 예전만큼 우쭐해지지 않았다. 신시아가 같은 방식으로 자신의 속내를 털어놓기 시작했던 것이 떠올랐다. 게다가 고백성사를 듣는 신부라면 나이 든 사람이어야 했다. 그것은 젊은이에게는 전혀 어울리지 않는 역할이었다.

"제 아버지는 영국인이었지만, 어머니는 러시아 인이었어요."

"아, 이제 이해가 되네요……."

"뭐가 이해가 된다는 건가요?"

"당신에게 줄곧 감돌던 뭔가 이국적인, 좀 남과 다른 분위기 말입니다."

"어머니는 아주 아름다운 분이었던 것 같아요. 실제로도 그랬는지는 모르겠어요. 왜냐하면 저는 어머니를 본 적이 없으니까요. 어머니는 제가 아주 어린 아기 때 돌아가셨어요. 어머니의 죽음에는 어떤 비극적인 일이 연관되어 있었던 것 같아요. 실수로 수면제를 많이 드셨지요. 어떻게 그럴 수 있었는지. 아버지는 낙심하셨지요. 그 직후 아버지는 영사관 근무를 하게 되었어요. 저는 아버지가 가는 곳이면 어디든 따라다녔어요. 스물세 살이 되었을 때, 전 세계 안가 본 곳이 없었지요. 멋진 생활이었지요. 그런 생활이 좋았어요."

그녀의 얼굴에 미소가 떠올랐고, 고개가 뒤로 젖혀졌다. 즐거웠던 옛날 추억에 도취된 것 같았다.

"그러다가 아버지가 돌아가셨어요. 아버지는 제게 남겨 준 것이 거의 없었죠. 저는 늙은 숙모들에게 가서 함께 살았어요."

그 말을 하면서 그녀는 약간 몸을 떨었다.

"저처럼 성장한 처녀에게 그것이 지독한 생활이었다는 걸 당신은 이해하실 거예요. 그 궁핍하고 지독하게 단조로운 생활 때문에 저는 거의 미칠 지경이었어요."

그녀는 잠시 말을 멈추었다가 달라진 어조로 이렇게 덧붙였다.

"그러다가 존 캐번디시를 만났어요."

"그래서요?"

"숙모들 입장에서 보자면 그와의 결혼이 제게 꼭 맞는 기회로 여겨졌으리라는 걸 상상하실 수 있을 거예요. 하지만 솔직하게 말해서 저는 그 사실에 별로 비중을 두지 않았어요. 그래요, 그 사람은 견딜 수 없이 단조로웠던 생활에서 탈출하기 위한 하나의 방법이었을 뿐이에요."

내가 아무 말도 하지 않자, 잠시 후 그녀는 말을 이었다.

"제 말을 오해하지 마세요. 저는 존에게 아주 정직했어요. 저는 그에게 당신을 아주 좋아하고 있으며 앞으로는 더욱 좋아할 수 있게 되기를 바라지만, 세상 사람들이 말하는 것처럼 사랑에 빠진 것은 아니라고 말했어요. 그는 그것으로 만족한다고 단언했고, 그래서…… 우리는 결혼했지요."

그녀는 오랫동안 입을 다물었다. 그녀의 미간이 미세하게 찌푸려졌다. 지나간 나날들을 서둘러 돌아보는 것 같았다.

"존은 처음에는 저를 좋아했던 것 같아요. 분명 그럴 거예요. 하지만 저희는 잘 어울리지 않았던 것 같아요. 거의 순식간에 저희는 멀어져 버렸어요. 이건 제 자존심을 만족시키는 일이 아니지만 사실이에요. 그는 이내 제게 싫증을 냈어요."

그때 내가 부정의 말을 중얼거렸음이 분명했다. 왜냐하면 그녀가 재빨리 이렇게 말을 이었던 것이다.

"오, 맞아요. 그는 그랬어요! 이제 그건 중요하지 않아요. 우리가 다른 길을 가기로 한 지금은요."

"그게 무슨 말씀인가요?"

그녀가 차분하게 대답했다.

"그러니까 제가 스타일스에 머물지 않을 거라는 뜻이에요."

"당신과 존은 여기에서 살지 않을 겁니까?"

"존은 여기에서 살지도 모르지만, 저는 아니에요."

"당신은 그를 떠나실 건가요?"

"예."

"하지만 왜요?"

그녀는 오랫동안 침묵을 지키고 있다가 이윽고 말했다.

"아마도 제가 원하기 때문일 거예요. 자유로워지기를 말이에요!"

그녀의 말을 들으면서 나는 문득 광대한 공간, 처녀림, 사람의 발길이 닿지 않은 땅을 떠올렸다. 그러자 메리 캐번디시 같은 성정을 지닌 사람에게 자유의 의미가 어떤 것인지 알 수 있었다. 한순간 나는 그녀의 본질을 본 것 같았다. 언덕의 수줍은 새만큼이나 문명에 길들여지지 않은, 자존심 강한 야생의 존재를. 그녀의 입에서 작은 외침이 터져 나왔다.

"당신은 몰라요, 당신은 모른다고요. 이 증오스러운 공간이 제게 얼마나 감옥 같았는지 말이에요!"

"이해합니다. 하지만…… 하지만 무모한 행동은 하지 마십시오."

"오, 무모하다고요!"

그녀의 목소리는 나의 신중함을 비웃고 있었다.

그때 돌연 내 입에서 한마디 말이 터져 나왔는데, 나는 그만 혀를 깨물고 싶었다.

"바워스타인 박사가 체포되었다는 걸 알고 계시나요?"

한순간 차가운 표정이 마치 가면처럼 그녀의 얼굴을 지나가며 다른 모든 표정들을 감춰 버렸다.

"오늘 아침에 존이 친절하게도 알려 주더군요."

"그렇다면 당신은 어떻게 생각하십니까?"

내가 기운 없이 물었다.

"뭘 말인가요?"

"그가 체포된 걸 말입니다."

"제가 무슨 생각을 해야 되죠? 그 사람은 독일 간첩인 것 같더군요. 정원사가 존에게 말해 주었대요."

그녀의 얼굴과 목소리는 극히 냉정했고, 아무 변화가 없었다. 이 일에 마음을 쓰고 있는 것일까, 아니면 그렇지 않은 것일까?

그녀는 한두 걸음 걸어서는 화병을 만지작거렸다.

"꽃들이 다 죽었군요. 다시 꽂아야겠네요. 좀 옮겨 주시겠어요? 고맙습니다, 헤이스팅스 씨."

그런 다음 그녀는 가 봐야겠다고 말하며 냉정하게 고개를 살짝 숙여 보인 다음 나를 지나 프랑스 식 창 밖으로 나갔다.

그랬다, 그녀는 바워스타인 박사를 좋아하지 않은 것이 분명했다. 어떤 여자도 저토록 냉담하고 무관심하게 연기를 할 수는 없을 터였다.

다음 날 아침 푸아로는 모습을 나타내지 않았고, 런던 경시청 사람들도 보이지 않았다.

하지만 점심 식사 때 새로운 증거물이 도착했다. 아니, 증거가 부재한다는 증거물이라는 편이 맞으려나. 그동안 우리는 잉글소프 부인이 죽기 전날 썼다는 네 번째 편지를 찾아보았지만 소용없었더랬다. 우리의 노력은 헛수고로 돌아갔고, 우리는 언젠가 편지가 나타나기를 바라면서 일단 포기했다. 그런데 바로 그것이 편지의 형태로 돌아온 것이다. 프랑스의 한 악보 출판사로부터 2종 우편으로 도착한 그 편지는, 잉글소프 부인의 수표를 받았다는 것과 어떤 러시아 민요 시리즈를 찾아내지 못해 유감이라는 내용을 담고 있었다. 따라서 운명의 그날 저녁 잉글소프 부인이 쓴 편지를 통해 수수께끼를 해결하고자 했던 우리의 마지막 희망도 좌절되고 만 셈이었다.

차를 마시기 직전, 나는 이 새로운 실망스러운 일에 대해 말해 주려고 푸아로에게 갔지만, 짜증스럽게도 그는 또 외출 중이었다.

"또 런던에 갔습니까?"

"오, 아니에요, 무슈. 그는 타드민스터행 기차를 탔답니다. 어떤 아가씨의 조제실을 구경하러 간다고 하더군요."

내가 소리쳤다.

"바보 같기는! 수요일에는 그녀가 없을 거라고 내가 말했건만! 그럼 내일 아침 우리를 보러 와 달라고 그에게 전해 주시겠습니까?"

"물론이지요, 선생님."

하지만 다음 날에도 푸아로의 모습은 보이지 않았다. 나는 점점 더 화가 났다. 그는 정말이지 우리에게 너무 오만한 태도를 취하고 있지 않은가.

점심 식사 후 로렌스가 나를 한쪽으로 데려가더니, 푸아로를 만나러 갈 거냐고 물었다.

"아니요, 그러지 않을 겁니다. 우리를 보고 싶으면 그가 여기로 오겠지요."

"오!"

로렌스는 안절부절못하는 모습이었다. 그의 태도에 깃든 유난히 초조하고 흥분된 무엇인가가 내 호기심을 지극했다.

"무슨 일입니까? 특별한 일이 있다면 갈 수도 있지요."

"대단한 일은 아닙니다. 하지만…… 그러니까 당신이 간다면 그에게 좀 전해 주세요."

그는 목소리를 낮추어 속삭이듯 말했다.

"내가 나머지 커피 잔을 찾아낸 것 같다고 말입니다!"

나는 푸아로의 그 수수께끼 같은 전갈을 거의 잊고 있었지만, 이제 호기심이 다시 동했다.

로렌스가 더 이상 말을 하지 않으려 했으므로, 나는 오만한 마음을 접고, 푸아로를 만나러 다시 한 번 리스트웨이스 저택에 가기로 했다.

이번에는 환한 미소가 나를 맞았다. 무슈 푸아로가 집에 있다는 것이었다. 나는 올라가도 되는지 묻고는 층계를 올랐다.

푸아로는 탁자 옆에 앉아 두 손으로 머리를 감싸 쥐고 있었다. 내가 들어가자 그는 자리에서 벌떡 일어났다.

"무슨 일입니까? 어디 편찮으신 건 아닌가요?"

내가 걱정스러운 어조로 물었다.

"아니, 아니야. 아프지는 않다네. 다만 중요한 순간의 문제를 생각하고 있다네."

"범인을 잡을 것인가 말 것인가 하는 문제 말입니까?"

내가 농담 삼아 물었다.

놀랍게도 푸아로는 진지하게 고개를 끄덕였다.

"자네 나라의 위대한 셰익스피어가 말했듯이 '말을 할 것이냐, 아니면 하지 말 것이냐. 그것이 문제로다.'"

나는 그의 잘못된 인용문을 굳이 바로잡지 않았다.

"진지하게 하는 말은 아니죠, 푸아로?"

"나는 그 어느 때보다도 진지하다네. 왜냐하면 모든 것들 가운데 가장 진지한 것의 결말이 어떻게 될지 모르기 때문일세."

"그게 뭡니까?"

"한 여자의 행복이라네, 몬 아미."

그가 심각하게 대답했다.

나는 무슨 말을 해야 할지 알 수 없었다.

푸아로가 생각에 잠긴 채 말했다.

"때가 왔는데, 난 어떻게 해야 좋을지 모르겠네. 왜냐하면 알다시피 내가 하고 있는 것은 커다란 모험이기 때문이야. 나, 에르퀼 푸아로가 아니면 그 누구도 시도하지 못할 모험 말이지!"

그러고 나서 그는 의기양양하게 가슴팍을 두드렸다.

그의 말의 효과를 망치지 않기 위해 예의바르게 잠시 사이를 두었다가 나는 로렌스의 말을 전했다.

그가 소리쳤다.

"오! 그러니까 그가 나머지 커피 잔을 찾아냈군. 잘됐어. 그 시무룩해 보이는 무슈 로렌스는 보기보다 훨씬 머리가 좋군!"

나 자신은 로렌스의 총명함에 그다지 점수를 주지 않고 있었다. 하지만 나는 푸아로의 말에 반박하지 않았다. 그런 다음 신시아의 비번날이 언제인지 미리 일러 주었는데도 잊어버리고 찾아간 것에 대해 그를 나무랐다.

"사실일세. 나는 기억력이 나쁘다네. 하지만 그 조제실에 있는 또다른 아가씨는 정말이지 친절하더군. 내가 실망하자 딱하게 여기면서 아주 친절하게 모든 것을 보여 주었네."

"오, 그랬다면 잘됐군요. 그래도 다른 날 가서 신시아와 차를 마셔야 할 겁니다."

나는 편지에 대해 그에게 말했다.

"그 점은 유감이군. 나는 줄곧 그 편지에 희망을 걸고 있었는데. 하지만 아니야, 그렇게 생각해서는 안 되었던 거야. 이 사건은 내부에서 해결되어야 하네."

그는 자신의 이마를 가볍게 두드렸다.

"이 조그만 회색 뇌세포 말일세. 여기에 달려 있다네. 영국 사람들 표현대로 말이지."

그러더니 그가 불쑥 물었다.

"지문 감정 할 줄 아나, 친구?"

좀 놀라서 내가 대답했다.

"아니요, 세상에 똑같은 지문은 없다는 건 알지만, 그게 제가 아는 전부인데요."

"바로 그렇지."

그는 작은 서랍을 열쇠로 열더니 사진 몇 장을 꺼내 탁자 위에 놓았다.

"이 사진들에 1, 2, 3 순서대로 번호를 매겼네. 이것들을 내게 설명해 주겠나?"

나는 그 증거들을 주의 깊게 살펴보았다.

"모두 크게 확대된 것 같군요. 1번 사진은 남자의 지문인 것 같습니다. 엄지와 검지의 지문 말입니다. 2번 사진은 여자의 지문이군요. 훨씬 작고 모든 면에서 아주 다르네요. 3번 사진은……."

나는 잠시 말을 멈추었다.

"많은 지문들이 뒤섞여 있는 것 같네요. 하지만 여기 1번의 지문을 분명히 알아볼 수 있군요."

"다른 지문들에 겹쳐진 것 말인가?"

"예."

"틀림없이 알아볼 수 있겠나?"

"아, 예. 동일합니다."

푸아로는 고개를 끄덕이고는, 부드러운 동작으로 내게서 사진들을 받아 다시 서랍 속에 넣고 잠갔다.

"언제나처럼 당신은 설명해 주시지 않을 거죠?"

내가 물었다.

"그 반대일세. 1번 사진은 무슈 로렌스의 지문이야. 2번은 마드무아젤 신시아의 것이고. 이것들은 별로 중요하지 않다네. 단지 비교해 보기 위해서 채취한 것뿐이네. 하지만 3번은 좀 더 복잡하지."

"어떻게요?"

"그건 보다시피 고배율로 확대된 걸세. 그 사진 여기저기 번져 있는 일룩 같은 것을 보았을 걸세. 내가 사용한 특수 장비인 땀띠 방지용 파우더에 대한 설명은 생략하겠네. 경찰들 사이에 잘 알려진 그 방법을 동원하면, 아주 짧은 시간 안에 어떤 물체든 그 위에 남은 지문 사진을 얻을 수 있다네. 그러면, 친구, 자네가 본 지문들, 그것들을 어떤 물건 위에서 채취했는지 알려 줄 일이 남았군."

"어서 말해 주십시오. 정말 흥분되는군요."

"에 비엥!(좋지!) 3번은 타드민스터에 있는 적십자 병원(그 건물은 경찰에서 지었다더군.) 조제실의 극약 약장 맨 위에 있는 작은 병의 표면을 고배율로 확대한 거라네."

내가 소리쳤다.

"맙소사! 도대체 왜 로렌스 캐번디시의 지문이 거기 있는 걸까요? 우리가 그곳에 갔던 날, 그는 극약 약장 근처에 간 적이 없었는데요."

"오, 아닐세. 그는 갔을 걸세!"

"그럴 수는 없어요! 우리는 줄곧 함께 있었거든요."

푸아로가 고개를 가로저었다.

"아닐세, 친구. 자네들이 모두 함께 있지 않았던 순간이 있었을 걸세. 모두가 함께 있을 수 없었던 순간 말일세. 그렇지 않으면 발코니로 나오라고 무슈 로렌스를 부를 필요가 없었겠지."

"제가 그걸 잊었군요. 하지만 그것은 단 한순간이었습니다."

내가 인정했다.

"충분한 시간이지."

"무엇에 충분하다는 말입니까?"

푸아로의 미소가 알쏭달쏭해졌다.

"의학을 공부한 적이 있는 사람의 극히 자연스러운 흥미와 호기심을 만족시키기에 충분한 시간이란 말일세."

우리의 시선이 마주쳤다. 푸아로의 눈은 기분 좋게 몽롱했다. 그는 자리에서 일어나 나직하게 콧노래를 불렀다. 나는 의혹에 찬 눈길로 그를 지켜보았다.

"푸아로, 그 작은 병 속에는 무엇이 들어 있었습니까?"

푸아로는 창 밖을 내다보았다.

"스트리크닌 염산염이 들어 있었다네."

그는 어깨 너머로 그렇게 말하고는 콧노래를 계속했다.

"맙소사!"

나는 비교적 침착하게 소리쳤다. 나는 놀라지 않았다. 그 대답을 예상했던 것이다.

"순수한 스트리크닌 염산염은 알약으로 가끔 사용될 뿐 거의 사용되지 않는다네. 대부분의 의약품에서 사용되는 것은 공식 처방인 스트리크닌 염산염 용액이라네. 그렇기 때문에 그 지문들이 지금까지 뭉개지지 않고 남아 있을 수 있었던 걸세."

"어떻게 이 사진을 찍으셨나요?"

"발코니에서 모자를 떨어뜨렸다네. 그런데 그 시간에는 방문객이 아래로 내려가는 것이 금지되어 있었지. 결국 마드무아젤 신시아의 동료가 내려가서 내 모자를 주워 와야 했다네. 내가 여러 차례 미안하다고 하기는 했네만."

푸아로가 간단하게 설명했다.

"그렇다면 당신은 거기서 무엇을 발견하게 될지 알고 계셨군요?"

"아니, 전혀 그렇지 않다네. 나는 자네의 이야기를 듣고 무슈 로렌스가 극약 약장에 접근할 수 있었다는 사실만 알았을 뿐이네. 그 가능성을 확인하든 제거하든 해야 했지."

"푸아로, 그렇게 가벼운 태도로 나를 속일 순 없습니다. 이건 아주 중대한 발견입니다."

"잘 모르겠네. 하지만 한 가지는 내 주의를 환기시켰네. 틀림없이 자네도 그럴 걸세."

"그게 뭡니까?"

"그러니까 이 사건에서는 스트리크닌이 너무 자주 등장한다는 걸세. 지금까지 우리는 세 차례 스트리크닌과 부딪쳤네. 잉글소프 부인의 강장제 속에 스트리크닌이 있었지. 스타일스 세인트 메리의 약국 카운터에서 메이스가 판 스트리크닌이 있었고. 이제 식구 중 하나가 손댄 스트리크닌이 있네. 이건 혼돈스럽네. 자네도 알다시피 난 혼돈을 좋아하지 않는다네."

내가 무어라 대답하기 전에 벨기에 인 하나가 방문을 열고 고개를 들이밀었다.

"아래층에서 어떤 여자 분이 헤이스팅스 씨를 찾으시는데요."

"여자가요?"

나는 자리에서 벌떡 일어났다. 푸아로는 나를 따라 좁은 층계를 내려왔다. 현관에 메리 캐번디시가 서 있었다.

"마을에 사는 할머니 한 분을 방문하고 오는 길이에요. 로렌스가 당신이 무슈 푸아로와 함께 있을 거라고 하기에 함께 돌아가야겠다는 생각이 들어서요."

"안타깝군요, 마담. 나는 영광스럽게도 부인이 나를 찾아오신 줄 알았답니다!"

푸아로가 말했다.

"원하신다면 언제 그렇게 하지요."

그녀가 미소를 지으며 푸아로에게 약속했다.

"그거 좋지요. 고백성사를 들어줄 신부가 필요하시다면요, 마담."

이 말에 그녀는 아주 조금 흠칫했다.

"기억하십시오, 푸아로 신부가 언제나 대기하고 있다는 것을 말입니다."

그녀는 그의 말 속에서 좀 더 깊은 의미를 읽어 내려는 듯 잠시 그를 응시하더니 갑자기 몸을 돌렸다.

"자, 우리와 함께 가지 않으시겠어요, 무슈 푸아로?"

"기꺼이 그러지요, 마담."

스타일스 저택으로 가는 동안, 메리는 빠르고 열정적으로 이야기를 했다. 그녀가 왠지 푸아로의 시선을 의식하고 있다는 생각이 들었다.

날씨는 돌변해 있었다. 차가운 바람이 불어 왔고, 가을을 연상시킬 정도로 음산했다. 메리는 약간 몸을 떨고는 검은색 점퍼의 단추를 채웠다. 나무들 사이로 불어 오는 바람이 마치 거인이 한숨을 쉬는 것 같은 음울한 소리를 내고 있었다.

우리는 스타일스 저택의 정문을 향해 걸었다. 즉각 뭔가 잘못되었다는 생각이 들었다.

도커스가 달려 나와 우리를 맞았다. 그녀는 울면서 두 손을 비틀고 있었다. 그 너머에서 다른 하인들이 눈물을 글썽이며 한데 몰려 있는 것이 보였다.

"오, 부인! 오, 부인! 어떻게 말씀드려야 할지……."

"무슨 일이죠, 도커스? 어서 말해 봐요."

내가 조바심을 치며 물었다.

"그 못된 형사들이오. 형사들이 그분을 체포했어요. 형사들이 캐번디시 씨를 체포했다고요!"

"로렌스를 체포했다고?"

내가 헉 하고 숨을 멈추었다.

도커스의 눈에 기묘한 표정이 떠올랐다.

"아니요, 선생님. 로렌스 도련님이 아니라…… 존 도련님이에요."

내 뒤에서 메리 캐번디시가 새된 비명과 함께 내게 몸을 기댔다. 그녀를 붙잡아 주기 위해 몸을 돌렸을 때 나는 푸아로의 눈에 조용히 승리의 표정이 떠오르는 걸 보았다.

검찰 측 주장

　그로부터 두 달 뒤, 계모 살인범으로 기소된 존 캐번디시의 재판이 열렸다.

　그 사이의 몇 주 동안 무슨 일이 있었는지는 특별히 언급하지 않으련다. 나의 찬탄과 연민은 노골적으로 메리 캐번디시에게 향했다. 그녀는 열렬히 남편의 편에 서서, 그가 유죄라는 가정 자체를 부인하고, 그를 위해 필사적으로 싸웠다.

　내가 그것이 감탄스럽다고 푸아로에게 말하자, 그는 생각에 잠긴 채 고개를 끄덕였다.

　"그렇다네, 그녀는 어려움에 처했을 때 진가를 발휘하는 그런 여자들 중의 하나라네. 역경은 그런 이들 속에 있는 가장 친절하고 진실한 것을 드러내지. 그녀의 자존심과 질투심은……."

　"질투심?"

"그렇다네. 그녀가 유난히 질투심이 강한 여자라는 걸 자네는 깨닫지 못했나? 지금 그녀의 자존심과 질투심은 한쪽으로 치워졌네. 그녀는 자신의 남편과 그의 앞에 드리워진 끔찍한 운명만 생각하고 있을 뿐이라네."

그는 무척 다감하게 이야기했다. 나는 뜨거운 마음으로 그를 바라보며, 그가 말을 할 것인가, 하지 않을 것인가를 두고 고심하던 날을 떠올렸다. '한 여자의 행복'을 걱정하던 그의 따뜻한 마음을 생각했을 때, 그로 인해 존의 체포 결정이 이루어지지 않은 것이 얼마나 다행인지 몰랐다.

"지금도 저는 이 일을 믿을 수가 없습니다. 아시다시피 마지막 순간까지 나는 범인이 로렌스일 거라고 생각했답니다!"

푸아로가 씩 웃었다.

"자네가 그런 줄 알고 있었다네."

"하지만 존이라니! 내 오랜 친구 존이라니!"

"모든 살인범은 누군가의 오랜 친구일세. 감정과 이성을 혼동해서는 안 된다네."

푸아로가 달관한 듯 말했다.

"당신이 내게 힌트를 줄 수 있었을 텐데요."

"내가 그러지 않은 건 말일세, 몬 아미. 그가 자네의 오랜 친구였기 때문이라네."

이 말에 나는 허를 찔린 듯한 기분으로, 내가 푸아로의 견해라고 믿고 있던 바워스타인에 대한 이야기를 서둘러 존에게 전했던 일을 떠올렸다. 한편 바워스타인은 혐의를 벗고 풀려났다. 이번 경우 그는 너무나도 영리하게 처신해 간첩 혐의를 벗었지만, 앞으로 활동하기에는 입지가 무척 좁아진 셈이었다.

나는 존이 유죄 판결을 받으리라고 생각하느냐고 푸아로에게 물었다. 정말 놀랍게도 푸아로는 그가 무죄 방면될 것이 거의 확실하다고 대답했다.

"하지만, 푸아로……."

내가 항의했다.

"오, 친구, 내게는 증거가 전혀 없다고 줄곧 말하지 않았나? 어떤 사람이 유죄라는 사실을 아는 것과 그것을 증명하는 건 별개의 문제라네. 그리고 이 사건의 경우 지독하게도 증거가 없다네. 거기에 모든 문제가 있네. 나, 에르퀼 푸아로는 진상을 알고 있네. 하지만 내 사슬에는 최후의 연결 고리가 없다네. 그리고 내가 그 고리를 찾아내지 못한다면……."

그는 심각하게 고개를 내저었다.

"당신은 언제 처음 존 캐번디시를 의심했나요?"

내가 잠시 후 물었다.

"자네는 전혀 그를 의심하지 않았나?"

"예, 물론이죠."

"자네가 우연히 듣게 된 캐번디시 부인과 그녀의 시어머니 사이에 있었던 대화, 그리고 심리에서 그녀가 한 솔직하지 않은 진술 이후에도 말인가?"

"그렇습니다."

"자네는 생각을 종합해 보지 않았단 말인가? 잉글소프 부인과 싸우던 사람이 앨프리드 잉글소프가 아니라면(자네도 기억하겠지만 그는 심리에서 그 사실을 완강히 부인했네.)그건 로렌스이나 존이었을 걸세. 그런데 그 사람이 로렌스였다면, 메리 캐번디시의 행동이 설명되지 않는다네. 하지만 그 사람이 존이었다면, 모든 게 자연스럽게 설명되지."

"그러니까 그날 오후 잉글소프 부인과 말다툼을 한 사람은 존이었군요?"

한 줄기 빛이 비치는 것을 느끼며 내가 소리쳤다.

"바로 그렇다네."

"그러면 당신은 그 사실을 줄곧 알고 계셨습니까?"

"물론이지. 캐번디시 부인의 행동은 그래야만 설명이 되잖나."

"하지만 당신은 그가 무죄 방면될 거라고 하셨지요?"

푸아로는 어깨를 으쓱해 보였다.

"분명히 그랬다네. 예비 심문에서 검찰 측 주장이 나올 테지만, 변호사들이 그에게 변명을 자제하라고 충고할 가능성이 높네. 변론은 본심에서 쏟아져 나올 걸세. 게다가…… 아, 그건 그렇고, 자네에게 일러 둘 말이 있다네, 친구. 나는 그 재판에 참석할 필요가 없을 것 같네."

"뭐라고요?"

"그렇다네, 공식적으로 보면 나는 이 일과 아무런 관계가 없네.

내 사슬의 빠진 고리를 발견할 때까지 나는 뒤로 물러나 있어야 한다네. 캐번디시 부인이 내가 자기 남편을 죄인으로 모는 게 아니라 그를 위해 일하고 있다고 여겨야 한다네."

"그건 남의 약점을 이용하는 것 같은데요."

내가 항의했다.

"결코 그렇지 않네. 우리는 극도로 영리하고 파렴치한 남자를 다루어야 하는 만큼 우리의 힘이 닿는 한 어떤 방법이든 이용해야 한다네. 그렇지 않으면 그는 우리의 손에서 빠져나가 버리고 말 걸세. 내가 주의를 기울여 뒤로 물러나 있겠다는 건 바로 그런 이유에서일세. 모든 발견은 재프 경감에 의해 이루어졌으므로, 그가 모든 책임을 질 거네. 혹시 내가 증인으로 호출을 받는다면……."

그는 활짝 미소를 지어 보였다.

"아마 피고 측 증인이 될 걸세."

나는 내 귀를 의심했다.

푸아로가 말을 이었다.

"그것은 아주 엉 레글르(당연)하다네. 괴상하긴 하지만, 나는 검찰 측의 주장 한 가지를 무효로 만들 증언을 할 수도 있네."

"어떤 거죠?"

"유언장이 사라진 것과 관련된 거라네. 존 캐번디시는 그 유언장을 태우지 않았다네."

푸아로는 진짜 예언자였다. 많은 것들이 지루하게 반복되는 만큼, 예비 심문에서 있었던 일을 자세히 적지 않으려다. 다만 존 캐번디시가 변명을 자제했고, 절차에 따라 재판에 회부되었다는 것만 분명히 말해 두련다.

9월, 우리는 모두 런던에 가 있었다. 메리는 켄싱턴에 집을 한 채 세냈고, 푸아로도 그곳에 함께 묵었다. 나는 국방성에 일자리를 구했으므로, 줄곧 그들을 만날 수 있었다.

한 주 한 주 지날수록 푸아로의 신경은 점점 더 날카로워졌다. 그가 말한 '마지막 연결 고리'가 그때까지도 발견되지 않았던 것이다. 솔직히 말해서 나는 이런 상태가 계속되기를 바랐다. 만약 존이 영영 풀려나지 못하게 된다면 메리의 행복은 어떻게 된단 말인가?

9월 15일, '에밀리 아그네스 잉글소프에 대한 고의적 살인' 혐의로 기소된 존 캐번디시는 올드 베일리 법원의 피고석에 올라 무죄를 주장했다. 저명한 왕실 고문 변호사인 어니스트 헤비웨더 경이 그의 변호를 위해 참석했다.

역시 왕실 고문 변호사인 필립스가 재판의 첫 빌인자로 나섰다.

"이 살인은 사전에 아주 치밀하게 계획된 피도 눈물도 없는 범죄입니다. 이 사건은 한 사내가 자신에게 어머니 이상의 존재였던 한 다정하고 믿음직스러운 여자를 계획적으로 독살한 사건, 그 이상도 이하도 아닙니다. 그녀는 그가 어렸을 때부터 줄곧 그를 보살펴 왔습니다. 그와 그의 아내는 스타일스 저택에서 호화롭게 살아왔습니다. 고인의 배려와 관심 속에서 말입니다. 고인은 그들의 친절하고 너그러운 보호자였습니다."

그는 방탕하고 낭비가 심한 피고가 재정적인 궁지에 빠져 있었고, 이웃 농부의 아내인 레이크스 부인이라는 여자와 밀통해 왔다는 사실을 말해 줄 증인들을 부르자고 제안했다.

"이 사실을 알게 된 잉글소프 부인이 그날 오후 그를 책망하자 말다툼이 일어났고, 그 일부가 다른 사람들의 귀에 들렸습니다. 그 전날 피고는 다른 사람, 곧 그가 몹시 시샘하던 잉글소프 부인의 남편에게 죄를 뒤집어씌우기 위해 변장을 하고 마을의 약국에서 스트리크닌을 구입했습니다. 다행히 앨프리드 잉글소프 씨에게는 확실한 알리바이가 있었습니다."

변호사가 말을 이었다.

"7월 17일 오후, 아들과 말다툼을 한 직후 잉글소프 부인은 새로운 유언장을 작성했습니다. 그 유언장은 다음 날 아침 그녀 침실의 벽난로 속에서 반쯤 불에 탄 채 발견되었는데, 그 증거물은 그것이 그녀의 남편에게 유리하게 작성되었음을 보여 주고 있습니다. 고인은 결혼하기 전에 이미 남편에게 유리한 유언장을 작성한 바 있었습니다만."

이 대목에서 필립스 변호사는 의미심장하게 검지를 흔들었다.

"피고는 그 사실을 모르고 있었습니다. 고인이 이전 유언장이 있는데 왜 새로운 유언장을 만들었는지는 알 수 없습니다. 그녀는 나이 든 부인이었으므로, 전의 유언장에 대해 잊어버렸을 수도 있습니다. 또는 그 문제에 대해 대화가 오간 만큼, 자신의 결혼으로 그것이 무효가 되었다고 생각했을 수도 있습니다. 제가 보기엔 이편이 더 개연성이 있어 보입니다. 부인들은 대개 법률 지식에 정통하지 못하지요. 1년 전쯤 그녀는 피고에게 유리한 유언장을 작성했습니다. 운명의 날 밤 그녀에게 커피를 가져다준 사람이 바로 피고라는 것을 증명해 줄 증인을 부르겠습니다. 그날 저녁 늦게 잉글소프 부인의 방에 들어간 그는 그때 기회를 포착해 그 유언장을 없애 버린 것이 분명합니다. 그 유언장을 없애면 자신에게 유리한 유언장이 효력을 발휘할 줄 알았던 겁니다.

피고가 체포된 것은 더없이 뛰어난 형사인 재프 경감에 의해 살인이 일어나기 전날 잉글소프 씨로 보이는 사람이 마을의 약국에서 사간 것과 똑같은 스트리크닌 병이 그의 방에서 발견되었기 때문입니다. 이것은 모두 재프라는 유능한 경감에 의해서 밝혀졌습니다. 이런 사실들이 피고의 유죄를 밝히는 결정적인 증거가 되는지 아닌지는 배심원들이 결정하게 됩니다."

그런 다음 필립스는 그렇게 결정하지 않는 배심원이 있다는 것은 생각할 수도 없다는 것을 미묘하게 암시하며 자리에 앉아 이마를 닦았다.

첫 번째 검찰 측 증인들은 대부분 심리에 소환되었던 사람들이었다. 먼저 다시 한 번 의학적 증언이 이루어졌다.

가차 없는 태도로 증인들을 닦아세우는 것으로 영국 전체에서 으뜸가는 어니스트 헤비웨더 경은 단지 두 가지 질문만을 했을 뿐이었다.

"바워스타인 박사, 스트리크닌은 효과가 아주 빠른 것으로 알고 있는데요?"

"그렇습니다."

"그런데 이 사건에서는 효과가 지연된 원인을 당신은 설명할 수 없다고요?"

"그렇습니다."

"감사합니다."

메이스는 변호사에게서 건네받은 작은 병이 자신이 잉글소프 씨에게 판 것과 동일하다고 진술했다. 추궁을 받은 그는 잉글소프 씨를 먼빛으로 보았을 뿐임을 인정했다. 그와 이야기를 나눈 적은 없었던 것이다. 메이스에 대한 반대 심문은 없었다.

증인석에 나온 앨프리드 잉글소프는 극약을 구입했다는 사실을 부인했다. 또한 아내와 말다툼을 벌였다는 사실도 부인했다. 여러 증인들이 그 진술이 맞다는 것을 확인했다.

유언장을 보았다는 정원사들의 증언이 있었고, 이어 도커스의 이름이 불려졌다.

'도련님들'에게 충실한 도커스는 자신이 들은 목소리의 주인공이 존일 수 있다는 가정을 완강하게 부인하고, 잉글소프 부인과 함께 내실에 있었던 사람은 앨프리드 잉글소프였다고 단호하게 말했다. 피고석에 앉은 존의 얼굴에 뭔가를 생각하고 있는 듯한 미소가 지나갔다. 그는 도커스가 용감하게 부인해 봤자 아무 소용이 없다는 것을 너무나도 잘 알고 있었다. 왜냐하면 변호의 목적은 그 점을 부정하는 것이 아니었기 때문이었다. 남편에게 불리한 증언을 하도록 캐번디시 부인을 검찰 측 증인으로 부르는 일은 물론 없을 터였다.

다른 문제에 대해 몇 가지 질문을 한 다음 필립스가 물었다.

"지난 6월, 파크슨스 상점에서 로렌스 캐번디시 씨에게 온 소포를 기억합니까?"

도커스는 고개를 내저었다.

"기억나지 않습니다, 선생님. 그럴 수도 있겠지만, 도련님은 6월에 한동안 집에 계시지 않았습니다."

"그가 집에 없는 동안 그에게 소포가 오면 어떻게 하나요?"

"도련님 방에 갖다 놓거나 도련님이 계신 곳으로 보내지요."

"당신이오?"

"아니요, 선생님. 저는 홀에 있는 탁자 위에 갖다 놓습니다. 그런 일은 하워드 양이 합니다."

에벌린 하워드가 불려 왔고, 다른 문제에 대한 심문에 이어 소포에 대한 질문이 주어졌다.

"기억나지 않습니다. 많은 소포가 온답니다. 일일이 기억할 수가 없어요."

"그것을 로렌스 캐번디시 씨가 있던 웨일스로 보냈는지, 아니면 그의 방에 놓아두었는지 모릅니까?"

"그것을 그가 있는 곳으로 보낸 것 같지는 않군요. 그랬다면 내가 기억하고 있을 거예요."

"혹시 로렌스 캐번디시 씨 앞으로 소포가 왔는데 사라져 버렸다면, 그 사실을 당신이 알아챘을까요?"

"아니요, 그런 일은 일어나지 않았을 거예요. 누군가 그것을 간수

했을 거예요."

"하워드 양, 이 포장지를 찾아낸 사람이 당신인 줄 아는데요?"

그는 그날 아침 스타일스 저택에서 푸아로와 내가 살펴본 바로 그 먼지 묻은 종이를 들어 올렸다.

"예, 내가 찾아냈어요."

"어떻게 이것을 찾아내게 되었나요?"

"이 사건의 해결을 의뢰받은 벨기에 인 탐정이 찾아봐 달라고 했어요."

"당신은 이것을 어디에서 발견했습니까?"

"옷장…… 옷장…… 위에서요."

"피고의 옷장 위 말입니까?"

"그…… 그런 것 같아요."

"당신이 직접 이걸 찾아내지 않았나요?"

"내가 찾아냈어요."

"그렇다면 어디에서 발견했는지 분명히 알 텐데요?"

"예, 그것은 피고의 옷장 위에 있었어요."

"훨씬 낫군요."

무대 의상 전문점인 파크슨스 상점에서 나온 점원은 6월 29일 로렌스 캐번디시 씨에게 검은 턱수염을 보냈다고 증언했다. 그것은 편지로 주문되었고, 우편환이 동봉되어 있었다는 것이었다. 하지만 그들은 그 편지를 갖고 있지 않았다. 모든 거래는 장부에 기록되었다. 그들은 요청대로 그 턱수염을 '스타일스 저택, 로렌스 캐번디시 씨'에게 보냈다는 것이었다.

어니스트 헤비웨더 경이 생각에 잠긴 표정으로 자신의 자리에서 일어났다.

"그 편지의 발신인은 어디였습니까?"

"스타일스 저택이었습니다."

"당신이 소포를 보낸 곳과 똑같은 곳 말인가요?"

"예."

"그리고 그 편지는 그곳에서 발송되었나요?"

"그렇습니다."

먹이를 포착한 맹수처럼 헤비웨더가 그를 공격했다.

"당신이 그걸 어떻게 알지요?"

"전…… 전 무슨 말씀인지 모르겠습니다."

"그 편지가 스타일스 저택에서 발송됐다는 걸 당신이 어떻게 아느냐고요? 우편물의 소인을 확인했습니까?"

"아니요……. 하지만……."

"아, 당신은 소인을 확인하지 않았군요! 그런데도 그것이 스타일스 저택에서 온 것이라고 그렇게 자신 있게 단언하는군요. 실제로 거기에는 다른 곳의 소인이 찍혔을 가능성도 있지요?"

"그렇……습니다."

"실제로 스탬프가 찍힌 편지지에 씌어 있다 해도 그 편지는 다른 곳에서 발송된 것일 수 있습니다. 예를 들어 웨일스에서 왔을 수도 있겠지요?"

증인이 그럴 수도 있으리라고 인정하자, 어니스트 경은 만족한 표정을 지었다.

스타일스 저택의 하녀로서 두 번째로 증인석에 나온 엘리자베스 웰스는, 앨프리드 잉글소프 씨의 부탁을 잊어버리고 현관문의 빗장을 걸어 버렸다는 사실이 잠자리에 들고 나서야 생각났다고 진술했다. 그래서 그녀는 빗장을 풀기 위해 다시 아래층으로 내려갔다. 그런데 서쪽 측랑에서 희미한 소리가 들려와 복도를 살펴보았더니 존 캐번디시 씨가 잉글소프 부인의 방문을 열고 있었다는 것이었다.

어니스트 헤비웨더 경은 그녀의 증언을 재빨리 무너뜨렸다. 그의 무자비한 질문을 받은 그녀가 속절없이 자가당착에 빠지자, 어니스트 경은 또다시 얼굴에 만족한 미소를 띠고 자리에 앉았다.

바닥의 촛농 자국과 피고가 커피를 들고 내실로 들어가는 것을 보았다는 애니의 증언을 끝으로, 재판은 다음 날까지 정회되었다.

우리가 집으로 돌아가는 길에, 메리 캐번디시는 검사를 신랄하게 비난했다.

"밉살스러운 사람 같으니라고! 그는 가엾은 존의 목에 올가미를 씌우고 있잖아요! 사소한 사실 하나하나를 사실이 아닌 것처럼 보일 때까지 그렇게 비비 꼬다니요!"

"하지만 내일은 달라질 겁니다."

내가 위로조로 말했다.

"그래요."

그녀는 생각에 잠긴 표정으로 말했다. 그러고는 갑자기 목소리를 낮추었다.

"헤이스팅스 씨, 당신은 그렇게 생각하지 않으시죠. 분명히 로렌스는 아니에요. 오, 아니에요. 그럴 리가 없어요!"

하지만 혼란스럽기는 나도 마찬가지였다. 그래서 푸아로와 단둘이 되자마자 나는 어니스트 경이 무엇을 겨냥하고 있는지 그에게 물었다.

푸아로는 인정하는 어조로 말했다.

"아! 그 어니스트 경이란 사람은 머리가 좋다네."

"그는 로렌스가 범인이라고 생각하는 걸까요?"

"그는 모든 것을 감안하고 염두에 두고 있는 것 같네! 그래, 그의 의도는 배심원들의 마음에 혼란을 불러일으켜 형제 둘 중 누가 범인인지 의견이 엇갈리게 하려는 걸세. 그는 존에게 불리한 증거가 많은 만큼 로렌스에게 불리한 증거도 많다는 사실을 입증하려 애쓰고 있네. 그리고 그 일에 성공할 것 같네."

재판이 다시 열렸을 때 처음으로 호명된 증인은 재프 경감이었다. 그는 명료하고 간결하게 증언했다. 지금까지의 사건 개요를 설명한 뒤 그는 이렇게 말을 이었다.

"수집된 정보에 기초해 서머헤이 총경과 나는 피고가 잠깐 집을 비운 동안, 그의 방을 수색했습니다. 우리는 그의 옷장 서랍 속에서 속옷 아래에 숨겨져 있는 것들을 찾아냈습니다. 먼저 잉글소프 씨가 쓰고 다니는 것과 비슷한 금테 코안경이 있습니다."

금테 코안경이 증거로 제시되었다.

"두 번째는 이 약병입니다."

그 약병은 보조 약사가 이미 알아본 작은 푸른색 유리병으로, 그 안에 희고 투명한 가루가 들어 있었고, 겉에는 '스트리크닌 염산염. 극약'이라는 라벨이 붙어 있었다.

예비 심문 이후 경찰에 의해 새롭게 발견된 증거물은 새 것이나 다름없는 긴 압지 조각이었다. 그것은 잉글소프 부인의 수표책에서 발견된 것으로, 거울에 대고 비추어 보면 이런 글귀가 뚜렷이 보였다. "내가 죽은 뒤 지금 내가 가진 ……든 것을 나의 사랑하는 남편 앨프리드 잉글……에게 물려준다." 불타 버린 유언장이 고인의 남편에게 유리하도록 작성되었다는 사실을 분명히 밝혀 주는 증거였다. 그런 다음 재프는 벽난로에서 발견된 타다 남은 종잇조각을 제시했고, 다락에서 턱수염을 찾아냈다는 말로써 증언을 마쳤다.

하지만 어니스트 경의 반대 심문이 시작되었다.

"당신이 피고의 방을 수색한 것이 언제였습니까?"

"7월 24일 화요일입니다."

"비극이 일어난 지 꼭 1주일 뒤로군요?"

"그렇습니다."

"당신은 서랍장의 서랍 속에서 이 두 가지 물건을 발견했다고 했습니다. 그 서랍장은 잠겨 있지 않았죠?"

"그렇습니다."

"범죄를 저지른 사람이 범행의 증거물을 누구나 볼 수 있는, 잠기지 않은 서랍 속에 보관해 두었다는 것이 좀 이상하다는 생각이 들진 않았나요?"

"그는 서둘러 거기 넣었을 겁니다."

"하지만 당신은 조금 전 범죄가 일어난 지 만 1주일 뒤라고 했습니다. 그는 그것들을 치워 없앨 수 있는 충분한 시간 여유가 있었을 겁니다."

"아마 그렇겠지요."

"'아마'란 없습니다. 그것들을 치워 없앨 수 있는 충분한 시간이 그에게 있었습니까, 없었습니까?"

"있었습니다."

"그 물건들 위에 쌓여 있던 속옷들은 무거웠습니까, 가벼웠습니까?"

"무거웠습니다."

"다시 말해서 겨울용 속옷이었군요. 피고는 분명히 그 옷장에 손을 대지 않았을 겁니다."

"아마 그랬을지도 모르지요."

"질문에 대답해 주십시오. 더운 여름 중에서도 가장 더운 일주일 동안 피고가 겨울용 속옷이 든 옷장을 열었을까요, 그렇지 않을까요?"

"안 열었을 겁니다."

"그럴 경우 문제의 물건들이 제3의 인물에 의해 거기 놓였고, 피고는 그 존재를 전혀 의식하지 못했을 수도 있겠네요?"

"그럴 거라고 생각하지 않습니다."

"하지만 그럴 수도 있지요?"

"그렇습니다."

"이상입니다."

또 다른 증언이 이어졌다. 피고가 7월 말경 경제적인 어려움에 처해 있었다는 증언이 나왔다. 그와 레이크스 부인의 은밀한 관계에 대한 증언도 있었다. 가엾은 메리, 그녀처럼 자존심이 강한 여자가 듣기에 그것은 분명 너무 고통스러운 말이었다. 에벌린 하워드는 자신이 알고 있는 사실들을 정확하게 진술했지만, 앨프리드 잉글소프에 대한 증오심 탓에 뜬금없이 그가 문제 있는 인물이라는 결론으로 비약하기도 했다.

이어서 로렌스 캐번디시가 증인석에 나왔다. 필립스의 질문에 그는 낮은 목소리로 6월에 파크슨스 상점에 뭔기를 주문한 일이 없다고 말했다. 실제로 6월 29일 그는 웨일스에 가 있었다.

그의 말이 끝나자마자 어니스트 경이 턱을 호전적으로 내밀었다.

"당신은 6월 29일 파크슨스 상점에 검은 턱수염을 주문했다는 사실을 부인합니까?"

"예."

"아! 당신 형에게 무슨 일이 일어날 경우 누가 스타일스 저택을 물려받게 되죠?"

이 잔인한 질문에 로렌스의 창백한 얼굴이 붉어졌다. 재판장은 나직하게 불만에 찬 말을 중얼거렸고, 피고석에 있던 존은 분개해 몸을 앞으로 내밀었다.

그러나 헤비웨더는 의뢰인의 분노는 전혀 개의치 않았다.

"질문에 대답해 주십시오."

"아마 내가 물려받게 되겠지요."

로렌스가 차분히 대답했다.

"'아마'라니 무슨 뜻입니까? 당신의 형은 자식이 없습니다. 당연히 당신이 물려받게 되지 않습니까?"

"그렇습니다."

"아, 훨씬 낫군요."

헤비웨더 경은 지독할 정도로 유쾌하게 말했다.

"그리고 당신은 상당한 액수의 돈도 물려받게 되지 않습니까?"

"정말이지, 어니스트 경, 그런 질문은 사건과 관련이 없습니다."

재판장이 반박했다.

어니스트 경은 허리를 굽혀 인사하고는 질문 공세를 계속했다.

"7월 17일 화요일 당신은 다른 손님과 함께 타드민스터에 있는 적십자 병원의 조제실을 방문한 것으로 아는데요?"

"그렇습니다."

"잠시 혼자 있게 되었을 때 극약이 든 약장을 열고 약병들을 살펴보았습니까?"

"그…… 그런 것 같습니다."

"그렇게 했다는 뜻으로 받아들여도 되겠습니까?"

"예."

어니스트 경은 다음 질문을 쏘아붙이듯 내뱉었다.

"특별히 살펴본 약병이 있나요?"

"아니요, 그런 것 같지 않습니다."

"신중하게 대답하십시오, 로렌스 캐번디시 씨. 나는 스트리크닌 염산염이 든 작은 약병을 말하고 있는 겁니다."

로렌스의 안색이 아픈 사람처럼 녹색으로 변하고 있었다.

"아…… 아닙니다, 그런 적 없습니다."

"그렇다면 그 약병에 당신의 지문이 또렷이 남아 있는 것을 어떻게 설명하시겠습니까?"

어니스트 경의 무례한 태도는 불안정한 기질의 사람에게 몹시 효과적으로 작용했다.

"아…… 아마 그 병을 들었다 놓았던 모양이지요."

"내 생각도 그렇습니다! 당신은 그 병의 내용물을 덜어냈습니까?"

"결코 아닙니다."

"그렇다면 왜 그 약병을 집어 들었나요?"

"나는 한때 의학을 공부했습니다. 그러한 것들에 흥미를 느끼는 게 당연하지요."

"아! 그러니까 극약에 흥미를 느끼는 게 당연하다는 건가요? 그래서 혼자가 되기를 기다려 그런 흥미를 만족시킨 겁니까?"

"그건 정말이지 우연이었습니다. 다른 이들이 있었다 해도 똑같이 행동했을 겁니다."

"그렇다면 우연히 다른 사람들이 없을 때 그랬다는 말이군요?"

"그렇습니다. 하지만……."

"실제로 그날 오후를 통틀어 로렌스 씨가 혼자 있었던 시간은 단지 2분 정도에 불과했습니다. 그런데 우연히도, 정말 우연히도 바로 그 2분 동안 당신은 스트리크닌 염산염에 흥미를 드러낸 거군요?"

로렌스는 가엾게도 더듬거렸다.

"나는…… 나는……."

어니스트 경이 만족스럽고 의미심장한 태도로 말했다.

"더 이상 질문 없습니다, 로렌스 캐번디시 씨."

이 반대 심문은 법정 안에 커다란 흥분을 불러일으켰다. 유행 의상을 차려입고 참석한 많은 여자들이 빈번하게 고개를 서로 맞대는 것이 보였다. 수군거리는 소리가 너무 커진 나머지 재판장은 즉각 조용히 하지 않으면 참관인들을 퇴장시키겠다고 화난 목소리로 위협적으로 말했다.

약간의 증언이 더 있었다. 필체 감정가들이 불려 나와, 약국의 극약 판매 장부에 적힌 '앨프리드 잉글소프'라는 서명에 대한 의견을 밝혔다. 그들은 모두 그것이 앨프리드 잉글소프의 서명이 아님이 분명하며, 피고가 꾸며낸 필체일 수 있다는 견해를 제시했다. 하지만 반대 심문을 받은 그들은 범인이 지능적으로 피고의 필체를 위조했을 가능성도 있음을 인정했다.

어니스트 헤비웨더 경의 변론은 길지 않았지만, 인상적인 태도와 더불어 힘에 넘쳤다. 그는 변호사 생활을 오래 해 왔지만 이번처럼 사소한 증거물로 사람을 살인범으로 모는 경우를 본 적이 없다고 했다. 증거라는 것이 모두 추정일 뿐 아니라, 실제로 많은 부분이 증명되지 않았다는 것이다. 그들이 지금까지 들은 증언을 취해 공평하게 가려내 보면, 스트리크닌은 피고의 방에 있는 서랍장의 서랍 속에서 발견되었는데, 그 서랍은 앞서 지적한 것처럼 잠겨 있지 않았으므로, 그 극약을 거기에 넣어 둔 사람이 피고라는 사실이 증명되지 않는다고 말했다. 실제로 그것은 제3의 인물이 피고에게 죄를 뒤집어씌우기 위해 저지른 사악하고 악의적인 시도라고 했다. 검찰은 파크슨스 상점에서 검은 턱수염을 주문한 사람이 피고라는 주장을 뒷받침할 그 어떤 증거물도 제출하지 못했다. 피고와 그의 계모 사이에 말다툼이 있었다는 것은 충분히 인정할 수 있지만 그 사실과 피고의 경제적 어려움은 크게 과장되었다는 것이었다.

그의 박식한 친구(이 대목에서 어니스트 경은 자연스럽게 필립스를 향해 고갯짓을 했다.)는 피고가 정직한 사람이었다면 그 말다툼의 당사자가 앨프리드 잉글소프 씨가 아니라 자신이라고 심리에서 말했을 거라고 주장했지만, 그가 보기에는 여러 사실들이 제대로 전달되지 않았다고 했다. 실제로는 화요일 저녁 집에 돌아온 피고는 잉글소프 부부가 격렬한 말다툼을 벌였다는 말을 사람들에게서 들었는데, 누군가가 자신의 목소리를 잉글소프 씨의 목소리로 잘못 들었으리라는 생각 같은 것은 떠오르지 않았을 터이므로 당연히 자신의 계모가 말다툼을 두 차례 했다고 결론 지었으리라는 것이었다.

검찰은 7월 16일 월요일 피고가 앨프리드 잉글소프 씨로 변장하고 마을의 약국에 들어갔다고 단언했는데, 피고는 익명의 메모를 받고 그 시각 '마스턴스 스피니'라는 인적 드문 장소에 가 있었다.

그 메모에는 요구에 응하지 않는다면 몇 가지 사항을 그의 아내에게 폭로하겠다는 내용이 협박조로 적혀 있었으므로, 피고는 지정된 장소로 가서 30분 동안 기다렸지만 아무도 나타나지 않아 집으로 돌아왔는데, 불행히도 오가는 길에서 자신의 이야기가 진실임을 증명해 줄 수 있는 사람은 만났지 못했다. 하지만 다행히 문제의 메모를 갖고 있는 만큼 증거물로 제시되리라는 것이었다.

유언장이 없어진 일만 해도 그랬다. 피고는 전에 변호사로 일한 적이 있었으므로, 1년 전 자신에게 유리하게 작성된 유언장이 계모의 재혼으로 자동적으로 무효가 된다는 사실을 너무나도 잘 알고 있었으리라고 변호사는 말했다. 이제 곧 그 유언장을 태워 버린 사람이 누구인지 말해 줄 증인을 부를 텐데, 그럼으로써 이 사건에 새로운 국면이 열리게 되리라는 것이었다.

마지막으로 그는 존 캐번디시 이외의 다른 이들에게도 불리한 증거가 있다고 배심원들에게 지적했다. 형보다는 덜할지 모르지만 로렌스 캐번디시에게도 상당히 불리한 증거가 있다는 사실을 들며 그는 배심원들의 주의를 환기했다.

이윽고 그는 피고를 증인석으로 불렀다.

존은 증인석에서 훌륭하게 처신했다. 어니스트 경의 능란한 지휘 아래 그는 신빙성 있고 훌륭하게 자신의 주장을 진술했다. 그가 받은 익명의 메모가 제출되어 배심원들에게 건네졌다. 그는 자신의 경제적인 어려움과 계모와의 불화를 솔직히 인정했고, 그래서인지 다른 혐의를 부인할 때도 그의 증언은 미덥게 들렸다.

증언이 끝날 무렵 그는 잠시 말을 멈추었다가 이렇게 덧붙였다.

"한 가지 분명히 해 두고 싶습니다. 내 동생에게 불리한 듯 암시한 어니스트 헤비웨더 경의 말을 저는 전적으로 부정합니다. 나는 내 동생이 나 이상으로 이 범죄에 관계가 없다고 확신합니다."

미소만 짓고 있던 어니스트 경은 날카로운 눈길로 존의 반박이 배심원들에게 아주 호의적인 인상을 주었음에 주목했다.

그런 다음 반대 심문이 시작되었다.

"사람들이 당신의 목소리를 앨프리드 잉글소프 씨의 목소리와 착각했다는 생각 같은 것은 전혀 들지 않았다는 당신의 말은 이해할 수 있습니다. 그건 그다지 놀라운 일은 아니지요?"

"예, 그렇게 생각합니다. 저는 어머니와 잉글소프 씨가 말다툼을 했다는 말을 들었고, 그것이 사실이 아닐 거라고는 전혀 생각지 못했습니다."

"하녀 도커스가 그 대화의 어떤 부분, 당신이 분명 알아차릴 만한 내용을 되풀이했을 때에도 말인가요?"

"저는 그 대화가 저와 어머니가 나눈 대화인 걸 알아차리지 못했습니다."

"기억력이 몹시 형편없는 모양이군요!"

"아닙니다. 하지만 어머니와 저 둘 다 몹시 화가 나 있었기 때문에, 생각보다 심한 말을 했던 것 같습니다. 저는 어머니의 말에 거의 주의를 기울이지 않았습니다."

필립스의 의심스럽다는 듯한 콧소리는 그의 탁월한 법정 기교 중의 하나였다.

"당신은 아주 시의적절하게 이 메모를 제시했습니다. 말해주시죠, 이 편지의 필체에 낯익은 데가 없습니까?"

"제가 아는 글씨체가 아닙니다."

"이것이 당신의 필체, 당신이 태연하게 위조한 필체와 비슷하다고 생각하지 않으십니까?"

"예, 그렇게 생각하지 않습니다."

"나는 이것이 당신의 필체라고 보는데요!"

"아닙니다."

"나는 당신이 알리바이를 증명하고자 믿을 수 없는 거짓 약속을 생각해 내고는, 당신의 말을 입증하기 위해 직접 이 메모를 썼다고 보는데요!"

"아닙니다."

"당신이 사람들의 발길이 뜸한 한적한 장소에서 누군가를 기다리고 있었다고 주장하는 바로 그 시각, 실제로는 스타일스 세인트 메리에 있는 약국에서 앨프리드 잉글소프라는 이름으로 스트리크닌을 구입하지 않았습니까?"

"예, 그건 사실이 아닙니다."

"나는 당신이 잉글소프 씨의 옷을 입고 그의 수염과 비슷하게 가장자리를 잘라 낸 검은 턱수염을 붙이고 그곳에 갔다고, 그리고 그의 이름으로 장부에 서명했다고 보는데요!"

"그건 결단코 사실이 아닙니다."

"그렇다면 이 메모와 장부, 그리고 당신의 필체 사이의 주목할 만한 유사성에 대한 판단은 배심원들에게 맡기겠습니다."

이렇게 말한 뒤 필립스는 책임을 다 했으니 일단 앉기는 하겠지만 그런 고의적인 위증에 질렸다는 듯한 태도로 자리에 앉았다.

이 심문이 끝나자 시간이 상당히 늦었으므로, 재판은 월요일까지 휴정되었다.

내가 보기에 푸아로는 몹시 실망한 것 같았다. 그는 내가 잘 알고 있는, 예의 그 미간에 주름이 잡힌 표정을 짓고 있었다.

"무슨 일입니까, 푸아로?"

내가 물었다.

"오, 몬 아미, 상황이 아주아주 나쁘게 돌아가고 있네."

결심과는 상관없이, 내 마음은 안도감으로 두근거렸다. 존 캐번디시가 풀려날 가능성이 있는 게 분명했다.

우리가 집에 도착했을 때, 키 작은 내 친구는 차를 마시자는 메리의 제안에 손사래를 쳤다.

"고맙지만 됐습니다, 마담. 전 제 방으로 올라가겠습니다."

나는 그를 따라갔다. 여전히 미간을 찌푸린 채 그는 방을 가로질러 책상으로 가서는 페이션스 카드 세트*를 꺼냈다. 그런 다음 의자하나를 탁자로 끌어 놓고는, 정말 놀랍게도 엄숙하게 카드 집 짓기를 시작하는 것이 아닌가!

----

* 혼자서 하는 카드 놀이의 하나로 미국에서는 '솔리테르'라고 한다.

무의식적으로 내 입이 벌어지자, 푸아로가 즉각 말했다.

"아닐세, 몬 아미, 나는 제2의 유아기에 접어든 것이 아니네! 신경을 가라앉히려는 것뿐이네. 이 작업은 정확한 손놀림을 요구하네. 손가락의 정확함은 두뇌의 정확함을 불러온다네. 그리고 지금 그 어느 때보다도 내겐 그게 필요하다네."

"문제가 뭡니까?"

쿵 하는 소리를 내며 푸아로는 주의 깊게 쌓은 카드 집을 허물어 뜨렸다.

"바로 이걸세, 몬 아미! 나는 7층짜리 카드 집은 만들 수 있지만."

쿵.

"찾아낼 수가 없다네."

쿵.

"전에 말한 그 마지막 연결 고리를 말일세."

내가 무어라 말해야 좋을지 몰라 가만히 있자, 그는 다시 천천히 카드 집을 짓기 시작하면서 불쑥 말했다.

"이건…… 이렇게 만들어진다네! 하나의 카드를 다른 하나 위에 수학적인 정확성으로 올려놓음으로써 말일세!"

나는 그의 손길에 따라 카드 집이 한 층 한 층 높아지는 것을 지켜보았다. 그는 전혀 주저하거나 멈칫거리지 않았다. 그것은 정말이지 마술과도 같았다.

"당신 손놀림은 정말 안정되어 있군요! 당신의 손이 떨리는 걸 본 건 단 한 번뿐이에요."

"틀림없이 내가 화가 났을 때였겠지."

푸아로가 아주 침착하게 말했다.

"물론 그렇죠! 당신은 머리 꼭대기까지 화가 나 있었어요. 기억나세요? 잉글소프 부인의 침실에 있던 편지함의 잠금 장치를 누군가 억지로 열었다는 사실을 발견했을 때였잖아요? 당신은 벽난로 난간 옆에 서서 여느 때처럼 물건들을 만지작거렸는데, 손이 마치 나뭇잎처럼 떨리더군요. 나로서는……."

나는 갑자기 말을 멈추었다. 푸아로가 쉰 목소리로 알아들을 수 없는 소리를 지르며 다시 카드 집을 무너뜨렸던 것이다. 두 눈을 가린 그의 두 손이 앞뒤로 흔들리고 있었다. 그는 극도로 고통스러운 듯했다.

"맙소사, 푸아로! 대체 무슨 일입니까? 어디 아프세요?"

내가 소리쳤다.

"아니, 아닐세."

그가 숨을 헐떡였다.

"그러니까…… 그러니까 한 가지 생각이 떠올랐다네!"

"오!"

나는 크게 안도하며 탄성을 내질렀다.

"당신의 '사소한 생각' 중 하나 말인가요?"

"아, 마 푸아(결단코), 그렇지 않네! 이번에는 어마어마한 생각이라네! 굉장한 생각이라고! 그리고 자네가…… 자네가 말일세, 친구, 내게 그 생각을 떠오르게 해 주었다네!"

푸아로가 솔직하게 말했다.

그는 갑자기 나를 껴안고 다정하게 내 양 볼에 입을 맞추고는, 놀란 내가 정신을 차리기도 전에 방에서 달려 나갔다.

그 순간 메리 캐번디시가 방으로 들어왔다.

"무슈 푸아로에게 무슨 일이 생겼나요? 그는 내 옆을 지나가며 이렇게 외치더군요. '차고! 부디 차고가 어디인지 알려 주십시오, 마담!' 그러고는 내가 대답하기도 전에 거리로 달려 나갔어요."

나는 서둘러 창문으로 다가갔다. 과연 그는 모자도 쓰지 않고 팔다리를 커다랗게 움직이며 거리를 달려가고 있었다. 나는 실망하는 몸짓을 하며 메리에게 몸을 돌렸다.

"저러다가 바로 경찰의 제지를 받을 겁니다. 저기 모퉁이를 돌아섰네요!"

눈이 마주친 우리는 속절없이 서로를 마주보았다.

"무슨 일일까요?"

나는 고개를 내저었다.

"모르겠습니다. 카드 집을 짓고 있다가, 갑자기 한 가지 생각이 떠올랐다면서 보시다시피 저렇게 달려 나가더군요."

"음, 저녁 식사 전까지는 돌아오셨으면 좋겠네요."

하지만 어둠이 내리도록 푸아로는 돌아오지 않았다.

마지막 연결 고리

푸아로의 갑작스러운 외출은 우리 모두의 커다란 관심을 끌었다. 일요일 오전이 지나갔지만, 그는 여전히 나타나지 않았다. 하지만 오후 3시경 밖에서 들려오는 굉장히 크고 긴 자동차 경적 소리에 창가로 다가간 우리는, 푸아로가 재프와 서머헤이를 동반하고 차에서 내리는 것을 보았다. 그 키 작은 사내의 모습은 달라져 있었다. 그에게서는 어이없게도 득의양양한 기운이 풍겨 나오고 있었다. 그는 메리 캐번디시에게 과장된 몸짓으로 절을 했다.

"마담, 살롱에서 작은 레위니옹(모임)을 가져도 되겠습니까? 모든 사람들이 참석해야 합니다."

메리가 서글프게 미소를 지었다.

"아시다시피 무슈 푸아로, 당신은 모든 점에서 카르트 블랑슈(전권)를 갖고 계시답니다."

"정말 친절하시군요, 마담."

여전히 만족감으로 빛나는 모습으로 푸아로는 우리 모두를 거실로 안내하며 의자를 끌어냈다.

"하워드 양······ 여기입니다. 마드무아젤 신시아, 무슈 로렌스, 충실한 도커스, 그리고 애니. 비엥!(좋습니다!) 앨프리드 잉글소프 씨가 올 때까지 조금 기다려야겠군요. 제가 그에게 전갈을 보냈지요."

하워드 양이 즉각 자리에서 일어섰다.

"그 사람이 집 안에 들어온다면, 내가 떠나겠어요!"

"아니, 그러지 마십시오!"

푸아로는 그녀에게 다가가 나직한 어조로 간절히 청했다.

결국 하워드 양은 자신의 자리로 돌아가는 데 동의했다. 잠시 후 앨프리드 잉글소프가 방으로 들어왔다.

일단 사람들이 모두 모이자, 푸아로는 대중 연설자 같은 태도로 자리에서 일어나서는 예의바르게 허리를 굽혀 인사했다.

"메슈, 메담(신사 숙녀 여러분), 모두 아시다시피 나는 존 캐번디시 씨로부터 이 사건을 조사해 달라는 요청을 받았습니다. 우선 나는 고인의 침실을 조사했는데, 그 방은 의사들의 충고에 의해 잠겨져 있었기 때문에 비극이 벌어진 상태 그대로였습니다. 내가 발견한 것은, 첫째 녹색 섬유 조각, 둘째 창문 근처 카펫 위의 축축한 얼룩, 셋째 브롬화물 가루가 담겼던 빈 상자였습니다.

먼저 녹색 섬유 조각에 대해 말하자면, 나는 그것이 고인의 방과 마드무아젤 신시아가 쓰고 있는 방 사잇문의 빗장 틈에 끼워져 있는 것을 발견했습니다. 나는 그 조각을 경찰에 넘겼는데, 경찰은 그 것을 그다지 중요하게 여기지 않았고, 또한 그것이 농장 작업용 초록색 팔 토시에서 찢겨 나온 조각이라는 것을 알아내지도 못했습니다."

좌중에 한 줄기 흥분이 감돌았다.

"그런데 스타일스 저택에는 농장에서 일하는 사람이 하나 있었습니다. 캐번디시 부인이지요. 따라서 마드무아젤 신시아의 방으로 통하는 사잇문을 통해 고인의 방에 들어간 사람은 캐번디시 부인이 분명합니다."

"하지만 그 문은 안쪽에서 빗장이 질러져 있었는데요!"

내가 소리쳤다.

"내가 그 방을 조사했을 때는 그랬지요. 하지만 처음에 우리는 그에 대해 부인의 말을 들었을 뿐입니다. 그 문을 열어 보려 했지만 잠겨 있었다고 말한 사람은 바로 부인이니까요. 연이은 혼란 속에서 부인은 빗장을 질러 놓을 충분한 여유가 있었을 겁니다. 나는 이런 추측을 확인할 기회를 가질 수 있었습니다. 우선 그 천 조각은 캐번디시 부인의 팔 토시의 찢어진 자국과 정확하게 들어맞았습니다. 또 심리에서 캐번디시 부인은 자신의 방에서 침대 곁 탁자가 나동그라지는 소리를 들었다고 진술했습니다. 나는 친구 헤이스팅스를 건물의 왼쪽 측랑, 즉 캐번디시 부인의 방문 바로 앞에 세워 놓음으로써 그 진술을 확인해 보았습니다. 내가 직접 경찰들과 함께 고인의 방으로 가서 실수인 것처럼 문제의 탁자를 넘어뜨렸는데,

내 예상대로 무슈 헤이스팅스는 아무 소리도 듣지 못했더군요. 이 사실은 캐번디시 부인이 비극이 일어난 시각 자기 방에서 옷을 입고 있었다는 진술이 거짓이라는 사실을 확인시켜 주었습니다. 실제로 벨이 울렸을 때 캐번디시 부인은 자기 방이 아니라 고인의 방에 있었을 겁니다."

나는 메리를 흘긋 바라보았다. 그녀는 얼굴이 몹시 창백했지만 미소를 짓고 있었다.

"나는 그런 가정 위에서 추론을 계속했습니다. 캐번디시 부인이 자신의 시어머니 방에 있다, 뭔가를 찾고 있는데 아직 발견하지 못했다, 갑자기 잉글소프 부인이 잠에서 깨어 심상치 않은 발작을 일으킨다, 그녀는 팔을 내뻗다가 침대 옆 탁자를 넘어뜨리고는 필사적으로 벨을 누른다, 캐번디시 부인은 깜짝 놀라 들고 있던 초를 떨어뜨려 카펫 위에 촛농을 남긴다, 그녀는 초를 주워 재빨리 마드무아젤 신시아의 방으로 들어가 사잇문을 닫는다, 그녀는 하인들에게 자신이 거기 있었던 것을 들키지 않으려고 서둘러 복도로 나온다, 하지만 아뿔싸! 양쪽 측랑이 연결되는 복도에서 벌써 발소리가 울린다, 어떻게 해야 할까? 재빨리 머리를 굴린 그녀는 서둘러 그 처녀의 방으로 돌아가 그녀를 흔들어 깨우기 시작한다, 서둘러 잠자리를 빠져나온 식구들이 복도로 내려온다, 그들은 모두 정신없이 잉글소프 부인의 방문을 두드린다, 캐번디시 부인이 함께 오지 않았다는 생각 같은 것은 아무도 하지 않는다. 이것은 의미심장한 사실인데, 나는 맞은편 측랑에서 그녀가 오는 것을 본 사람이 아무도 없다는 사실을 확인할 수 있었습니다."

그는 메리 캐번디시를 바라보았다.

"내 말이 맞습니까, 마담?"

그녀가 고개를 끄덕였다.

"맞습니다, 무슈. 내가 그런 사실을 밝히는 것이 남편에게 조금이라도 도움이 된다고 생각했다면 그렇게 했으리라는 건 당신도 아실거예요. 하지만 그 일이 남편이 유죄냐 무죄냐 하는 문제와는 관계가 있을 것 같지 않더군요."

"어떤 점에서는 그 말이 맞습니다, 마담. 하지만 그것은 내 마음에서 많은 그릇된 생각을 제거해 주어, 나로 하여금 그것의 진정한 의미를 볼 수 있게 해 주었습니다."

"유언장! 그러니까 형수였군요, 그 유언장을 태운 사람이?"

로렌스가 소리쳤다.

그녀는 고개를 내저었고, 푸아로 역시 고개를 흔들었다.

"아닙니다, 그 유언장을 태워 버릴 수 있었던 사람은 단 한 사람은 잉글소프 부인 자신이었습니다!"

그가 차분하게 말했다.

"그럴 리가! 바로 그날 오후에 부인 자신이 그 유언장을 만들지 않았습니까!"

내가 외쳤다.

"그럼에도 불구하고, 몬 아미, 그 유언장을 없애 버린 사람은 잉글소프 부인이라네. 그렇지 않다면 삼복 더위에 잉글소프 부인이 자기 방에 불을 피우라고 지시한 사실을 도대체 어떻게 설명할 수 있겠나?"

나는 헉 하고 숨을 멈추었다. 그 불이 계절에 어울리지 않는다는 데 생각이 미치지 못했다니 우리는 얼마나 바보였던가! 푸아로가 말을 계속하고 있었다.

"그날 기온은 말입니다, 메슈(여러분), 그늘에서도 섭씨 22도였습니다. 하지만 잉글소프 부인은 불을 피우라고 했습니다! 왜 그랬을까요? 뭔가를 없애 버리고 싶은데, 그 밖에는 다른 방법을 생각해낼 수 없었기 때문입니다. 스타일스 저택에서 시행되고 있는 전시 절약 생활의 결과, 종이 하나도 함부로 내버릴 수 없었다는 걸 기억하실 겁니다. 잉글소프 부인의 방에 불이 지펴졌다는 말을 듣는 순간, 나는 그것이 무슨 중요한 서류, 아마도 유언장을 태워 버리기 위해서였을 거라는 결론에 이르렀습니다. 그래서 벽난로에서 타다 남은 종잇조각이 발견된 것이 전혀 놀랍지 않았습니다. 물론 당시 나는 문제의 유언장이 그날 오후 작성되었다는 사실을 몰랐습니다. 그 사실을 알았을 때 나는 내가 중대한 오류에 빠졌다는 사실을 깨달았다고 말씀드리지 않을 수 없습니다. 잉글소프 부인이 유언장을 태워 버려야겠다고 결정을 내린 건 그날 오후 있었던 말다툼의 직접적인 결과였고, 따라서 그 말다툼은 유언장이 작성되기 전이 아니라 후에 일어났으리라고 나는 결론을 내렸습니다.

아시다시피 여기서 나는 잘못 생각했고, 그래서 그 생각을 내버리지 않을 수 없었습니다. 나는 새로운 관점에서 그 문제를 살펴보았습니다. 4시 정각 도커스는 마님이 화가 나서 이렇게 말하는 것을 우연히 들었다고 했습니다. '부부간의 추문이나 소문이 나는 것이 두려워 내가 가만히 있을 거라고 생각해선 안 돼.' 나는 이 말이 그녀의 남편이 아니라 존 캐번디시에게 한 것이라고 추측했고 그 추측은 옳았습니다. 그로부터 한 시간 후인 5시에 부인은 거의 같은 말을 했지만, 관점이 달랐습니다. 그녀는 도커스에게, '어떻게 해야 좋을지 모르겠어. 부부 사이의 추문은 끔찍한 일이야.'라고 말했습니다. 4시에 그녀는 화가 나 있긴 했지만 자신을 완벽하게 통제하고 있었는데, 5시에는 격한 비탄 속에서 커다란 충격을 받았다고 말하고 있습니다.

이 문제를 심리학적으로 살펴봄으로써 나는 한 가지 추론을 끌어냈고, 그것이 옳다고 확신했습니다. 부인이 두 번째로 말한 '추문'은 처음 것과 다른 것, 즉 자기 자신과 관련된 것이라는 사실입니다!

다시 정리해 봅시다. 4시에 잉글소프 부인은 아들과 말다툼을 하고, 그의 비행을 며느리에게 알리겠다고 협박했습니다. 그런데 바로 그 며느리가 우연히 그 대화의 많은 부분을 듣게 되었지요. 4시 30분에 잉글소프 부인은 유언장의 효력에 대한 이야기를 나눈 끝에 남편에게 유리하도록 새 유언장을 작성하고, 정원사 둘을 증인으로 삼았습니다. 5시에 도커스는 마님이 몹시 흥분한 상태에서 종이 한 장(도커스는 편지라고 생각했지요.)을 들고 있는 것을 보았습니다. 부인이 자신의 방에 불을 피우라고 지시한 것이 바로 그때였습니다. 그러니까 4시 30분에서 5시 사이에 뭔가가 부인의 감정에 급격한 변화를 일으킨 것 같습니다. 부인은 유언장을 작성하자마자 그것을 없애 버리려 조바심을 치고 있었으니까요. 그 뭔가란 과연 어떤 것이었을까요?

우리가 아는 한 그녀는 그 30분 동안 완전히 혼자였습니다. 내실로 들어가거나 나온 사람은 없었습니다. 그렇다면 무엇이 그런 갑작스러운 감정의 변화를 초래했을까요?

추측해 볼 수밖에 없습니다만, 내 추측이 옳을 겁니다. 잉글소프 부인의 책상에는 우표가 없었습니다. 우리가 그 사실을 아는 건, 후에 부인이 도커스에게 우표를 몇 장 가져오라고 했다는 말을 들었기 때문입니다. 그런데 그 방 한쪽 구석에는 남편의 책상이 있었습니다. 잠겨 있었지요. 내 추론에 따르면, 부인은 우표를 찾기 위해 조바심이 나 있었으므로, 자기의 열쇠로 그 책상을 열어 보았습니다. 열쇠 중의 하나가 그 책상의 자물쇠에 맞았겠지요. 따라서 책상을 열고 우표를 찾던 부인은 우연히 뭔가 다른 것을 보게 되었습니다. 그것은 도커스가 마님 손에 들려 있는 것을 보았다는 바로 그 종이로, 결코 부인의 눈에 띄어서는 안 될 것이었습니다. 한편 캐번디시 부인은 시어머니가 집요하게 쥐고 있던 그 종이에 자기 남편의 부정에 대한 내용이 씌어 있으리라고 여겼습니다. 그녀는 잉글소프 부인에게 그것을 보여 달라고 요구했지만, 잉글소프 부인은 그것은 그 문제와 전혀 관계가 없다고 말했습니다. 캐번디시 부인은 시어머니의 말을 믿지 않았습니다. 그녀는 잉글소프 부인이 아들을 두둔하고 있다고 생각했습니다. 한편 캐번디시 부인은 아주 단호한 여성으로, 사려 깊은 겉모습 이면에 남편에 관해 광적인 질투심을 갖고 있었습니다. 그녀는 어떤 방법을 써서라도 그 종이를 손에 넣어야겠다고 결심했는데, 우연히 그녀에게 운이 따랐습니다. 그날 아침 분실된 잉글소프 부인의 편지함 열쇠를 줍게 된 것입니다. 그녀는 시어머니가 중요한 서류들은 모두 그 특별한 함에 보관한다는 사실을 알고 있었습니다.

그래서 캐번디시 부인은 질투로 필사적이 된 여자만이 할 수 있는 계획을 세웠습니다. 그날 저녁, 그녀는 틈을 보아 마드무아젤 신시아의 방과 통하는 문의 빗장을 열어 놓았습니다. 그리고 경첩에 기름을 쳤을 수도 있습니다. 내가 시험해 보니 그 문은 소리 없이 열리더군요. 그녀는 좀 더 안전을 기하기 위해 다음 날 새벽까지 계획을 연기했습니다. 왜냐하면 하인들은 그때쯤 캐번디시 부인이 방 안에서 움직이는 소리가 나는 데 익숙해 있을 테니까요. 그녀는 목장에서 일할 복장을 완전히 갖추고, 마드무아젤 신시아의 방을 통해 조용히 잉글소프 부인의 방으로 들어갔습니다."

그가 잠시 말을 멈추자 신시아가 끼어들었다.

"하지만 누군가 제 방을 통과해 지나갔다면 저는 잠에서 깨어났을 게 분명한데요?"

"약에 취해 있었다면 그렇지 않을 겁니다, 마드무아젤."

"약에 취했다고요?"

"메 위!(그렇고말고요!)"

푸아로는 또다시 모두를 향해 말을 이었다.

"그런 소동과 소란 속에서도 바로 옆방의 마드무아젤 신시아가 자고 있었다는 사실을 여러분은 기억할 겁니다. 이 사실은 두 가지 가능성을 확인시켜 줍니다. 그녀가 자는 체하고 있었든가(그런 것 같지는 않았습니다.) 인위적인 방법으로 그렇게 되었든가입니다.

나는 후자를 염두에 두고 커피 잔들을 주의 깊게 살펴보면서, 전날 밤 마드무아젤 신시아에게 커피를 갖다준 사람이 캐번디시 부인이라는 사실을 떠올렸습니다. 나는 각 잔에서 샘플을 채취해 분석해 보았습니다. 아무것도 나타나지 않았지요. 나는 잔이 없어졌을 경우에 대비해 주의 깊게 커피 잔 수를 세어 보았습니다. 여섯 사람이 커피를 마셨고, 어김없이 여섯 개의 커피 잔이 있었습니다. 잘못 생각했다는 것을 인정하지 않을 수 없었습니다.

그런데 중요한 사실을 빠뜨렸다는 것을 깨달았습니다. 커피는 여섯 사람이 아니라 일곱 사람에게 따라졌습니다. 왜냐하면 그날 저녁 바워스타인 박사가 거기 있었으니까요. 이것은 사건 전체의 면모를 바꿔 놓았습니다. 왜냐하면 커피 잔 하나가 없어졌기 때문입니다. 하인들은 아무것도 눈치 채지 못했습니다. 커피를 내온 하녀 애니는 잉글소프 씨가 원래 커피를 마시지 않는다는 사실을 모르고 일곱 개의 잔을 가져왔지만, 다음 날 아침 그것을 치운 도커스는 언제나처럼 여섯 개의 잔을 확인했습니다. 정확하게 말하면 다섯 개지요. 한 개는 잉글소프 부인의 방에서 깨진 채로 발견되었으니까요.

나는 그 없어진 커피 잔이 마드무아젤 신시아의 것이었으리라고 확신했습니다. 그러한 믿음에 대한 또 하나의 이유로, 모든 잔에서 설탕이 검출되었는데, 마드무아젤 신시아는 커피에 설탕을 넣어 마시지 않는다는 사실도 들 수 있습니다. 나의 관심은, 매일 밤 잉글소프 부인의 방으로 운반되는 코코아 쟁반 위에 소금이 떨어져 있었다는 애니의 이야기에 끌렸습니다. 그래서 나는 그 코코아의 샘플을 채취해 분석을 의뢰했습니다."

"하지만 그 일은 바워스타인 박사가 이미 한 일이 아닙니까."

로렌스가 재빨리 말했다.

"꼭 그런 건 아닙니다. 약품 분석사는 그에게서 거기에 스트리크닌이 함유되어 있는지 아닌지 알려 달라는 요구를 받았을 뿐입니다. 그는 내가 한 것처럼 수면제가 함유되어 있는지는 조사하지 않았습니다."

"수면제라고요?"

"그렇습니다. 여기 그 분석 보고서가 있습니다. 캐번디시 부인은 잉글소프 부인과 마드무아젤 신시아 둘 다에게 안전하지만 효과 좋은 수면제를 먹였습니다. 그 결과 그녀는 모베 카르 되르(무시무시한 15분)를 보냈을 겁니다! 자신의 시어머니가 갑자기 발작을 일으켜 사망했을 때, 그리고 '극약'이라는 말을 들었을 때 그녀의 감정이 어땠을지 상상해 보십시오! 그녀는 자신이 먹인 수면제가 전혀 무해하다고 믿고 있었지만, 잉글소프 부인의 죽음이 자기 탓이 아닌가 하고 한순간 두려워했을 것이 분명합니다. 그녀는 공포에 사로잡혔고, 서둘러 아래층으로 달려 내려가서는 마드무아젤 신시아가 사용한 커피 잔과 받침 접시를 재빨리 커다란 놋쇠 항아리 속에 떨어뜨렸습니다. 나중에 무슈 로렌스가 그것을 발견했지요. 남아 있던 코코아에는 감히 손을 댈 수 없었습니다. 너무 많은 사람들의 시선이 자신을 향하고 있었으니까요. 스트리크닌이 언급되고 그 모든 비극이 자신의 행동과는 무관함을 알고 나서야 그녀는 안심을 했겠지요.

이제 우리는 스트리크닌의 증상이 그렇게 늦게 나타난 까닭을 설명할 수 있게 되었습니다. 스트리크닌과 함께 투여된 수면제가 그 극약의 효과를 몇 시간 늦춘 것입니다."

푸아로는 잠시 말을 멈추었다. 메리가 천천히 혈색이 도는 얼굴로 푸아로를 바라보았다.

"당신이 말씀하신 것은 모두 사실이에요, 무슈 푸아로. 그때가 제 평생 가장 끔찍한 시간이었어요. 앞으로도 결코 잊지 못할 거예요. 그런데 당신은 정말 놀랍군요. 이제는 저도……."

"푸아로 신부에게 마음놓고 고백하라고 했던 내 말을 이해하시겠다는 거죠? 하지만 부인은 나를 믿으려 하지 않았지요."

"이제 모든 걸 알겠습니다. 결국 수면제가 든 코코아가 커피에 들어 있던 극약의 효과를 상당 시간 지연시킨 거로군요."

로렌스가 말했다.

"바로 그렇지요. 그런데 커피에 정말 극약이 들어 있었을까요, 그렇지 않을까요? 우리는 여기서 또다시 작은 어려움에 직면하게 됩니다. 왜냐하면 잉글소프 부인은 그 커피를 마시지 않았기 때문입니다."

"뭐라고요?"

놀라움에 찬 비명이 모두에게서 터져 나왔다.

"그렇습니다. 잉글소프 부인의 방 카펫에 얼룩이 있었다는 제 말을 기억하시지요? 그 얼룩에는 몇 가지 기묘한 점이 있었습니다. 그것은 내가 발견할 때까지도 축축했고, 진한 커피 냄새가 났으며, 카펫의 보풀 속에는 도자기 조각이 끼어 있었습니다. 무슨 일이 일어났는지 내게는 분명했습니다. 왜냐하면 그 직전 나는 창가의 그 탁자 위에 작은 함을 내려놓았는데, 탁자가 기우뚱하면서 그 함이 바로 그 위치에 나동그라졌기 때문입니다. 잉글소프 부인은 전날 밤방으로 들어가 바로 그렇게 그 탁자 위에 커피 잔을 내려놓았고, 그불안정한 탁자 때문에 똑같은 일이 벌어졌던 겁니다.

다음에 일어난 일은 순전히 내 추측일 뿐입니다. 잉글소프 부인은 깨진 커피 잔을 집어 침대 옆 탁자 위에 놓았을 게 분명합니다. 어떤 종류의 자극제가 필요해진 그녀는 코코아를 데워 그 자리에서 모두 마셨습니다. 이제 우리는 새로운 문제에 직면합니다. 우리가알고 있듯이 코코아 속에는 스트리크닌이 전혀 들어 있지 않았습니다. 그녀는 커피를 마시지 않았습니다. 하지만 스트리크닌은 그날저녁 7시에서 9시 사이에 그녀에게 투약된 것이 분명합니다. 제3의매체, 감쪽같이 스트리크닌의 맛을 감추기에 적당한 매체는 무엇이었을까요?"

푸아로는 방을 둘러보고는 의미심장하게 자신의 질문에 대답했다.

"그녀의 약이었습니다."

"당신 말은 범인이 그녀의 강장제에 스트리크닌을 집어넣었다는 말입니까?"

내가 소리쳤다.

"거기에 그것을 넣을 필요가 없었지요. 그것이 이미 거기에 혼합되어 있었으니까요. 잉글소프 부인의 생명을 앗아 간 스트리크닌은 월킨스 박사가 처방한 바로 그 스트리크닌이었습니다. 이 사실을 분명히 하기 위해 타드민스터의 적십자 병원 조제실에서 내가 발견한 조제에 관한 책의 일부를 읽어 드리지요.

다음의 처방은 대부분의 약제 교과서에 흔히 소개되어 있다.

황화 스트리크닌·············1그레인
브롬화칼륨···········6그레인
물···········8그레인
혼합한다.

한두 시간이 지나면 이 용액에서 대부분의 스트리크닌 염은 투명한 결정의 형태를 띤 불용해성 브롬화물로 침전된다. 영국에서 한 여자가 이 같은 혼합물을 먹고 목숨을 잃은 적이 있다. 응결된 스트리크닌이 밑바닥에 괴어 있었는데, 마지막 복용 분을 마심으로써 그녀는 거의 한 병 분량의 스트리크닌을 마신 셈이 되었던 것이다!

그런데 윌킨스 박사의 처방에는 브롬화물이 전혀 들어 있지 않았습니다. 여러분은 브롬화물 가루약이 들어 있던 빈 상자에 대해 내가 말했던 걸 기억하실 겁니다. 한두 회 분량의 그 가루약을 용액으로 가득 차 있는 약병 속에 넣으면 책에서 설명된 대로 스트리크닌이 효과적으로 침전됩니다. 후에 알게 되겠지만, 보통 잉글소프 부인에게 약을 따라 주던 사람은 병 바닥에 있는 침전물이 흔들려 섞이지 않도록 언제나 극도의 주의를 기울였던 것 같습니다.

이 사건 전체를 통해, 이 비극이 월요일 저녁에 일어나도록 계획되었다는 증거가 있습니다. 그날 잉글소프 부인의 벨의 전선이 절단되었고, 월요일 저녁 마드무아젤 신시아는 친구들과 함께 밤을 보냈으므로, 오른쪽 측랑에 혼자 있던 잉글소프 부인은 어떤 종류의 도움도 차단당한 채 의사를 부르기도 전에 사망할 가능성이 아주 높았습니다. 하지만 그날 마을 파티에 때맞추어 가기 위해 서두르는 바람에, 잉글소프 부인은 약 먹는 것을 잊어버렸고, 다음 날에는 집 밖에서 점심 식사를 했으므로, 마지막 복용 분, 치명적인 복용 분이 실제로 복용된 것은 범인이 기대했던 것보다 24시간 뒤였습니다. 그렇게 만 하루가 지연된 덕에 결정적인 증거, 마지막 연결 고리가 내 손에 들어오게 된 것입니다."

숨조차 쉴 수 없는 흥분 속에서 푸아로는 얇은 종이 세 조각을 내밀었다.

"범인의 필적으로 쓰인 편지입니다, 메 자미!(친구들!) 이 편지에 동원된 단어들이 좀 더 명료했다면, 잉글소프 부인은 때맞춰 경계심을 발동해 죽음을 면할 수 있었을 겁니다. 실제로 그녀는 자신이 위험하다는 것을 깨달았지만, 그 방식이 어떤 것이 될지는 몰랐습니다."

쥐 죽은 듯한 침묵 속에서 푸아로는 그 종잇조각들을 이어 맞춘 다음 헛기침을 하고는 읽어 내려갔다.

사랑하는 에벌린

아무 소식도 듣지 못해 당신은 초조하겠지. 모든 게 순조로워. 다만 그 시기가 어젯밤이 아니라 오늘 밤이 된 것뿐이야. 그 늙은 여자가 죽어서 거치적거리지 않게 되면, 좋은 날이 올 거야. 아무도 이 범죄의 책임을 내게 돌릴 순 없을 거고. 브롬화물에 대한 당신의 아이디어는 정말 천재적이었어! 하지만 우리는 아주 신중해야 해. 한 걸음만 잘못 내딛으면…….

"친구 여러분, 편지는 여기서 중단되었습니다. 분명 편지를 쓰다가 방해를 받았기 때문일 겁니다. 하지만 그의 정체에 대해서는 의문의 여지가 없습니다. 우리 모두 이 필적을 알고 있고……."

절규에 가까운 고함 소리가 침묵을 깨뜨렸다.

"이 악마 같으니라고! 어떻게 그것을 손에 넣었지?"

의자 하나가 나동그라졌다. 푸아로는 재빨리 옆으로 피했다. 그가 번개같이 동작을 취했기 때문에, 그를 공격하려고 했던 사람은 쿵 소리를 내며 쓰러졌다.

푸아로는 한껏 멋을 부리며 말했다.

"메슈, 메담. 여러분에게 살인범을 소개합니다. 앨프리드 잉글소프 씨입니다."

푸아로, 설명하다

"푸아로, 이 나쁜 사람 같으니라고. 당신의 목을 조르고 싶을 지경입니다! 도대체 무슨 생각으로 이렇게 나를 속인 건가요?"

우리는 서재에 앉아 있었다. 흥분에 휩싸인 채 며칠이 흐른 뒤였다. 아래층 방에서는 존과 메리가 다시 하나가 되었고, 앨프리드 잉글소프와 하워드 양은 수감되었다. 마침내 나는 푸아로를 온전히 차지하고, 줄곧 타오르던 나의 호기심을 만족시킬 수 있게 되었다.

푸아로는 잠시 가만히 있다가 입을 열었다.

"나는 자네를 속이지 않았네, 몬 아미. 자네가 스스로를 속이는 것을 그냥 내버려 두었을 뿐이라네."

"그랬죠. 하지만 왜요?"

"음, 설명하기가 어렵다네. 알다시피, 친구, 자네는 너무 정직한 천성과 너무 솔직한 태도를 갖고 있어서 엉팽(요컨대) 감정을 숨기는 게 불가능하다네! 내가 자네에게 내 생각을 말했다면, 그 교활한 앨프리드 잉글소프는 자네 얼굴을 보자마자(자네의 그 의미심장한 표현에 따르면) 냄새를 맡았을 걸세! 그리고 그랬다면 우리가 그를 붙잡을 기회는 봉 주르(안녕)가 되고 말았을 걸세!"

"나는 당신이 생각하는 것보다 훨씬 능란하게 대응할 수 있었을 것 같은데요."

"친구, 용서를 청하니 화내지 말게! 자네의 도움은 더할 수 없이 소중했다네. 자네의 그 아름다운 천성 덕택에 난 잠깐씩 휴식을 취할 수 있었네."

푸아로가 사정하듯 말했다.

나는 조금 누그러져서 불퉁하게 말했다.

"음, 하지만 아직도 나는 당신이 한 가지 힌트는 주었어야 한다고 생각해요."

"난 힌트를 주었다네, 친구. 여러 가지 힌트를 말일세. 자네는 그 것을 받아들이려 하지 않았네. 이제 생각해 보게. 내가 자네에게 존 캐번디시가 유죄라고 말한 적이 있나? 나는 그러지 않았네. 반대로 그가 분명히 무죄로 풀려날 거라고 말하지 않았나?"

"그렇지요. 하지만……."

"그리고 그 직후 살인범을 법정에 세우는 어려움에 대해 말하지 않았나? 내가 완전히 다른 두 사람에 대해 말하고 있다는 사실이 자네에겐 분명하지 않던가?"

"예, 내겐 명백하지 않더군요."

"그럼 또다시."

푸아로는 말을 이었다.

"처음에 나는 자네에게 몇 차례 앨프리드 잉글소프가 '당장' 체포되기를 바라지 않는다고 말하지 않았나? 그 말은 자네에게 분명 무엇인가를 시사해 주었어야 한다네."

"그 말은 당신이 그렇게 오래전부터 그를 의심했다는 뜻인가요?"

"그렇다네. 우선 잉글소프 부인이 죽음으로써 그 누구보다도 그 남편이 최고의 이익을 얻게 되어 있었네. 그 사실을 떨쳐 버릴 수 없었네. 자네와 함께 처음으로 스타일스 저택에 갔던 날, 나는 범죄가 어떻게 저질러졌는지 짐작조차 하지 못했지만, 앨프리드 잉글소프에 대한 지식으로 미루어 범행과 그를 연관시킬 무엇인가를 찾아내기가 아주 어려우리라는 생각이 들더군. 샤토(저택)에 도착했을 때, 나는 유언장을 태운 사람이 바로 잉글소프 부인임을 깨달았다네. 그 점에 대해선 나에게 불평할 수 없을 걸세, 친구, 왜냐하면 나는 자네로 하여금 한여름에 침실에 불을 피운 의미에 대해서 생각하게 하려고 최선을 다했으니 말일세."

"그래요, 그렇다고요. 계속하세요."

내가 조바심을 치며 말했다.

"그런데, 친구, 앞서 말한 대로 앨프리드 잉글소프의 혐의에 대한 내 관점은 크게 흔들렸다네. 실제로 그에게 불리한 증거들이 너무 많아서 나로서는 그가 그 범죄를 저지르지 않은 줄 알았네."

"당신의 마음에 변화가 온 건 언제인가요?"

"내가 그의 누명을 벗기려고 하면 할수록 그가 자신이 체포되도록 하기 위해 애를 쓰고 있다는 사실을 깨달았을 때였네. 그리고 잉글소프가 레이크스 부인과 전혀 관계가 없고, 실제로 그녀의 거처에 간 사람은 존 캐번디시였다는 사실을 알게 되었을 때, 나는 그 사실을 확신할 수 있었다네."

"그런데 어떤 이유로요?"

"간단히 이런 거라네. 레이크스 부인과 은밀한 관계를 가져 온 사람이 앨프리드 잉글소프였다면, 그의 침묵은 충분히 이해할 수 있네. 하지만 그 농부의 예쁘장한 아내에게 매혹된 사람이 존이라는 소문이 마을 전체에 퍼져 있음을 알게 되자, 그의 침묵에는 전혀 다른 설명이 붙게 되더군. 그 어떤 추문도 일어날 가능성이 없는 데도 소문을 두려워하는 척하다니 말도 안 되는 일일세. 그의 이러한 태도는 내게 골똘히 생각할 것을 요구했고, 점차 나는 앨프리드 잉글소프가 자신이 체포되기를 바라고 있다는 결론에 도달하지 않을 수 없었네. 에 비엥!(그렇잖나!) 바로 그 순간부터 나는 그가 체포되지 않게 하기로 결심했네."

"잠깐만요, 도대체 왜 그가 체포되길 원했는지 모르겠는데요."

"그건 말일세, 몬 아미. 일단 무죄 방면된 사람은 같은 죄목으로는 다시 재판받아선 안 된다는 자네 나라의 법률 때문이라네. 아하! 그것은 정말 명석했다네. 그의 아이디어 말일세! 그는 체계적인 사람임이 분명하네. 이것 보게, 자신이 처한 입장으로 미루어 보아 그는 자신이 의심받으리라는 것을 알았네, 그래서 자신에게 불리한 증거들을 많이 조작해 둔다는 정말 명석한 생각을 해낸 거라네. 그는 의심받기를 바랐네. 체포되기를 원했네. 그리고 흠 없는 알리바이를 제시할 생각이었네. 그렇게 되면, 이것 참, 그는 평생 안전할수 있는 걸세!"

"하지만 그가 약국에 갔으면서 어떻게 알리바이를 입증할 수 있었는지 여전히 모르겠는데요."

푸아로가 놀라서 나를 응시했다.

"그게 가능할 것 같나? 딱한 친구 같으니라고! 그 약국에 간 사람이 하워드 양이라는 걸 아직도 모르겠나?"

"하워드 양이라고요?"

"물론 그렇다네. 그녀가 아니라면 누구이겠나? 그 일은 그녀에게 식은 죽 먹기였을 걸세. 그녀는 키가 상당히 크고, 목소리도 낮고 남자 같다네. 게다가 잊지 말게, 그녀와 잉글소프는 친척이라네. 그 두 사람 사이에는 뚜렷하게 닮은 점이 있다네. 특히 걸음걸이와 행동거지가 말일세. 그건 정말 간단한 일이었네. 그들은 영리한 짝이었다네!"

"브롬화물 건이 정확히 어떻게 된 건지 나는 아직도 좀 오리무중입니다."

"봉!(좋아!) 자네를 위해 가능한 한 사건을 재구성해 보겠네. 내생각에 이 사건에서는 하워드 양이 주모자인 것 같네. 자기 아버지가 의사였다고 그녀가 말했던 것을 기억하나? 그녀는 자기 아버지를 도와 약을 조제했을 수도 있고, 마드무아젤 신시아가 시험 공부를 할 때 펼쳐져 있던 많은 책들 중 하나에서 그런 아이디어를 얻었을 수도 있네. 어쨌든 그녀는 스트리크닌이 들어 있는 혼합액에 브롬화물을 더하면 스트리크닌이 침전된다는 사실을 알고 있었네. 아마도 그 아이디어는 갑자기 그녀의 머릿속에 떠올랐을 걸세. 잉글소프 부인은 브롬화물 가루약이 담긴 상자를 갖고 있었고, 밤중에 그 약을 복용하곤 했네. 쿠츠 약국으로부터 도착한, 잉글소프 부인의 대형 약병 속에 1회 분 이상의 가루약을 타는 것보다 더 쉬운 일이 어디 있겠나? 실제로 위험은 전혀 없었네. 그 비극은 거의 2주일 후에야 일어날 걸세. 누군가가 그 두 사람 중 하나가 그 약에 손대는 것을 보았다 해도, 그때쯤이면 그 사실을 잊어버릴 테니 말일세. 하워드 양은 교묘하게 일을 꾸며 말다툼을 하고 저택을 떠났다네. 시간차와 그녀의 부재는 모든 혐의를 거둬 가 버릴 걸세. 그렇다네, 그것은 영리한 아이디어였다네! 그들이 이 정도로 그쳤다면, 이 범죄는 영원히 밝혀지지 않았을 수도 있네. 하지만 그들은 만족하지 않았네. 그들은 지나치게 영리해지려 애썼고, 그게 그들의 파멸의 원인이라네."

푸아로는 시선을 천장에 고정한 채 담배를 피웠다.

"그들은 마을의 약국에서 스트리크닌을 사고 존 캐번디시의 필체로 장부에 서명함으로써 그에게 혐의를 뒤집어씌운다는 계획을 세웠네.

월요일 잉글소프 부인은 마지막 복용 분을 먹을 예정이었지. 그래서 월요일 저녁 6시 앨프리드 잉글소프는 마을에서 멀리 떨어진 장소에서 많은 사람들의 눈에 띌 수 있도록 계획을 세웠네. 나중에 그가 입을 다무는 이유를 설명하기 위해 하워드 양은 미리 그와 레이크스 부인에 대한 엉터리 이야기를 꾸며냈네. 6시에 앨프리드 잉글소프로 변장한 하워드 양은 약국에 들어가 개 이야기를 하면서 스트리크닌을 사고, 미리 주의 깊게 연습해 둔 존의 필체로 장부에 앨프리드 잉글소프의 이름을 적었네.

하지만 존도 알리바이를 증명할 수 있다면 일이 허사가 되므로, 그녀는 그에게 익명의 메모를 보냈네. 역시 그의 필체를 흉내 내서 말일세. 그 메모는 그를 누군가가 볼 가능성이 거의 없는 한적한 장소로 이끌었다네.

그때까지는 만사가 순조로웠지. 하워드 양은 미들링햄으로 돌아갔고, 앨프리드 잉글소프는 스타일스 저택으로 돌아왔네. 어디를 보나 그를 위태롭게 할 일 같은 건 없었네. 왜냐하면 스트리크닌을 산 사람은 하워드 양이었고, 마침내는 존 캐번디시에게 혐의가 가도록 되어 있었으니 말일세.

하지만 그때 장애물이 생겼네. 잉글소프 부인이 그날 밤 약을 먹지 않았던 걸세. 고장난 벨, 신시아의 부재, 앨프리드 잉글소프가 미리 해 놓은 그 모든 일이 허사가 되었다네. 그 다음 그는 실수를 했네.

잉글소프 부인이 나가자, 그는 자리에 앉아 공범에게 편지를 썼네. 그들의 계획이 성공하지 못한 것에 공범이 충격에 빠질 것을 걱정한 거라네. 잉글소프 부인은 그가 예상했던 것보다 일찍 돌아왔던 것 같네. 편지를 쓰던 그는 당황해서 서둘러 책상을 닫고 잠갔네.

그는 계속 그 방에 있다가 책상을 다시 열어야 할 일이 생겨, 자신이 제지하기도 전에 잉글소프 부인이 그 편지를 보게 될까 봐 두려웠네. 그래서 밖으로 나가 숲 속을 산책했네. 잉글소프 부인이 자신의 책상을 열고 범죄의 증거인 편지를 발견하리라고는 꿈에도 생각지 못하고 말일세.

하지만 우리가 알다시피 그런 일이 일어났네. 잉글소프 부인은 그것을 읽고 남편과 에벌린 하워드의 배신을 알게 되었지만, 불행히도 브롬화물에 대한 글귀에 경계심을 갖지 않았네. 부인은 자신이 위험에 처했다는 건 알았네. 하지만 위험이 어디에 있는지는 몰랐던 걸세. 부인은 남편에게 아무 말도 하지 않기로 결심하고, 자리에 앉아 변호사에게 다음 날 와 달라고 편지를 썼네. 그리고 조금 전 만든 유언장을 즉각 없애 버리려고 마음먹었네. 그리고 그 치명적인 편지는 줄곧 갖고 있었지."

"그러니까 앨프리드 잉글소프가 편지함의 자물쇠를 억지로 연 건 바로 그 편지를 찾아내기 위해서였군요?"

"그렇다네, 그리고 그런 엄청난 위험을 무릅쓴 것을 보면 그가 그 편지를 얼마나 중요하게 생각했는지 알 수 있네. 그 편지를 제외하면, 그와 이 범죄를 연결시킬 단서가 전혀 없었으니까."

"내가 이해할 수 없는 게 단 한 가지 있는데, 어째서 그는 그 편지를 다시 손에 넣자마자 없애 버리지 않은 걸까요?"

"그건 그가 가장 큰 위험, 말하자면 그것을 몸에 지니고 다니는 위험을 감수할 수 없었기 때문이라네."

"이해가 가지 않는데요."

"그의 관점에서 생각해 보게. 내가 알아낸 바에 따르면, 그가 그 편지를 손에 넣을 수 있었던 것은 단지 5분이라는 짧은 시간, 우리가 현장에 도착하기 직전의 5분 동안이었네. 왜냐하면 그 이전에는 애니가 층계를 청소하고 있었으므로, 누군가 오른쪽 측랑을 향해 지나갔다면 그녀의 눈에 띄었을 테니 말일세. 그 장면을 상상해 보게! 그는 다른 방의 열쇠로 문을 열고 방 안으로 들어갔네. 다른 방의 열쇠들도 모두 비슷하다네. 그는 서둘러 편지함으로 달려갔지만, 그것은 잠겨 있었고 열쇠는 어디에도 없었네. 그건 그에게 커다란 타격이었을 걸세. 왜냐하면 자신이 그 방에 들어온 것을 다른 이들의 눈에 띄지 않게 한다는 계획에 차질이 생겼으니 말일세. 하지만 그는 그 결정적인 증거를 위해서라면 어떤 위험도 감수해야 한다는 걸 너무나도 잘 알고 있었네. 그는 주머니칼로 재빨리 자물쇠를 연 다음 서류들을 뒤져 원하는 것을 찾아냈다네.

하지만 이제 새로운 딜레마가 생겼네. 그는 감히 그 편지를 몸에 지니고 있을 수 없었네. 방을 나가다가 누군가의 눈에 띌 수도 있었네. 또 몸수색을 당할 수도 있었는데, 그 편지가 발각되면 그것은 명백한 파멸일세. 아마 그 순간 그는 아래층 내실에서 웰스와 존이 나오는 소리를 들었을 걸세. 그는 재빨리 움직여야 했네. 그는 그 끔찍한 종이를 어디에 숨겼을까? 쓰레기통의 내용물은 보존되고 조사될 것이 분명했네. 그것을 없애 버릴 방법이 없는데, 그로서는 그것을 갖고 있을 수 없었네. 그는 방을 둘러보고 찾아냈네. 그게 뭐였을 것 같나, 몬 아미?"

나는 고개를 내저었다.

"순간적으로 그는 그 편지를 길게 찢어 점화용 심지처럼 만 다음 벽난로 난간 위에 놓여 있던 그릇에 담긴 다른 심지들 사이에 서둘러 꽂았다네."

내가 감탄을 금치 못하고 소리를 내질렀다.

"아무도 그곳을 조사할 들지 않을 걸세."

푸아로가 말을 이었다.

"그리고 그는 한가할 때 그곳으로 와서 자신에게 불리한 그 유일한 증거물을 없애 버리면 되는 거라네."

"그렇다면 그게 줄곧 잉글소프 부인의 방에서 우리의 눈길을 받으며 종이 심지 그릇에 담겨 있었단 말인가요?"

내가 소리쳤다.

푸아로가 고개를 끄덕였다.

"그렇다네, 친구. 내가 '마지막 연결 고리'를 찾아낸 것은 바로 그곳이었네. 그런 행운의 발견을 할 수 있었던 건 자네 덕분이었네."

"내 덕분이었다고요?"

"그렇다네. 내가 벽난로 난간의 장식물을 가지런히 줄 맞추면서 손을 떨었다고 자네가 말했던 걸 기억하나?"

"예, 하지만 나는 도무지……."

"그럴 걸세. 하지만 나는 깨달았네. 알다시피 말일세, 친구, 그날 아침 일찍 우리가 함께 그곳에 갔을 때 내가 벽난로 난간 위의 모든 물건들을 가지런히 해 놓았다는 사실이 떠올랐네. 그런데 그것들이 이미 똑바로 놓여져 있었다면, 다시 정돈할 필요가 없었을 걸세. 그 동안 누군가 다른 사람이 그것에 손을 대지 않았다면 말일세."

"맙소사, 그래서 당신이 그렇게 괴상한 행동을 했던 거군요. 그러니까 당신은 스타일스 저택으로 가서 줄곧 거기에 있던 그것을 찾아냈군요?"

"그렇다네. 그리고 그건 시간을 다투는 경주였네."

"그런데 왜 앨프리드 잉글소프가 그것을 없애 버릴 수 있는 많은 기회가 있었는데도 거기 내버려 두는 어리석음을 범했는지 나는 아직도 이해할 수가 없어요."

"아하, 그렇지 않네. 그에게는 그렇게 할 기회가 없었어. 나는 그 점을 이미 알고 있었네."

"당신이오?"

"그렇다네. 집안 식구들에게 나만이 아는 비밀을 털어놓고 내가 후회하던 것이 기억나나?"

"예."

"그러니까, 친구, 나는 그게 한 가지 기회가 될 수 있다는 걸 깨달 았네. 당시 나는 앨프리드 잉글소프가 범인인지 아닌지 확신하진 못했지만, 만약 그가 범인이라면 그 편지를 몸에 지니지 않고 어딘 가에 숨겨 놓았을 거라고 추론하고, 식구들의 협력으로 그가 그것을 없애 버리는 일을 효과적으로 막을 수 있었네. 그는 이미 의심을 받고 있었던 만큼, 나는 그 문제를 공개함으로써 10여 명의 아마추어 탐정들로 하여금 그를 줄곧 감시하고, 그로 하여금 그들이 지켜보고 있다는 것을 의식하게 함으로써 더 이상 그 편지를 없애려는 시도를 하지 못하도록 해 두었네. 그래서 그는 그것을 종이 심지 그릇 속에 내버려 둔 채 스타일스 저택을 떠나지 않을 수 없었던 거라네."

"하지만 하워드 양에게는 분명 그를 도울 수 있는 충분한 기회가 있었을 텐데요."

"그렇다네. 하지만 하워드 양은 그 편지가 있다는 사실을 모르고 있었네. 미리 짜 놓은 계획에 따라 그녀는 앨프리드 잉글소프에게 말을 걸지 않았네. 그들은 지독한 원수처럼 처신하기로 했고, 존 캐번디시가 확실하게 유죄 선고를 받을 때까지는, 서로 만나는 위험을 감수하지 않기로 했네. 물론 나는 앨프리드 잉글소프가 조만간 편지가 감춰져 있는 곳으로 나를 안내해 주길 기대하면서, 내내 그를 지켜보고 있었네. 하지만 그는 너무 영리해서 기회가 생겼다고 해서 덥석 달려들지 않았네. 편지는 원래 있던 그 자리에 그대로 있었네. 비극이 일어난 첫째 주에 아무도 그곳을 살펴볼 생각을 하지 못했으니, 그 후에도 그랬을 걸세. 자네의 행운의 말 한마디가 아니었다면 우리는 결코 그를 법정에 세울 수 없었을지도 모른다네."

"이제 이해가 가는군요. 그런데 당신이 처음으로 하워드 양을 의심하기 시작한 건 언제였습니까?"

"심리에서 그녀가 잉글소프 부인으로부터 받은 편지에 대해 거짓말을 했다는 사실을 알았을 때였네."

"이런, 어떤 점에 대해서 거짓말을 했나요?"

"자네 그 편지를 보았나? 그 전체적인 모양을 기억하고 있나?"

"예…… 조금은요."

"그렇다면 잉글소프 부인의 글씨체가 아주 독특하고, 단어 사이에 공간을 많이 둔다는 사실을 기억할 걸세. 편지 위쪽의 날짜를 보면, '7월 17일'이라는 글씨가 그런 그녀의 필체와 완전히 다르다는 것을 알 수 있지. 내 말의 의미를 알겠나?"

"아니요, 모르겠습니다."

"그 편지가 17일이 아니라 7일, 곧 하워드 양이 저택을 떠난 다음 날 쓰였다는 사실을 모르겠나? 7자 앞에 1이 써 넣어져 17일이 된 거라네."

"하지만 왜요?"

"바로 내가 자신에게 했던 질문이 바로 그거였다네. 왜 하워드 양은 17일에 쓰인 편지를 감추고 대신 날짜가 위조된 편지를 내놓은 것일까? 그것은 그녀가 17일에 쓰인 편지를 보여 주고 싶지 않았기 때문일 걸세. 그런데 어째서? 그러자 내 마음속에 즉각 의심이 자리를 잡더군. 진실을 말하지 않는 사람들은 경계하는 것이 현명하다는 내 말을 기억할 걸세."

"그런데 그 후에도 당신은 하워드 양이 그 범죄를 저지를 수 없었던 두 가지 이유를 내게 말했잖습니까!"

내가 분개해서 소리쳤다.

"그리고 그건 아주 훌륭한 이유들이기도 했다네. 그것들은 오랫동안 나에게 장애물이었다네. 내가 아주 의미심장한 한 가지 사실을 기억해 낼 때까지는 말일세. 그녀와 앨프리드 잉글소프가 친척이라는 걸세. 그녀 혼자서는 이 범죄를 저지를 수 없었지만, 그렇다고 공범이 될 수 없었던 것은 아니었네. 게다가 그녀의 지나치게 격한 증오가 있었지 않나! 거기에는 정반대의 감정이 감추어져 있었네. 앨프리드 잉글소프가 스타일스 저택에 오기 오래 전 그들은 틀림없이 열정으로 묶인 사이였을 걸세. 그들은 이미 그 끔찍한 계획을 짜 놓았네. 부자지만 좀 어리석은 늙은 여자와 그가 결혼해 돈을 그에게 남긴다는 유언장을 쓰게 한 뒤, 아주 영리하게 고안된 범죄를 통해 자신들의 목적을 달성하는 계획 말일세. 모든 일이 그들이 계획한 대로 되었다면, 그들은 영국을 떠나 그 가엾은 희생자의 돈으로 함께 살았을 걸세.

그들은 아주 교활하고 파렴치한 남녀라네. 혐의가 그에게로 향하자, 그녀는 전혀 다른 데누망(결말)을 위해 차분히 준비를 했다네. 그녀는 모든 수상쩍은 물건들을 손에 넣어 미들링햄에서 그곳으로 갔네. 그녀는 전혀 의심을 받지 않았네. 따라서 그녀가 저택을 오가는 것에 대해 아무도 주목하지 않았지. 그녀는 존의 방에 스트리크닌과 안경을 숨겨 놓고, 그 턱수염을 다락에 갖다 놓음으로써, 조만간 그것들이 반드시 발견되도록 한 걸세."

"그들이 왜 존에게 죄를 뒤집어씌우려 했는지 잘 모르겠군요. 로렌스에게 죄를 뒤집어씌우는 편이 그들로서는 훨씬 더 쉬웠을 텐데 말이지요."

"그렇지, 하지만 그건 우연일 뿐이었네. 그에게 불리한 모든 증거는 순수한 우연에서 나온 것이라네. 실제로 그건 음모를 꾸민 그 남녀에게는 분명 성가신 일이었을 걸세."

"로렌스의 태도가 석연치 않았지요."

내가 생각에 잠긴 채 말했다.

"그렇다네. 물론 자네는 그 이면에 무엇이 있는지 깨달았겠지?"

"아니요."

"마드무아젤 신시아가 그 범죄를 저질렀다고 그가 믿고 있었다는 것을 자네는 몰랐나?"

"몰랐습니다. 그럴 리가요!"

내가 깜짝 놀라 소리쳤다.

"바로 그렇다네. 나 자신도 같은 생각을 할 뻔했지. 그 생각이 처음으로 떠오른 건 내가 웰스에게 유언장에 관해 처음으로 물었을 때라네. 그리고 그녀가 조제한 브롬화물 가루약과, 도커스가 말해준 그녀의 탁월한 남자 변장술이 있었지. 그 누구보다도 그녀에게는 불리한 증거들이 정말 많았다네."

"농담하고 있는 거죠, 푸아로?"

"아닐세. 운명의 그날 밤 무슈 로렌스가 어머니 방에 들어섰을 때 안색이 왜 그렇게 창백하게 변했는지 이유를 듣고 싶나? 극약을 마신 것이 분명한 어머니가 거기 누워 있는 동안 그는 자네의 어깨 너머로 마드무아젤 신시아의 방으로 통하는 사잇문의 빗장이 풀려 있는 것을 보았던 걸세."

"하지만 그는 그 문의 빗장이 질러져 있는 것을 보았다고 단언했는데요?"

내가 외쳤다.

"바로 그렇다네. 그리고 바로 그 말이 그 빗장이 풀려 있지 않았을까 하는 나의 의심을 확인시켜 주었다네. 그는 마드무아젤 신시아를 감싸 주고 있었던 걸세."

푸아로가 건조하게 말했다.

"하지만 왜 그가 그녀를 감싸 주어야 했을까요?"

"그건 그가 그녀를 사랑하고 있기 때문일세."

내가 웃음을 터뜨렸다.

"그 점에서, 푸아로, 당신은 완전히 잘못 짚었군요! 그는 그녀를 사랑하기는커녕 미워하고 있는 게 분명하다는 사실을 나는 우연히 알게 되었지요."

"누가 그러던가, 몬 아미?"

"신시아 자신이오."

"라 포브르 프티트!(가엾은 처녀 같으니라고!) 그리고 그녀는 그 사실에 마음을 쓰고 있던가?"

"그녀의 말이 자신은 전혀 개의치 않는다더군요."

"그렇다면 그녀는 몹시 신경 쓰고 있었던 거라네. 그들은 그렇다네. 여자들 말일세."

"로렌스에 관해 당신이 한 말은 내겐 정말 놀랍군요."

"하지만 왜? 그건 너무나도 분명한 사실이라네. 마드무아젤 신시아가 자기 형과 이야기를 하고 웃음을 터뜨릴 때마다 무슈 로렌스는 쓸쓸레한 표정을 짓지 않던가? 비관적인 그로서는 그 사실을, 마드무아젤 신시아가 무슈 존을 사랑하는 것으로 받아들였네. 자기 어머니 방에 들어가 어머니가 극약에 중독된 것이 분명하다는 것을 알게 된 그는, 마드무아젤 신시아가 그 문제에 대해 뭔가 알고 있다는 성급한 결론을 내렸을 걸세. 그는 거의 필사적이 되었다네. 전날 밤 그녀가 자기 어머니와 함께 위층으로 올라왔다는 사실이 생각난 그는, 우선 그 커피 잔을 발로 밟아 부숴 버렸네. 그 내용물이 분석되도록 내버려 두어서는 안 된다고 생각한 거지. 그 다음부터 그는 효과 없는 자연사 이론을 완강하게 주장한 거라네."

"그렇다면 '나머지 커피 잔'은 어떻게 된 겁니까?"

"나는 그것을 감춘 사람이 캐번디시 부인이라고 거의 확신했지만 확인해야 했다네. 무슈 로렌스는 내가 왜 그런 말을 했는지 전혀 알지 못했네. 하지만 숙고 끝에 그는, 자신이 어디에선가 나머지 커피 잔을 찾아낼 수 있다면, 자신이 사랑하는 여자가 혐의를 벗게 되리라는 결론에 도달했다네. 그리고 그의 생각은 정말이지 옳았네."

"한 가지 더 있습니다. 잉글소프 부인이 죽어 가면서 한 말은 무슨 뜻이었을까요?"

"그건 물론 자신의 남편에 대한 비난이었을 걸세."

내가 한숨을 내쉬며 말했다.

"맙소사, 푸아로, 이제 모든 것이 설명된 것 같군요. 모든 것이 아주 행복하게 해결되어서 기쁩니다. 심지어 존과 그의 아내도 화해를 했으니 말입니다."

"나에게 감사하게."

"무슨 뜻입니까, 당신에게 감사하라니요?"

"친애하는 친구, 그들을 다시 결합시켜 준 게 분명 그 재판이라는 걸 모르겠나? 존 캐번디시가 여전히 자기 아내를 사랑하고 있다고 나는 확신했네. 또한 그녀 역시 그를 사랑하고 있다고 말일세. 하지만 그들은 무척 냉담해져 있었네. 그 모든 것이 한 가지 오해에서 비롯되었다네. 그녀는 사랑 없이 그와 결혼했네. 그는 그 사실을 알고 있었어. 그는 나름대로 감수성이 예민한 사람인 만큼, 그녀가 원하지 않았다면 강요하지 않았을 걸세. 그런데 그가 뒷걸음치자, 그녀의 사랑이 깨어났네. 하지만 그들은 둘 다 유난히 자존심이 강했고, 그들의 자존심이 그들을 돌이킬 수 없이 떼어 놓았네. 그는 레이크스 부인과 어울리게 되었고, 그러자 그녀는 의도적으로 바워스타인 박사와 우정을 맺었네. 존 캐번디시가 체포되던 날, 내가 중대한 결정을 내리기에 앞서 숙고했던 걸 기억하나?"

"예, 당신의 상심을 충분히 이해할 수 있었답니다."

"미안하지만, 몬 아미, 자네는 그 내용을 조금도 이해하지 못했을 걸세. 나는 당장 존 캐번디시의 혐의를 벗겨 주어야 할지 아닌지를 고심하고 있었네. 나는 그의 혐의를 벗겨 줄 수 있었네. 그럼으로써 진짜 범인을 기소하는 일이 수포로 돌아갈 수도 있었지만 말일세. 범인들은 마지막 순간까지 내 진짜 생각은 전혀 몰랐네. 나의 성공은 부분적으로 그것에 힘입은 것이라네."

"그 말은 당신이 존 캐번디시가 재판에 회부되는 걸 막을 수 있었다는 뜻인가요?"

"그렇다네, 친구. 하지만 나는 '한 여자의 행복'을 고려하기로 결심했네. 그 커다란 위험을 헤쳐 나옴으로써 자존심 강한 두 사람은 다시 결합할 수 있었네."

나는 찬탄 어린 눈길로 말없이 푸아로를 바라보았다. 이 작은 사내의 위대한 뺨을! 푸아로가 아니라면 그 누가 부부의 행복을 되살리는 방법으로 살인 사건 재판을 생각해 내겠는가! 푸아로가 나에게 미소를 지어 보이며 말했다.

"자네가 무슨 생각을 하고 있는지 안다네, 몬 아미. 에르퀼 푸아로가 아니라면 그 누구도 그런 일을 시도하지 않았을 걸세! 그리고 그걸 비난한다면 자네가 틀린 걸세. 한 여자와 한 남자의 행복은 이 세상에서 가장 위대한 것이기 때문이네."

그의 말에 나는 한 가지 장면을 떠올렸다. 그때 메리는 창백하고 지친 모습으로 소파에 기대 말없이 귀를 기울이고 있었다. 그때 아래층에서 벨소리가 들려왔다. 그녀는 깜짝 놀라 자리에서 벌떡 일어섰다. 방문을 연 푸아로는 그녀의 고통스러워하는 눈과 마주치자 부드럽게 고개를 끄덕였다.

"예, 마담. 그를 당신에게 데려왔답니다."

그리고 그는 옆으로 비켜섰다.

그 방을 나서면서 나는 존 캐번디시의 품에 안기는 순간 그녀의 두 눈에 떠오른 표정을 보지 않았던가.

회상에서 빠져나오며 내가 부드럽게 말했다.

"당신 말이 옳을 겁니다, 푸아로. 예, 그건 세상에서 가장 위대한 거죠."

그 순간 방문을 두드리는 소리가 들리더니 신시아가 얼굴을 내밀었다.

"전…… 저는…… 그저…….'

"들어오세요."

내가 튕겨지듯 자리에서 일어서서 말했다.

그녀는 방으로 들어왔지만 자리에 앉지 않았다.

"전…… 그저 말씀드릴 것이 있어서요."

"그래요?"

신시아는 잠시 동안 커튼 술을 만지작거리더니, 갑자기 소리쳤다.

"사랑하는 두 분!"

그런 다음 그녀는 우선 나에게, 다음에는 푸아로에게 입을 맞추고는 다시 방에서 달려 나갔다.

"이게 무슨 뜻이죠?"

내가 깜짝 놀라 물었다.

신시아에게 입맞춤을 받은 것은 아주 기분 좋은 일이었지만, 공개적이었다는 것이 다소 나의 즐거움을 감소시켰다.

"자신이 생각했던 것만큼 무슈 로렌스가 자신을 싫어하지 않는다는 사실을 그녀가 발견했다는 뜻일세."

푸아로가 달관한 듯이 말했다.

"하지만……."

"저기 그가 있군."

그때 로렌스가 문 앞을 지나가고 있었다.

"여어! 무슈 로렌스!"

푸아로가 그를 불렀다.

"우리가 축하를 드려야겠군요. 그렇지 않습니까?"

로렌스는 얼굴을 붉히더니 어색하게 미소를 지었다. 사랑에 빠진 남자의 모습은 딱한 구경거리인 법. 하지만 신시아는 정말이지 매력적으로 보였다.

나는 한숨을 내쉬었다.

"왜 그러나, 몬 아미?"

"아무것도 아닙니다. 두 여자는 얼마나 매혹적인지요!"

내가 서글프게 말했다.

"그런데 어느 한쪽도 자네의 여인이 아니라는 건가?"

푸아로가 말을 이었다.

"마음 쓰지 말게. 자신을 위로해 주게, 친구, 우리가 다시 함께 기회를 잡게 될지 누가 알겠나? 그렇게만 되면……."

〈끝〉

옮긴이 | 김남주

김남주는 서울에서 태어나 이대 불문과를 졸업하고 주로 프랑스 문학과 인문학 책들을 우리말로 옮겨왔다. 옮긴 책으로 프랑수아즈 사강의 『브람스를 좋아하세요』, 로맹 가리의 『새들은 페루에 가서 죽다』와 『가면의 생』, 엑토르 비앙시오티의 『밤이 낮에게 하는 이야기』와 『아주 느린 사랑의 발걸음』, 아멜리 노통브의 『사랑의 파괴』와 『오후 네 시』와 『로베르』, 필립 솔레르스의 『모차르트 평전』, 레몽 장의 『세잔 졸라를 만나다』, 로버트 래드포드의 『달리』, 도미니크 보나의 『세 예술가의 연인』, 그리고 황금가지판 크리스티 전집 1, 2, 5, 12, 13, 15, 20, 44권 등이 있다.

애거서 크리스티 푸아로 셀렉션

스타일스 저택의 괴사건

1판 1쇄 펴냄 2015년 7월 10일
1판 7쇄 펴냄 2023년 5월 9일

지은이 | 애거서 크리스티
옮긴이 | 김남주
발행인 | 박근섭
편집인 | 김준혁
펴낸곳 | 황금가지

출판등록 | 2009. 10. 8 (제2009-000273호)
주소 | 06027 서울 강남구 도산대로 1길 62 강남출판문화센터 5층
전화 | 영업부 515-2000 **편집부** 3446-8774 **팩시밀리** 515-2007
홈페이지 | www.goldenbough.co.kr

도서 파본 등의 이유로 반송이 필요할 경우에는 구매처에서 교환하시고
출판사 교환이 필요할 경우에는 아래 주소로 반송 사유를 적어 도서와 함께 보내주세요.
06027 서울 강남구 도산대로 1길 62 강남출판문화센터 6층 민음인 마케팅부

ⓒ ㈜민음인, 2015. Printed in Seoul, Korea
ISBN 978-89-6017-201-2 04840
ISBN 978-89-6017-956-1 04840 (set)
㈜민음인은 민음사 출판 그룹의 자회사입니다.
황금가지는 ㈜민음인의 픽션 전문 출간 브랜드입니다.